古典文獻研究輯刊

三 編

潘美月・杜潔祥 主編

第 18 冊

《詩經》存古史考辨
——《詩經》與《史記》所載史事之比較

潘 秀 玲 著

國家圖書館出版品預行編目資料

《詩經》存古史考辨——《詩經》與《史記》所載史事之比較／潘秀玲著 — 初版 — 台北縣永和市：花木蘭文化出版社，2006〔民 95〕

目 4+158 面；19×26 公分（古典文獻研究輯刊 三編；第 18 冊）
ISBN：978-986-7128-70-6（精裝）
ISBN：986-7128-70-2（精裝）
1. 詩經 – 研究與考訂 2. 史記 – 研究與考訂
831.18　　95015500

古典文獻研究輯刊
三 編 第十八冊

ISBN：978-986-7128-70-6
ISBN：986-7128-70-2

《詩經》存古史考辨 —《詩經》與《史記》所載史事之比較

作　　者　潘秀玲
主　　編　潘美月　杜潔祥
企劃出版　北京大學文化資源研究中心
出　　版　花木蘭文化出版社
發 行 所　花木蘭文化出版社
發 行 人　高小娟
聯絡地址　台北縣永和市中正路五九五號七樓之三
　　　　　電話：02-2923-1455 ／傳眞：02-2923-1452
電子信箱　sut81518@ms59.hinet.net
初　　版　2006 年 9 月
定　　價　三編 30 冊（精裝）新台幣 46,500 元

《詩經》存古史考辨
——《詩經》與《史記》所載史事之比較

潘秀玲　著

作者簡介

潘秀玲，國立政治大學中文所碩士，中華技術學院共同科講師。

提　要

《詩經》為我國最古之詩歌總集，其內容包括周代約六百年間的民間歌謠、士大夫作品以及祭神之頌辭，生動且全面地反映了當時現實生活的種種情形與古代歷史文化脈動的軌跡，既有經學與文學的價值，又蘊藏著豐富的政治、社會、經濟、宗教等各方面的資料，是一部提供後人探索古代史實與社會情況的珍貴史料。

司馬遷撰《史記》，亦認為《詩經》具備豐富的史料價值，並且多所取材。然因二者體裁不同，寫作方式與目的亦異，因此在保存古史資料原貌與經過史識整理兩層系統的表現上，便各有短長。若能取之相互對照，比較二者所載史事之異同，並補以其他有關資料，定可窺見古史較信實可靠之面貌。

本論文即根據上述觀點，探求二書所敘古史之內容，考辨其異同。全文分八章完成：

第一章緒論，旨在說明本論文之研究動機、方法，並確定研究資料之範圍與時代。

第二章至第四章《詩經》與《史記》皆載之史事（上、中、下），羅列考辨二者皆述及之史事，分《詩經》略而《史記》詳者、《詩經》本文可佐證《史記》者、《詩經》可與《史記》相對照者三部分敘之。

第五章《史記》所載引述《詩經》之史事，將《史記》中引述《詩經》篇名、本文，或所謂詩人作刺之史事，分節敘述。

第六章《詩經》所載可補正《史記》缺失之史事，以《詩經》所載，補充矯正《史記》缺略或失誤之各項史事。

第七章《詩經》所反映之周代社會概況，分政治組織、教育設施、軍事戰備、農業情況、禮樂制度、民情習俗六節敘述之，旨在說明《詩經》尚有豐富的社會史資料，以補充前三章具體史實的考辨。

第八章結論，根據前所論述，比較《詩經》與《史記》所載史事異同之處，並勾勒周代社會之概況。

目　錄

第一章　緒　論

一、研究動機

《詩經》爲我國最古之詩歌總集，亦爲儒家重要經典之一。其內容豐富而廣泛，在風、雅、頌三種不同性質的體裁中，包含了男女戀愛、勞人思婦、社會民情、倫理道德、宗教思想以及政治、農事、戰爭……等各方面之題材，有膾炙人口的抒情民歌，也有記載先民現實生活和歷史文化的動人詩篇。它不但是一部優美的文學作品，在詩的形式、內容、寫作技巧上具有極高的文學價值〔註 1〕，更具有溫柔敦厚的詩教功能。同時因其所詠歌或直接或間接反映該時代的種種背景、思潮與典章制度，還是一部提供後人探索當時史實與社會情況的珍貴史料。因此，《詩經》在經學、文學以外，亦具有值得重視的史學價值。

自古，詩與史之間的關係便極密切，古人訓詩爲志，即已透露出一些訊息〔註 2〕。而《孟子》說：

> 王者之迹熄而詩亡，詩亡然後春秋作。晉之乘、楚之檮杌、魯之春秋，一也。其事則齊桓晉文，其文則史。(離婁下)

〔註 1〕裴溥言先生《詩經的文學價值》一文，嘗由《詩經》的形式、內容、寫作技巧三方面加以探索，並引王士禎《漁洋詩話》、徐澄宇《詩經學纂要》、張世祿《中國文藝變遷論》，對《詩經》的三段評語，而具體肯定其文學價值。文載《中國文學講話（一）概說之部》（台北：巨流圖書公司，民國 71 年），頁 91～111。

〔註 2〕陳榮照先生《論詩經的史學價值》（新加坡大學中文學會學報七卷）一文，引漢朝人每訓詩爲志之說，又根據聞一多在《神話與詩》一書中的考證，認爲志與詩原是一個字。詩有韻及整齊的句法，最初的功用是協助人們記憶本身或其先代的事跡，等文字產生以後，才以文字記錄代替記憶，而韻文的產生必早於散文，詩（韻文）便成爲記錄生活之工具。因此，最早的成文歷史就是詩。亦可說：古代詩所管領的乃是後世史的疆域。

孟子說明《春秋》代《詩》而興，可見在他的觀念中，《詩》與《春秋》一樣，是屬於史書的一類。此外，《詩大序》提出詩與國史間的關係，亦爲一段重要文獻。《詩大序》云：

至於王道衰，禮義廢，政教失，國異政，家殊俗，而變風變雅作矣。國史明乎得失之迹，傷人倫之廢，哀刑政之苛，吟詠性情，以風其上，達於事變，而懷其舊俗者也。

《詩大序》謂「變風」、「變雅」是國史吟詠性情、以風其上的作品。史官即是詩人，此雖不盡然可信，然而初期的「雅」，尤其是「大雅」中如「緜」、「皇矣」、「生民」、「公劉」等史詩，無疑是出自史宮的手筆〔註 3〕。而文中子王通更積極以爲詩即是史，他在《中說》卷一《王道》篇中云：

昔聖人述史三焉：其述書也，帝王之制備矣，故索焉而皆獲；其制詩也，興衰之由顯，故究焉而皆得；其述春秋也，邪正之跡明，故考焉而皆當。此三者，同出於史而不可雜也，故聖人分焉。

王通以《詩》與《書》、《春秋》皆同出於史，說明古代「詩」、「史」間關係之密不可分。清儒章學誠則有所謂「六經皆史」之理論〔註 4〕。其《文史通義》一書開宗明義即謂：

六經皆史也，古人不著書，古人未嘗離事而言理，六經皆先王之政典也。（內篇易教上）

又云：

古未嘗有著述之事也：官師守其典章，史臣錄其職載。（內篇詩教上）

在《校讎通義》中也說：

古無經史之別，六藝皆掌之史官，不特尚書與春秋也。（外篇論修史籍考要略）

其《丙辰箚記》亦云：

古無經史之分，聖人亦無私自作經，以寓道法之理，六藝皆古史之遺，後人不盡覺其淵源，故覺經異於史耳。（章氏遺書外編卷三）

在《方志立三書議》又云：

古無私門之著述。六經、皆史也。後史襲用而莫之或廢者，唯春秋、詩、

〔註 3〕參見註 2 所引陳文。

〔註 4〕在章實齋以前，除王通外，像王陽明、王世貞、胡應麟、顧亭林等人，都已經約略提到過「六經皆史」的意見，錢鍾書《談藝錄》頁 312（附說 22）有《實齋六經皆史說探源補闕》一篇，所論章氏以前關於「六經皆史」之說甚詳。

禮三家之流別耳。……文徵諸選，風詩之流別也。……呂氏文鑑、蘇氏文類，始演風詩之緒焉。(方志略例一)

章氏「六經皆史」的主張，當是認爲六經「都是周代官吏所掌守的實際的政制典章教化施爲的歷史記錄」〔註 5〕，因爲是可以垂訓後世的先王政典，故皆有史料的價值。近人孫德謙以爲章氏六經皆史說有確乎不可移者，於經學實能觀其會通。他在《申章實齋六經皆史說》一文中，進一步由後史體例與本經體例，推闡六經皆史說之精義，謂：

詩始於文王，爲西周之史。春秋始於平王，爲東遷之史。

又云：

書者，記言之史，春秋者，記事之史也，詩爲十五國風，是記風俗之史〔註 6〕。

其所申論，皆實齋欲言而未言及者，於詩、史間關係之密切，亦明白言之，可見詩實可謂爲史之一類。

《詩經》蘊藏著豐富之古代史料，歷來研究《詩經》的學者，已多述及。例如傅斯年先生在《詩經講義稿》中，認爲研究《詩經》，宜「拿他當一堆有價值的歷史材料去整理」〔註 7〕，屈萬里先生《詩經詮釋》亦持同一見解〔註 8〕。此外王靜芝先生《詩經通釋》中亦云：

詩經爲古人生活寫照，其中包括政治社會各種情狀，故詩經亦有歷史價值：一、作史實研究之資料。二、作古代社會研究之資料。三、作古代政治研究之資料。四、作古代地理研究之資料。〔註 9〕

〔註 5〕見胡楚生先生《章實齋六經皆史說闡義》頁 87（載於《中國學術年刊》第六期）。此文推究章氏「官師合一」「道器合一」「周孔之分」等觀點，而對章氏六經皆史說做追本溯源的研究。另外，周予同、湯志鈞二人所著《章學誠六經皆史說初探》一文（載《中華文史論叢》第一輯）曾說「六經既是『有德有位』的周公匯集其大成的，所以『六經皆史』的『史』，是指夏、商、周三代以上的『史』，同我們理解爲『史料』的『史』，自有區別。章學誠提出『六經皆史』不以爲『六經皆史料』，是因爲六經『未嘗離事而言理』，它只是當時典章政教的歷史記錄。」周、湯二人所撰此文，對章氏六經皆史說有中肯的論述。而晚近亦有學位論文深入探討此一問題，如林釗誠先生《清章學誠六經皆史說研究》（高師國文研究所 73 年碩士論文）。

〔註 6〕見孫德謙先生《申章實齋六經皆史說》(《學衡》二十四期）一文。

〔註 7〕見《傅孟眞先生集（二）》（台北，傅孟眞先生遺著編輯委員會編，民國 41 年）中編乙《詩經講義稿》頁 14。

〔註 8〕見屈萬里先生《詩經詮釋》（台北：聯經出版事業公司，民國 72 年）一書敘論頁 23、24。

〔註 9〕見王靜芝先生《詩經通釋》（新莊，輔大文學院，民國 64 年）一書頁 31。

朱守亮先生《詩經評釋》一書，也以「作古代歷史研究之資料」〔註 10〕爲《詩經》的價值之一。又易君左先生《詩經的時代反映》文中亦云：

> 從詩經裡，可以看出整個周代的背景，反映出周代的政治、經濟、社會、倫理、文化各方面的特徵。〔註 11〕

王鴻圖先生《詩經與西周建國》一文也說：

> 詩經則不僅具有文學價值，同時具有哲學、宗教、藝術、政治、經濟、社會及軍事等多方面之價值。吾人如將此多方面之資料，加以整理排比，便可歸納出一部有系統之西周建國歷史。〔註 12〕

又高葆光先生《從詩經觀察周代社會的主要情形》一文亦云：

> 詩經是周室前半葉之詩歌總集。這三百多篇詩，有的是貴族們歌詠，也有平民的心聲。雖然詩以情感爲主，但詩人總是脫離不了現實的社會，從他的詩中，時常反映出當時社會背景。〔註 13〕

而裴普賢先生《詩經研讀指導》一書，指出《詩經》是中國文化史上第一部最有價值的大製作，並說：

> 它不只是我國最古最可靠的文學作品，而且含有豐富的古代歷史、民俗、社會、政治、宗教、道德、語言、音韻等的材料。我們以歷史眼光看，詩經是周朝一代禮樂的產品，其中也有對外族的鬥爭史，是周代歷史最生動而可靠的史料。〔註 14〕

于大成先生《詩經述要》文中，也認爲《詩經》是代歷史最生動而可貴的史料。他說：

> 詩經三百篇，都是周朝的作品，以周人而述周事，最爲明白可信，吾人可以透過各詩的篇章，來了解當時的史實和列國風俗，與夫其時人的思想，各地物產的分布情形，以及一切社會狀況。〔註 15〕

作爲史料來用，《詩經》確有其他古書所不及的地方，那便是材料的眞實性。梁啓超先生在《要籍解題及其讀法》一書中說：

> 現存先秦古籍，眞贋雜糅，幾於無一書無問題：其精金美玉，字字可信可寶者，詩經其首也，故其書於文學價值外，尚有其他重要價值焉，曰可以

〔註 10〕見朱守亮先生《詩經評釋》（台北：學生書局，民國 73 年）一書頁 16。
〔註 11〕見《文藝》第二十五期。
〔註 12〕見《孔孟學報》第二十五期。
〔註 13〕見《東海學報》四卷一期。
〔註 14〕見《詩經研讀指導》（台北：東大圖書公司，民國 66 年）頁 28。
〔註 15〕見高明先生主編《群經述要》（台北：黎明文化事業公司，民國 68 年）一書頁 57。

為古代史料或史料尺度。〔註 16〕

《詩經》較可信賴，是因它沒有後人僞作的羼入，不像同時期而經秦始皇焚燒的《尚書》那樣眞僞混雜〔註 17〕。其次，《詩經》中詩篇的字句，也比其他古書較少錯誤。孫作雲先生《從讀史的方面談談詩經的時代和地域性》一文即嘗言：

詩的特點，在於組織嚴密，字有定數，章有定句，所以很不容易竄改；又因爲有韻，便於記憶。因此，和詩經周頌同時代的周書，佶屈聱牙，不能卒讀，而周頌卻依然可以朗朗上口，悅人心目。詩經和尚書同時經過秦始皇的焚燒，然而詩經就因爲便於記憶，所以還能比較完整地保存下來。漢書藝文志說：「遭秦而全者，以其諷誦不獨在竹帛故也。」就是這個道理。〔註 18〕

《詩經》作爲史料來用，是比較眞實的。其中有周人自述開國經歷、記載其先民之豐功偉蹟的篇章〔註 19〕，也有周代大事的歌詠。若將之與其他有關作品匯合起來，不難成爲一大整體、結構複雜、波瀾壯闊的史詩，因而它們的歷史價值是無庸置疑的。同時，依照文學發展規律，《詩經》既然是當時社會的產物，也就揭示了那個時期的社會生活，並且從而決定了那個時期作品的內容乃至於它的形式。所以，《詩經》具備的社會史料是豐富而又深刻的，由社會、政治、經濟，到人民生活種種情況在它的詩篇裡都或多或少、或詳或略、或本質或現象地反映出來〔註 20〕。如果能夠充分利用它的材料，《詩經》在古史研究方面的價值，實在是不可以估量。

二、研究方法

司馬遷撰《史記》，亦認爲《詩經》具有豐富的史料價值。他在《殷本紀》結語中說：

余以頌次契之事，自成湯以來，采於書詩。

《平準書》中亦云：

書，道唐虞之際，詩，述殷周之世。

〔註 16〕見《國學研讀法三種》（台灣：中華書局，1958 年）頁 69。

〔註 17〕參考蔣善國先生《尚書的眞僞問題》（中山文化教育館季刊三卷三期，1963 年）頁 1039～1060。

〔註 18〕《詩經研究論文集》（北京：人民文學出版社，1959 年）頁 52。原載 1957 年第三期《歷史教學》。

〔註 19〕如《大雅》中的《生民、公劉、緜、皇矣、文王、大明》等詩，即是屬於史詩體裁的篇章。

〔註 20〕參考高亨《詩經引論》（《文史哲》1956 年第五期）頁 7～17。此文收於《詩經研究論文集》一書中。

太史公以爲《詩》《書》皆是可靠之三代史料，故其著《殷本紀》、《周本紀》、《魯周公世家》、《燕召公世家》……等，對《詩經》多所取材。然而班固在《漢書司馬遷傳贊》中敘太史公所取材時嘗云：

> 司馬遷據左氏、國語，采世本、戰國策，述楚漢春秋，接其後事，訖于天漢。其言秦漢詳矣。至於采經摭傳，分散數家之事，甚多疏略，或有牴牾。

傅孟眞先生據之，亦以爲太史公所記漢事「文直事核」，記秦前事則「疏略牴牾」，判若兩書。其云：

> 子長實非古史家，采取詩書，並無心得。其紀五帝三代事，但求折衷六藝耳，故不雅馴者不及，然因仍師說，不聞斷制，恐譙周且笑之矣。史記記事，入春秋而差豐，及戰國而較詳，敎至漢而成其燦然者矣。〔註21〕

傅先生由此而認爲司馬遷爲今史學家而非古史學家。其實，太史公在史料的取材與整理上，持有「詳近而略遠」的原則，這僅從《史記》篇數的分配上便可看出〔註22〕，此乃因爲受到材料本身的限制，故不得不順應材料所作的剪裁。太史公以爲「神農以前尙矣」〔註23〕，不予記載，而從《五帝本紀》寫起，但已相當簡略：寫黃帝所根據的是「儒者或不傳」的《五帝德》、《帝繫姓》〔註24〕，寫堯舜所很據的則是「略無年月，或頗有，然多闕不可錄」的《尙書》〔註25〕。太史公又說：「略推三代，錄秦漢」〔註26〕，更明言其詳近略遠的方法。我們考察《周本紀》，發現其「敘宣王事極簡略，對中興事業只寫了十八個字，一件具體事蹟也未提出」〔註27〕，而且「敬王以後，赧王以前，二百年無一事」〔註28〕，確有班固所謂疏略之處，而《史記》其他三代五帝史載，亦間有雜採後出未足盡信之傳記資料者，則亦難免有牴牾之弊。故《史記》一書，在古史材料的運用與考訂上，並非完全妥善無缺失。欲補

〔註21〕見《傅孟眞先生集（二）》中編戊《史記研究》頁16：《論司馬子長非古史學家乃今史學家》。

〔註22〕司馬遷寫近代當代的事要比古代的事情來得詳悉，寫中國的事也比寫域外的事來得詳細。他寫秦以來一百多年的歷史，用去了全書三分之二的篇數，而寫黃帝以來至秦的二千多年的歷史，卻只用了不足三分之一的篇數。他寫外國的篇數則只有六篇。參考阮芝生先生《太史公怎樣搜集和處理史料》（《書目季刊》七卷四期）頁32。

〔註23〕《史記、曆書》卷二十六。

〔註24〕《史記五帝本紀》贊：孔子所傳宰予問五帝德、帝繫姓，儒者或不傳。

〔註25〕《史記三代世表序》：孔子因文史，次春秋……至於序尙書，則略無年月，或頗有，然多闕不可錄。

〔註26〕《史記，太史公自序》卷一百三十。

〔註27〕見裴普賢先生《詩經欣賞與研究（四）》書中《詩經比較研究－史記周本紀》篇一文第三部分《宣王中興史詩的考察》（台北：三民書局，民國72年）頁554。

〔註28〕方苞《史記評語》周紀條。（方望溪全集）

其不備、核其詳實，最好的方法便是由其所取材之原始古籍下手。因此，若能直接考察《詩經》，據之與《史記》所載史事比較，探究其間異同，則於古代史實，必可獲致更明確詳盡之了解。

《詩經》具有極高之史料價值，可據爲研究古代歷史之資。但是《詩經》畢竟是文學作品，旨在抒發情感，性質上非屬於完整之記述，且因其爲詩歌體材，故時有言語浮誇、形容過當的情形〔註29〕，而歌頌先人事蹟時，又不免「美大其功」〔註30〕，遂有鋪張誇大、溢美不實之辭。因此，取之與屬於正史之《史記》比較，藉由太史公處理史料之才識學力，當更易掌握史實。故根據《詩經》、《史記》，各擷其長處，補其所短，配合其他有關史料，庶幾可窺古史之信實。

本論文即依上述觀點，以《詩經》爲材料，並取《史記》相關之史事與之對照比較，考核《詩經》所存古史到《史記》所取所載之變遷差異，再旁取其他可信資料以辨明之。先將《詩經》與《史記》皆載之史事羅列考辨，分爲「《詩經》略而《史記》詳者」、「《詩經》本文可佐證《史記》者」「《詩經》可與《史記》相對照者」三部分述之。次取《史記》所載引述《詩經》之史事，予以說明，再將《詩經》所載可補正《史記》缺失之史料列出，而最後以政治組織、教育設施、軍事戰備、農業情況、禮樂制度、民情習俗等各方面，敘述《詩經》所反映出的周代社會概況，期能藉此看出較完備之中國古代史面貌。

三、資料之確定

以《詩經》爲歷史研究的材料，首先必須了解其寫作年代。舊說以《商頌》爲《詩經》最早的作品，乃商人祭祖之詩〔註31〕。然此說不甚可信〔註32〕，清魏源《詩

〔註29〕崔述《豐鎬考信錄》謂閟宮詩語夸誕：如僖公本乞師於楚以伐齊，而此詩反謂「荊舒是懲」，太王居岐之陽時，而謂「實始翦商」。此乃詩歌浮誇之處。而詩人發抒情感、發爲言辭，往往形容過當：如召旻言：「民卒流亡，我居圉卒荒」，雲漢言：「周餘黎民，靡有孑遺」，文王言：「有商孫子，其麗不億」，小明言：「念彼共人，涕零如雨」，節南山言：「國既卒斬」等，豈其可信。此詩歌過于形容而非事實之處。參考劉掞藜先生《討論古史再質顧先生》一文（《古史辨》（一）頁177）。

〔註30〕《漢書匈奴傳》載：「宣王興師命將，詩人美大其功曰：『薄伐獫允，至于大原』，『出車彭彭，城彼朔方』。」班固以爲宣王中興史詩乃「美大其功」，顧炎武《日知錄》、崔述《豐鎬考信錄》亦有同樣的見解。另外，關於周朝的創業史詩，也有許多誇大溢美之辭，可參見裴普賢先生《詩經欣賞與研究（四）》頁592～593的探討。

〔註31〕最早之詩，據《詩序》所言，爲商人祭祖之詩。方玉潤亦以商頌爲《詩經》最早之作品，其《詩經原始》云：「愚謂頌之體始於商而盛於周，魯其末焉者耳。然必合三詩而其體始備，亦猶後世之論唐詩有盛、中、晚三唐之分。」（《詩經原始》下，頁643～644，北京、中華書局）又其作詩時世圖，將三百篇按時代排列，據《詩序》以那

古微》舉證十三條，斷定《商頌》爲宋襄公時正考父祭商先祖而稱頌君德所作，其說頗有很據〔註 33〕。又王國維先生《觀堂集林》中亦斷定《商頌》爲宗周中葉以後宋人所作〔註 34〕，傅孟眞、屈萬里兩位先生進一步認爲作於宋襄公時〔註 35〕，白川靜先生則更證明正考父恰與宋襄公同時〔註 36〕。故《商頌》實即宋詩，其非商代作品，至今已成定論〔註 37〕。

近代學者如梁啓超、傅孟眞、屈萬里諸氏均以《周頌》爲《詩經》最早之詩篇。梁氏云：

> 順著年代講，則周頌最早。……. 所以我們認周頌爲周武王到康王時代的詩，在詩經爲最古。〔註 38〕

傅氏云：

> 周頌有兩件在詩經各篇中較不同的事，一、不盡用韻，二、不分章，……魯頌商頌皆用韻，是頌之一體可韻可不韻。大約韻之在詩中發達，由少到多。周頌最先，故少韻；魯頌商頌甚後，用韻一事乃普遍，便和風雅沒有分別了。〔註 39〕

屈氏云：

爲太甲之世，烈祖爲仲丁以後，玄鳥爲祖庚之世，長發、殷武爲祖庚以後。（見《詩經原始》上，頁 26～27。）

〔註 32〕因爲，《國語魯語》閔馬父云：「正考父校商之名頌十二篇於周太師，以那爲首。」正考父爲宋之大夫，周太師爲周室樂官。國語所言，謂正考父以其所作商頌十二篇，請周太師校正，故《史記宋微子世家》贊云：「宋襄公之世，修行仁義，欲爲盟主，其大夫正考父美之，故追道契、湯、高宗，殷之所以興，作商頌。」但是《毛詩序》卻說：「有正考父者，得商頌十二篇於周之太師，以那爲首」乃竟以《商頌》爲正考父所得，非其所作，二者說法頗爲有出入。清代魏源《詩古微》舉證十三條，斷《商頌》爲宋襄公時正考父祭商先祖而稱頌君德所作，以印證《國語》與《史記》之說。

〔註 33〕見魏源《詩古微》。

〔註 34〕王國維先生以（一）景山近宋都商丘而與殷虛及朝歌相距甚遠，（二）詩中地名、人名不類於商而類於周，（三）詩中所用成語不類於商而類於周，（四）語句中多與周詩相襲，等幾項理由，證明《商頌》爲「宗周中葉宋人所作，以祀其先王，正考父獻於周太師。」（見《觀堂集林》《說商頌下》頁 115～117。）

〔註 35〕《傅孟眞先生集（二）》頁 66。《詩經釋義》（台北：華岡出版部，民國 63 年），頁 288。

〔註 36〕白川靜《詩經研究稿本》（昭和三十五年六月）頁 360～361。

〔註 37〕宋是武王伐紂後周所封殷的後裔。不稱《宋頌》而稱《商頌》，因宋爲商之後，有如《左傳僖公二十六年》，宋大司馬固說：「天之棄商久矣」，可見以商代宋，在春秋時代還是常見的。至於《國語》說《商頌》是十二篇，後來卻只有五篇，很據鄭司農之說法是「自正考父至孔子，又亡其七篇」之故。

〔註 38〕見《古書眞僞及其年代》頁 98。

〔註 39〕傅孟眞先生《周頌說》（《傅孟眞先生集（二）》中編乙《詩經講義稿》）頁 19。

周頌多無韻，且文辭古奧，在三百篇中，當爲最古之作品。〔註40〕

則《詩經》當以《周頌》爲最早。然而早到何時所作，亦有的不同說法：一是周公、成王之世，如錢穆、屈萬里兩位先生所主張〔註41〕；二是武王之世，如姚際恆、梁啓超二位先生主之〔註42〕；三是昭穆之世，白川靜先生主之〔註43〕。此三說殆以第二說較合適，因爲頌體差不多是祭祀祖先宗廟的詩，周朝大舉祭祀祖先宗廟應是從武王滅商開始。武王滅商之後，分封諸侯，這時才有大、小宗之分〔註44〕。

至於《詩經》年代的下限，若依《毛詩序》說則最後一篇爲《陳風株林》，寫陳靈公與夏南之事，夏南弒陳靈公於周定王八年，時當魯宣公十年，西曆紀元前五九九年，在春秋中葉〔註45〕。若依明何楷與清馬瑞辰氏之說，則《曹風下泉》爲《詩經》最晚之詩，乃曹入美郇伯勤王之事而作，詩中郇伯即智伯荀躒，智伯荀躒納王於成周，王子朝奔楚事在魯昭公二十六年，時當周敬王四年，西曆紀元前五一六年，已至春秋末葉，較《株林》晚八十多年〔註46〕。何氏、馬氏引經據典，論證確鑿，屈萬里先生《詩經詮釋》、裴普賢先生《曹風下泉篇新解》均認爲可信而贊同之〔註

〔註40〕《詩經釋義》頁261。

〔註41〕錢氏以爲詩三百首之完成，當可分爲三期：一、西周之初年，其詩大體創自周公止於成王之末，以後無詩；二、厲宣幽之世，變雅時期，無頌，三、起自平王東遷，列國各有詩，此時期可謂之國風時期，亦可謂變風時期。見《讀詩經》(《新亞學報》五卷一期）頁22。屈氏云：「鄭氏詩譜謂：周頌之作，在周公攝政，成王即位之初。朱子以爲亦有康王以後之詩。以詩本文核之，朱說是也。」見《詩經釋義》頁261。

〔註42〕姚氏云：「鄭氏曰：『周頌者，其作在周公攝政、成王即位之初』，非也。頌有在武王時作者，有在昭王時作者。」見《詩經通論》(台北：廣文書局，民國50年）卷十六，頁322。梁氏說見註38。

〔註43〕見《詩經－中國四古代歌謠》(中央公論社，昭和45年6月25日）頁4。

〔註44〕葉達雄先生《詩經史料分析》一文，討論《詩經》的時代問題時持此看法，並引金文大豐𣪘：「乙亥，王又大豐，王凡三方，王祀于天室降，天亡又，王衣祀于王丕顯考文，事喜上帝，文王監在上。」爲佐證。此器郭沫若《兩周金文大系考釋》、楊樹達《積微居金文甲文說》、容庚《商周彝器通考》皆以爲武王時器。(台大史研所61年碩士論文，頁94。)

〔註45〕《毛詩序》云：「株林，刺靈公也。淫于夏姬，驅馳而往，朝夕不休息焉。」《左傳宣公十年》載其本事云：「陳靈公與孔寧儀行父飲酒於夏氏，公謂行父曰：『徵舒似汝』，對曰：『亦似君』。徵舒病之，公出自其廄射而殺之，二子奔楚。」魯宣公十年當西曆紀元前599年。

〔註46〕明何楷《詩經世本古義》與清馬瑞辰《毛詩傳箋通釋》據焦氏《易林》之說，主《曹風下泉》爲《詩經》最晚之詩。其謂下泉乃詠周景王二十五年（公元前520年）至周敬王四年（公元前516年）間，王子朝亂，晉智伯荀躒納周敬王於王城與佐敬王入於成周之事。此事見載《左傳昭公二十二年與二十六年》，已至春秋末葉，較《株林》詩晚八十多年。

〔註47〕裴普賢先生《曹風下泉篇新解》(收於《詩經研讀指導》一書)。

47〕，則詩三百篇殆以此詩為最晚。

所以，《詩經》時代是指西周初年起至春秋末葉爲止，即西曆紀元前一千一百年至五百二十年間，大約六百年之時間。詩中所記載，直接或間接反映當時背景與社會實況，乃後人據以探討該時代史事最可信的資料。而其中亦有述及周人始祖創業事蹟與開國經歷的史詩，亦有前代人、事的記載。凡其所保存之古史，皆可以之與正史相比較，以見古史較完整之面貌。

第二章　《詩經》與《史記》皆載之史事（上）
——《詩經》略而《史記》詳者

第一節　禹與夏代的傳說

禹與夏代傳說的討論，過去有過激烈爭辯〔註1〕，由於直接史料闕如，「疑古派」曾基於「古史層累造成」的公式，將夏代的存在和禹的「人格」，予以整個否定，影響頗爲深遠。然而，自從甲骨文發現與殷墟發掘成功以後，文獻上記載的殷先公先王及成湯至帝辛的殷王世系，已得到甲骨文的印證，那麼《史記夏本紀》載夏代帝王的世系，自禹至履癸（桀）共十四世十七王，我們應可推測，太史公亦必有所根據，不至於憑空杜撰。同時，文明是逐漸演化而來的，絕無突然降臨之理，從殷墟出土文物水準之高，甲骨文字「六書具備」的進步情形，殷商之前必然已有相當階段的文明〔註2〕，故孔子說：「殷因於夏禮」〔註3〕。因此我們對於古史相傳商代之

〔註1〕我國古史，向來以夏爲「三代」之始，禹爲「三王」之首。但是近代疑古風氣大盛，康有爲著《孔子改制考》，指出上古茫昧，堯舜三代文明實皆渺茫而不可知（見康有爲《孔子改制考》卷一，商務印書館影印本，頁5），日人白鳥庫吉則認爲《尚書》中的堯舜禹事蹟，係作者以天地人三才之思想爲背景而創作者（見田崎仁義著，王學文譯《中國古代經濟思想及制度》，商務人人文庫，頁140～141），繼而「疑古派」的學者，更對中國古代文獻與傳說中的遠古帝王，施以嚴厲批判，一律視之爲「僞書」與「僞史」（見顧頡剛《古史辨第一冊自序》，《戰國秦漢間人的造僞與辨僞》諸文，後者原刊《燕京大學史學年報》第二卷第二期，收在《古史辨》第七冊上編），於是夏代及其以前之古史，幾全被抹煞，其間爭辯頗爲激烈。

〔註2〕當然，文明也可能從域外傳播而來，惟據李濟先生《中國上古史之重建工作及其問題》一文指出，從考古學觀察，骨卜、絲蠶和殷代的裝飾藝術三者，都是中國獨立發明及發展的東西，未受外來影響（見《民主評論》第五卷第四期，頁5）。董作賓氏在《中國文字的起源》一文中認爲，殷代的金文銘刻，是殷代的「古文」，是原始

前有夏代存在的說法，並不能隨意加以否定。而經過諸多學者的爭論，過去討論古史的結果，已是「認爲實有禹和夏代的，佔絕大多數」〔註 4〕，甚至有人從文字誕生的過程推測，夏初應該已經有了歷史的記載〔註 5〕。所以文獻載籍中的禹與夏史，實在不容忽視。

夏墟的調查和夏代的考古，早已開始，地下出土的「夏文化」也在繼續討論之中〔註 6〕，但至今並無夏代文字以資印證，故目前討論禹與夏初的傳說，似仍應以

圖畫文字，甲骨文字是殷代的「今文」，已脫離圖畫演進到符號。原始圖畫文字是遠古傳下來的，它可能是甲骨文字的前身（《見大陸雜誌》第五卷第十期）。所以殷商的文明應不是全部突然從域外搬移而來的。

〔註 3〕《論語爲政》篇：子張問十世可知也，子曰：「殷因於夏禮，所損益，可知也；周因於殷禮，所損益，可知也」。

〔註 4〕見屈萬里先生《我國傳統古史說之破壞和古代信史的重建》（《書傭論學集》，台灣開明書店印行）頁 376。案：其時不同意「疑古派」以「中國古史層累造成說」來否定禹與夏代的學者頗多，如劉掞藜有《讀顧頡剛君『與錢玄同先生論古史書』的疑問》、《討論古史再質顧先生》二文；胡堇人有《讀顧頡剛先生論古史書以後》一文，皆收在《古史辨》第一冊中編。又如王國維（《古史新證》、清華學校研究院講義、收在《古史辨》第一冊下編）、張蔭麟（《評近人對於中國古史之討論》，《學衡》第四十期、收在《古史辨》第二冊）、陸懋德（《評顧頡剛古史辨》，《清華學報》第三卷第二期、收在《古史辨》第二冊）、梁園東（《古史辨的史學方法商榷》，《東方雜誌》二十七卷二十二、二十四期）、劉興唐（《疑古與釋古的申說》，《食貨半月刊》三卷五期）等，皆有中肯的批評。

〔註 5〕例如唐蘭在民國二十四年著《古文字學導論》一書云：「我們的上古史，目前雖尚模糊不明，可以說從孔誕前一千五百年左右——即夏初起已有了歷史的記載」。其所述之理由有七：「甲骨刻辭裡所載的商湯以前的先公先王、正當夏世，是第一個理由。彝器刻辭和古書裡記載禹的功績，是第二個理由。古本山海經所講故事，止於夏時，是第三個理由。神話止於后羿而最詳細的記載卻起自后羿、是第四個理由。古本紀年和世本、史記有夏的世系、年數、史事是第五個理由。孔子稱述堯舜和禹，孟子追述堯舜到孔子的年數，是第六個理由。虞夏書雖周人編集，但也有些根據，是第七個理由。」（台北：樂天書局影印本），頁 78。

〔註 6〕夏墟的調查始於民國四十八年，當時根據文獻提供的資料，注意兩個區域，一是河南省的洛陽平原及其附近，尤其是穎水的上游，登封、禹縣等地，另一個是山西省西南部。見徐旭生《一九五九年夏豫西調查『夏墟』的初步報告》，《考古》，1959 年第十一期，頁 592～600；《略談研究夏文化的問題》，《新建設》1960 年第三期，頁 62～67。自豫西地區的「夏墟」調查以後，遂有偃師縣二里頭的發掘，陸續發現這一類型的文化遺址頗多，大部分佈在上述地區，但對於所謂「二里頭類型文化」的時代和性質，討論的意見頗不一致，歸納起來有下列幾種看法：（一）河南龍山文化晚期和二里頭文化是夏代文化，（二）河南龍山文化晚期和二里頭一二期文化是夏代文化，（三）二里頭文化一二三四期都是夏文化，河南龍山文化則不是，（四）二里頭文化是先商文化，時代上相當於夏代，但不是夏文化。見殷瑋璋《二里頭文化探討》，《考古》1978 年第一期，頁 1～4；吳汝祚《關於夏文化及其來源的初步探索》，《文物》，1978 年第九期。「二里頭文化」是否爲「夏文化」，討論的意見之

文獻記載之史料為推測依據，再輔以考古證據與其他資料。我國古代文獻上的遠古史事，多係自古相傳的舊說，雖皆出於後人述古之作，不免有附會失眞之處，不能據為信史，然亦不可一筆抹煞。王國維先生說：

> 上古之事，傳說與史實相混而不分，史實之中固不免有所緣飾，與傳說無異，而傳說之中，亦往往有史實為之素材，二者不易區別。〔註7〕

近代學者對於古代文獻與古史傳說的未可抹煞，也有普遍的體認〔註8〕，考古學家李濟先生即認為：

> 歷代傳下來的秦朝以前的記錄，……是研究中國上古史最基本的資料。〔註9〕

可見紙上的史料，確實有據以為討論夏史依據的重要價值。

就文獻記載而言，從《詩經》時代開始，人們心目中的禹，便是一位偉大的古帝王，夏是堯舜之後殷商之前的一個朝代。直至漢人所記載，夏代成為古史系統中不可或缺的一環，而以禹為古帝王則更為確定〔註10〕。茲將《詩經》中涉及禹與夏代的文字，對照《史記》相關的史事，以探討這傳說史料的種種問題。

所以分歧，關鍵在於沒有夏代文字出土，使所有的討論，在實質上仍屬於推測而已。不過，最近在西安的國際性考古學術會議上，陝西考古研究所副研究員鄭洪春、助理副研究員穆鴻亭宣讀了《簡論長安門花園村客省莊二期文化遺址出土骨刻原始文字》論文，並展示十餘枚刻劃獸骨和骨器的拓片和幻燈片。他們認為商代甲骨文並不是中國最早的文字，漢文字出現於龍山時代晚期，即黃帝時代及夏代初期。這個論斷把中國古文字產生的時代提前了一千二百年，若能得到中外專家的肯定，則中國古文字的淵流演變及黃渭流域的文明起源，將有突破性的重要發展。前述骨刻文字是 1986 年 3 月被陝西鎬京考古隊發掘出土的。另外，在 1985 年，中國先秦史學會編了《夏史論叢》一書，集結 1982 年來，討論夏文化、夏代文字、夏代歷史、地理等問題的論文二十篇由齊魯書社出版，對夏史也有進一步的肯定。

〔註 7〕王國維《古史新證》(《王觀堂先生全集》第六冊，文華出版公司印行）頁 2077。亦見《古史辨》第一冊下編，頁 264。

〔註 8〕重視文獻中的傳說史料之重要著作，有：徐炳昶（旭生）《中國古史的傳說時代》(台北：地平線出版社，67 年影印本)、徐亮之《中國史前史話》(台北：華正書局，63 年台一版)、趙鐵寒、《古史考述》、(台北：正中書局，54 年初版)、印順法師《中國古代民族神話與文化之研究》(華岡出版有限公司，64 年初版）等書。其他如鄭德坤氏在《中國的傳統文化》一書云：「近數十年考古學的發掘，使我們對古史增加許多信心，古代傳下來的文獻，固有些一可疑，但是我們對這些材料，已不能一筆抹煞了」，見該書頁 39，台北：地平線出版社印行，民國 63 年。

〔註 9〕見李濟《再談中國上古史的重建問題》，《中央研究院歷史語言研究所集刊》第三十三本，頁 358～359。

〔註10〕王仲孚《大禹與夏初傳說試釋》(《國立台灣師範大學歷史學報》第八期）一文，曾從傳說史料推測大禹與夏朝，認為文獻記載的夏文化，雖然並非詳盡，但頗能提供我們推測夏代存在的重要參考。參見該文頁 6～13。

一、禹與夏代的存在

〔詩經〕

天命多辟，設都於禹之績。（商頌、殷武）

是生后稷……奄有下火，纘禹之緒。（魯頌、閟宮）

殷鑒不遠，在夏后之世。（大雅、蕩）

武王載旆，有虔秉鉞，……韋顧既伐，昆吾夏桀。（商頌、長發）

〔史記〕

夏禹名曰文命……帝禹東巡狩、至于會稽而崩……於是啓遂即天子之位，是爲夏后帝啓……夏后帝啓崩，子帝大康立。……帝發崩，子帝履癸立，是爲桀。帝桀之時，自孔甲以來，而諸候多畔。夏桀不務德而武傷百姓，百姓弗堪。乃召湯而囚之夏臺，已而釋之。湯修德、諸侯皆歸湯。湯遂率兵以伐夏桀，桀走鳴條，遂放而死。桀謂人曰：吾悔不遂殺湯於夏臺、使至此。湯乃踐天子位、代夏朝天下。（夏本紀）

禹爲人敏給克勤，其悳不違，其仁可親，其言可信。（夏本紀）

〔考辨〕

禹在《詩經》中出現的有六條〔註 11〕,近人據之，有主禹爲神者，有主禹爲人王者·〔註 12〕。其實由《詩經》所記載，配合《尚書》以及金文相關的事例，可看出在殷人、周人眼中，大禹爲古代名王，殷周皆是繼承禹之事業而來。如《商頌殷武》所云：「天命多辟，設都於禹之績」，叔夷鐘云：「虩虩（赫赫）成唐（湯），又敢（嚴）在帝所，尃受天命，翦伐頣《夏》司，敗厥靈師，伊少（小）臣惟輔，咸有九州，處堣（禹）之堵（都）」。《商頌》作於宋人，叔夷是宋人之後，宋是微子舊封，這些話實乃殷人自語其繼承禹之傳統。又如《魯頌閟宮》所云：「是生后稷……纘禹之緒」，《尚書立政》云：「今文子文孫……其克詰爾戎兵，以陟禹之跡，方行天下，至於海

〔註 11〕此處引述二條，餘四條在下面討論禹治水事功時，再予論述。

〔註 12〕主張禹是天神最力者爲顧頡剛氏、反對顧氏之說最力者爲劉掞藜氏。顧說見《討論古史答劉胡二先生》，劉說見《討論古史再質顧先生》，二文均收入《古史辨》第一冊。其後張蔭麟氏指出顧氏方法謬誤，而贊成劉說，其文見：《評近人對於中國古史之討論》，收入《古史辨》第二冊下編。楊寬氏則以爲「劉掞藜氏之質難，實多未審，不值爲之一辨」，見《中國上古史導論》第十四篇《句龍與夏后后土》，收入《古史辨》第七冊。在此之前，有王國維氏以秦公敦「鼏宅禹賚」，齊侯鎛鐘「㝨㝨成唐……處禹之堵」而認爲「知春秋之世，東西二大國無不信禹爲古史之帝王，且先湯而有天下也」，見《古史新證》第二章禹，《王觀堂先生全集》頁 2079～2080。此後岑仲勉氏以爲我國古代帝王是神而人化，見《禹與夏有無關係的審查意見書》，《東方雜誌》第四三卷二期，頁 33～39。

表，罔有不服」。這兩段文字可視爲周人自謂繼禹之緒。到了《史記夏本紀》，以禹爲古帝王更爲確定，不但列夏代帝王世系以禹爲始，並對禹之事蹟大表推崇。從周代至漢代，禹的「人格」在人們的信念中，一再被肯定，像春秋時代，不語怪力亂神的孔子便認爲禹是位人格完美無缺的先王〔註13〕，《左傳昭公元年》所載：「天王使劉定公勞趙孟於穎，館於洛納，劉子曰：『美哉禹功，明德遠矣，微禹，吾其魚乎！吾與子弁冕端委以治民臨諸侯，禹之力也。』」，劉定公肯定的語氣，亦看不出有懷疑禹爲天神的跡象。而戰國時代諸子，不論儒道墨法的著述中，無不以大禹爲三代聖王的第一人，對他們的人格和事功多所讚揚〔註 14〕。此外屈原的《楚辭》，也多次提到禹的誕生和治水傳說〔註 15〕。經過長時期的傳說流變，司馬遷作《史記》，在整理古史時，可採納的資料相當駁雜，禹的事功不免隨之而增。然而《史記》肯定禹之人格，就《詩經》所載文字觀之，信其不差。

關於夏代的存在，《詩經》中所可找到的證據，除前引二條外，《左傳昭公二十三年》引《詩》云「我無所監，夏后即商，用亂之故，民卒流亡」。均言商伐夏而代之事，可見周人記憶裡古時確有過夏代。而周詩的本體爲「雅」，「雅」即是「夏」〔註 16〕。周詩所以稱「雅」的原因，「蓋所以明周地乃夏之舊，或周之霸業乃繼承夏之舊統而已」〔註17〕，或「周民族的興起和發展經過，似是沿著夏之先民的故跡，在夏之廢墟上建立新國的」〔註18〕，可見周民族與夏有密切的關係。在先秦舊籍中，

〔註13〕《論語泰伯》篇：「子曰：禹，吾無閒然矣，菲飲食，而致孝乎鬼神，惡衣服，而致美乎黻冕，卑宮室，而盡力乎溝恤，禹，吾無閒然矣」。

〔註14〕例如《孟子滕文公》上稱：「禹抑鴻水而天下平」，《荀子成相》篇云：「禹有功，抑下鴻，避除水患逐共工」，《莊子天下》篇云：「禹大聖也，而形勞天下也如此」，《墨子尚賢》中、《天志》中、《貴義》等篇，屢稱禹爲「三代之聖王」，《韓非子五蠹》篇云：「禹之王天下也，身執耒臿以爲民先」。儒道墨法皆認爲禹爲古代聖王而深致推崇。

〔註15〕從《楚辭天問》下引各句：「鴟龜曳銜，鯀何聽焉……伯禹愎鯀，夫何以變化……洪泉極深，何以寘之……地方九則，何以墳之？應龍何畫？何海何歷？鯀何所營？禹何所成？」可以看出屈原對於禹的誕生和治水等傳說的疑惑。此乃屈原對於遠古相傳的許多現象，無法以當時的知識來做合理的解釋所致。

〔註16〕《墨子天志》下：「於先王之書，大夏之道之然」，清俞樾《諸子平議》卷十釋曰：「大雅即大夏也。雅夏古字通。《荀子榮辱》篇曰：越人安越，楚人安楚，君子安雅，《儒效》篇曰：居楚而楚、居越而越，居夏而夏，是夏與雅通也。下文所引帝謂文王六句，正大雅皇矣篇文」。《新編諸子集成》第八冊，頁 12，世界書局。

〔註17〕程憬《夏民族考》，《大陸雜誌》一卷六期，頁 86。又傅斯年氏《殷墟新獲卜辭寫本後記跋》，引《周頌》之兩稱時夏，及大雅小雅之爲大夏小夏，乃係標舉夏以抗殷（《傅孟眞先生集》（四），頁 234）。李宗侗氏認爲：「周人之與夏實有深長關係，不只強拉上夏以自豪而抑殷也」，見《中國古代社會史》（一），頁 27。

〔註18〕程憬前引文，頁 85。

《尚書》亦嘗談到夏代，如《商書湯誓》、《周書召誥、立政、康誥、君奭、多士》諸篇，即屢言「有夏」〔註 19〕，也是歷史載籍上的一項證據。另外，綜合從地理方面考察夏民族來自西方的諸多論點、夏代表中原文化民族、諸夏與華夏的稱謂、古籍言夏商周爲三代、夏秦漢唐爲中國古代四大帝國等幾項證據來看，夏王朝實際存在，似不成問題〔註 20〕。《史記夏本紀》不但肯定夏代的存在，而且列舉了自禹至桀十四世十七王的帝系，其中很據《尚書》及《帝繫》的記載，而《大戴禮記少問》篇：「禹崩十有七世，乃有末孫桀即位」，《國語周語》：「孔甲亂夏，四世而隕」，世數亦皆與《史記》合。雖然夏代帝王的世系，至今尚未像殷王世系一樣，得到地下出土文字的印證，然而我們相信太史公亦必有所依據，那個時代一定尚能見到自堯以後包括夏代在內的某些歷史資料或傳聞故事〔註 21〕，例如寫《大宛列傳》時尚見到「禹本紀」〔註 22〕，而今已不傳。所以《史記》對夏代史事的記載，雖不能由《詩經》或其他較可靠的先秦典籍中一一得到印證，亦不能加以全然地否定。

《詩經》談及夏桀僅有一處，即《商頌長發》所云「韋顧既伐，昆吾夏桀」，雖僅有一處，亦可知《史記》言夏桀爲商湯所滅之不虛，並從而說明商、夏間應有關係。

至於禹和夏代之間的關係，「疑古派」曾經提出懷疑〔註 23〕，認爲在詩書中未有將夏和禹二字聯屬成文的。其實《左傳昭公六年》，叔向云「夏有亂政，而作禹刑」，便可視爲夏和禹聯屬成文的一個證據〔註 24〕，《襄公二十九年》「見舞大夏者，曰：

〔註 19〕《湯誓》：「有夏多罪、天命殛之」、《召誥》：「相古先民有夏、天迪從子保」「有夏服天命、惟有歷年」、「我受天命、丕若有夏歷年」、《立政》：「今文子文孫……以陟禹之跡」、《康誥》：「……文王，克明德愼罰，不敢侮鰥寡……用肇造我區夏」、《君奭》：「惟文王尚克修和我有夏」、《多士》：「我聞曰上帝引逸，有夏不適逸，則帝降格，嚮于時夏，弗克庸帝」。

〔註 20〕參考蘇雪林《夏王朝存在與否的問題》(《暢流》第五十卷第一期，頁 4～7)，認爲夏王朝存在的證據。

〔註 21〕據《史記五帝本紀》載：「太史公曰：學者多稱五帝尚矣。然尚書獨載堯以來，而百家言黃帝，其文不雅馴，薦紳先生難言之。」則司馬遷的古史觀顯然是以堯爲分水嶺，認爲堯以前的歷史異常縹緲，而堯以後爲信史。由此可知，在司馬遷那個時代尚能見到自堯以後包括夏代在內的某些歷史資料或傳聞故事。

〔註 22〕史記《大宛列傳》太史公曰：「禹本紀言：『河出崑崙……』，……至禹本紀，山海經所有怪物，余不敢言之也」。

〔註 23〕「疑古派」認爲禹與夏是無關的，理由是：「在詩、書中，言禹者九條，無連及夏字者；詩、書中言夏者六篇，則全沒提起夏與禹的關係」，因而認爲：「禹與夏的關係，詩書上沒說，論語上也沒說，直至戰國中期方始大盛」(顧頡剛《討論古史答劉胡二先生》，《古史辨》第一冊，頁 115～117)。

〔註 24〕參考黎東方《史後傳說中的史前事實》(《史學彙刊》第三期）頁 4。

美哉！勤而不德，非禹，其誰能修之」，此以大夏爲禹所作之樂，可爲禹爲夏之始王之證〔註 25〕。

二、禹治水之事功

〔詩經〕

洪水芒芒，禹敷下土方，外大國是疆，幅隕既長。（商頌、長發）

豐水東注，維禹之績。（大雅、文王有聲）

奕奕梁山，維禹甸之。（大雅、韓奕）

信彼南山，維禹甸之。（小雅、信南山）

〔史記〕

舜登用，攝行天子之政。巡狩，行視鯀之治水無狀，乃殛鯀於羽山以死。天下皆以舜之誅爲是。於是舜舉鯀之子禹，而使續鯀之業。堯崩，帝舜問四嶽曰：「有能成美堯之事者使居官。」皆曰：「伯禹爲司空，可成美堯之功。」舜曰：「嗟，然。」命禹：「女平水土，維是勉之！」禹拜稽首，讓於契、后稷、皋陶。舜曰：「女其往視爾事矣！」……禹乃遂與益、后稷奉帝命，命諸侯、百姓，興人徒以傅土；行山表木，定高山大川。禹傷先人父鯀功之不成受誅，乃勞身焦思，居外十三年，過家門，不敢入。薄衣食，致孝乎鬼神；卑宮室，致費於溝淢。陸行乘車，水行乘船，泥行乘橇，山行乘檋。左準繩，右規矩，載四時，以開九州，通九道，陂九澤，度九山。令益予眾庶稻，可種卑濕。命后稷予眾庶難得之食；食少，調有餘相給，以均諸侯。禹乃行，相地宜所有以貢，及山川之便利。禹行自冀州始。……於是帝錫禹玄圭，以告成功於天下。（夏本紀）

禹以爲河所從來者高，水湍悍，難以行平地，數爲敗，乃厮二渠，以引大河，北載之高地，過洚水，至於大陸，播爲九河，同爲逆河，入於渤海，九州既疏，九澤既灑，諸夏乂安，功施於三代。（河渠書）

夏書曰：禹抑洪水、十三年過家不入門。（河渠書）

夏后氏戚之，乃湮鴻水，決江疏河。（司馬相如傳）

〔考辨〕

肯定夏朝和禹的存在，並不等於認爲關於禹治水的傳說都是事實〔註 26〕。《詩

〔註 25〕參考童書業《春秋左傳研究》（上海人民出版社 1980 年）頁 16～17。

〔註 26〕關於禹之治水，丁文江氏即以爲不可信，見《論禹治水不可信》收入《古史辨》第一冊下編，頁 207～209。而高重原氏則以古代有洪水，而論禹治水事蹟不帶任何神秘。

經》中對於禹的事蹟並未詳細言之，僅寥寥單言片語，推崇其甸山注水之功。至於《史記》，則採錄不同典籍的記載，將禹治水之源起、準備工作、治水方法、工作態度、治水時間，甚至治水範圍，詳加描述。中國古代文獻載籍中，有關遠古洪水的傳說極多，而治水的人物也不限於禹一人〔註 27〕，可見遠古時代，當確有洪水爲患的事實，故長留於民族的記憶裡。然而禹治水的事功，是否眞如傳說所言，卻值得再做考察。

相傳禹治水之方與鯀不同，鯀堙洪水而禹主疏道，然此非原始之傳說。禹治水之事見于《詩經》與《周書》，只言其「甸山」、「敷土」、「平水土」〔註 28〕，而未明言如何從事。讀《山海經》、《天問》及《淮南子》等書，始知禹所用之治水方法與鯀相同，爲「堙」爲「塡」〔註 29〕，《墨子》始盛稱禹之疏水〔註 30〕，《周語》遂謂共工「壅防百川，墮高堙卑，以害天下」，有崇伯鯀則「稱遂共工之過」，伯禹與四岳始「高高下下，疏川導滯，鍾水豐物，封崇九山，決汨九川，陂障九澤」，亦以疏導爲主。自此以後，鯀之治水方法始漸由「堙」而變成「防」——築堤，鯀防洪水而失敗，禹疏洪水而成功，遂爲公認之「史實」〔註 31〕。此則戰國時水利工程興

見《中國古史上禹治洪水的辨證》載《武大文史哲季刊》一卷四號。陳登原氏以爲禹治水徵發民夫不少，其功施于河洛。見《禹治水發徒眾並承前人》、《禹功實在論》，《國史舊聞》（上），頁 60～62，62～63，大通書局翻印。趙鐵寒氏以爲禹之治水是採順適水性的疏導方法而成功。見《禹與洪水》，收入《古史考述》，頁 45～61，正中書局印行。

〔註 27〕禹之前已有洪水爲患，《尸子》稱：「燧人氏時，天下多水」（《北堂書鈔》卷十引），《淮南子》稱：女媧氏之時「水浩洋而不息」《淮南子覽冥訓》，《尚書堯典》稱堯時「洪水滔天」，《孟子》亦兩稱當堯之時洪水氾濫。而治水人物，禹之前至少有女蝸氏、共工氏、杜宇、鯀等人，可參考趙鐵寒《禹與洪水》一文所介紹的禹前治水人物（《大陸雜誌》九卷六期，頁 17）。

〔註 28〕《尚書呂刑》：「禹平水土，主名山川」。

〔註 29〕《海內經》言：「鯀竊帝之息壤以堙洪水，不待帝命，帝令祝融殺鯀于羽郊。鯀复生禹，帝乃命禹率布土，以定九州」，此處鯀之失敗由於「不待帝命」，而非「堙洪水」之法有失。《大荒北經》謂禹「堙洪水」，《天問》言鯀「順欲成功、帝何刑焉？」伯禹「纂就前緒，遂成考功」，又問「洪泉極深，何以窴之？地方九則、何以墳之」，卒言「鯀何所營、禹何所成」，則禹亦墳洪水墳九則，此即所謂「平水土」，成其父之功而已。鯀汩源水本「順欲成功」，並未失敗也。《淮南子地形》亦云：「禹乃以息土塡洪水，以爲名山」，與《天問》說相應，此亦即所謂甸山也。《漢書溝洫志》引《夏書》：「禹堙洪水十三年」，《史記河渠書》堙作抑，《索隱》：堙、抑，皆塞也，《魯語》：「鯀障洪水而殛死，禹能以德修鯀之功」，《孟子勝文公》：「昔者禹抑鴻水而天下平」，《荀子成相》：「禹有功、抑下鴻」，皆稱禹堙、抑、障洪水。

〔註 30〕見《墨子兼愛》中。又《莊子天下》篇記墨子稱道「禹之湮洪水、決江河，而通四夷九州」，則湮、決並舉。

〔註 31〕以上認爲鯀禹治水的方法，不像傳統的說法那樣是一堙一疏，而是兩者的方法都是一

盛，水利經驗漸富之結果，《韓非子五蠹》篇曾云：「鯀禹決瀆」，至此鯀之治水亦一度變為「決」，可見實際歷史在傳說中之反映〔註32〕。《史記》述禹治水之方，則或言抑（河渠書引夏書之言），或言廝、引、播、灑（河渠書，其意皆為導與分），或湮與決、疏並舉（司馬相如傳），而未以疏與堙為禹鯀治水成敗之因。

至於禹治水的地區〔註33〕，《尚書禹貢》篇記載禹導九河，太史公全部錄入《史記夏本紀》中〔註34〕。根據《禹貢》，禹所導的九河是：弱水、黑水、河水、漾水、江水、流水、淮水、渭水、洛水等，其範圍之廣，幾乎包括整個黃河流域和長江流域〔註35〕，以當時人類具備的知識、工具與交通等條件，像黃河長江等大水，似非人力所能開闢或整治，所以《禹貢》之說，已令人難以置信〔註36〕。近人捨《禹貢》而推測大禹治水之範圈，較重要者有錢穆、呂思勉、徐炳昶、趙鐵寒數家之說〔註37〕，綜觀各家所論，禹的治水地區，自潼關以東的黃河下游地區，皆有可能，因為伊闕、砥柱之間，正是夏人活動的主要地區，徐兗及《爾雅》「九河」的一部份地區，則為東夷集團活動的範圈，根據文獻傳說推測，禹的治水曾得東夷集團合作〔註38〕，則

樣的，參考童書業《春秋左傳研究》（上海人民出版社，1980年）頁17～18。另外，李啓謙《左傳、國語中所見夏代社會》一文，討論鯀禹治水問題時，亦同意上述看法，並進而研究鯀遭殺害的原因，見其文（收於《夏史論叢》，齊魯書社出版，1985年）夏223～226。

〔註32〕參見前引童文頁18。童氏又論其原因云：「蓋古代土廣民稀，不與水爭地，水害較少。其後人口增加，土地開闢，不得不與水爭地，乃有堤防之法。其後人口益增，土地益闢，與水爭地之害漸著，乃有所謂疏導之法以補救之。觀戰國時築堤防與開河渠之事並舉，而以開河渠之利為尤大，是即鯀禹父子異功之說之背景也。」見其文頁294。

〔註33〕此段多參考王仲孚《大禹與夏初傳說試釋》（《國立台灣師範大學歷史學報》第八期）頁19～20的整理成果。

〔註34〕瀧川龜太郎《史記會注考證》（洪氏出版社，民國71年）於夏本紀「以告成功于天下」下按曰：「禹行自冀州始以下，采尚書禹貢」。此段文字甚多，故未一一引之。

〔註35〕而其中的弱水、黑水是現在的那二水，古今學者意見甚不一致。《禹貢》云：「導弱水至於合黎，餘波入於流沙」《漢書地理志》師古云：「合黎山在酒泉流沙在敦煌西」；黑水、師古云：「黑水出張掖雞山，南流至敦煌過三危山……」孔穎達《正義》以在蜀郡西南三千餘里故滇王國，顯見範圍太廣。

〔註36〕丁文江《致顧頡剛書》已致其疑，見《古史辨》第一冊下編，頁208。而對於《禹貢》亦有人深加探討，認為它是戰國的作品，不可將它當成夏朝的史料，參見陳連慶《禹貢研究》（《夏史論叢》頁181～212）。

〔註37〕參見錢穆《周初地理考》（《燕京學報》第十期）頁19：呂思勉《唐虞夏史考》（《古史辨》第七冊下編）頁275；徐炳昶《中國古史的傳說時代》（科學出版社印行，1960年修訂本）第三章《洪水解》，頁139～140；趙鐵寒《古史考述》（正中書局，民國54年）《禹與洪水》，頁56。

〔註38〕徐炳昶《中國古史的傳統時代》（修訂本）頁147。

東方的水患，自亦在平治之內。由於民族的成長和疆域的擴大，春秋以後的文獻，遂把大禹治水的地區，加以擴大，遍及九州，而各種附會、誇大及至怪誕的記載，也隨之出現〔註39〕。

另外，前引《史記夏本紀》關於禹治水的文字，發現有「皋陶」這個人物，其在《詩經》中亦嘗出現過一次，即《魯頌泮水》:「淑問如皋陶，在泮獻囚」。屈萬里先生云:「問，訊問也。皋陶善於聽訟者也」〔註40〕，蓋因皋陶是作刑之人，如《左傳昭公十四年》:「叔向曰：夏書曰：昏墨賊殺，皋陶之刑也」、《呂氏春秋君守》篇：「皋陶作刑」，故與聽訟有關，《詩》中用典，即含此義。而《墨子尚賢》中云：「若天之所使能者誰也？曰：若昔者禹稷皋陶是也」、《史記殷本紀》引《湯誥》（今尚書缺下列諸語）云:「古禹皋陶久勞於外，其有功乎民，民乃有安。東爲江、北爲濟、西爲河、南爲淮，四瀆已修，萬民乃有居。后稷降播，農殖百穀。三公咸有功於民，故后有立」，兩說皆並提禹、皋陶、稷三人，《詩經》中三人具有，是同一時代層次。據《史記》說，則皋陶與禹並排，功勞似乎皆在水功；則與《詩》中所引獻囚義，不甚連貫。然《史記夏本紀》又嘗云:「皋陶作士以理民，帝舜朝」，乃採自《書舜典》:「帝曰：皋陶，蠻夷猾夏，寇賊姦宄，汝作士」，則與《詩經》中用典同義。又，有人提出皋陶與伯夷、許由同是一人的看法〔註41〕，亦可備爲考辨皋陶此人之一說。

第二節　殷商的先世

司馬遷在《史記平準書》結論中說:「書道唐、虞之際，詩述殷、周之盛」,《詩經》三百零五篇中述及殷商史事的，多在《商頌》五篇中。司馬遷作《殷本紀》所憑藉的資料，有不少便是採自《詩經商頌》，由其《殷本紀》贊所云「余以頌次契之事；自成湯以來、采於書、詩」即可知。這一部分與下節第一部分將取《商頌》中敘述殷商史事的詩句，對照《殷本紀》中相關的文字，以考辨其間異同。

至於殷商稱號的問題，本文根據屈萬里先生之說，取殷商兩字之合稱〔註42〕，

〔註39〕例如《墨子兼愛》中云：「古者禹治天下，西爲西河魚竇，以泄渠孫皇之水，北爲防原泒，注后之邸，嘑池之竇，灑爲底柱，鑿爲龍門，以利燕代胡貉與西河之民，東方漏之陸，防孟諸之澤，灑爲九澮，以楗東土之水，以利冀水之民。南爲江漢淮汝，東流之注五湖，以利荊楚于越與南夷之民」，顯然是誇大其辭。

〔註40〕見屈萬里《詩經釋義》頁283，註20，中華文化出版事業社。

〔註41〕例如童書業氏，其說見《春秋左傳研究》頁354～355。又如楊寬氏，其說見《中國上古史導論》（古史辨第七冊上編）頁345～352。

〔註42〕見屈萬里《史記殷本紀及其他紀錄中所載殷商時代的史事》一文，《文史哲學報》第十四期頁88～89。（本文係《中國上古史稿》第二本第四章）

而不拘泥於皇甫謐所云「帝盤庚徙都殷，始改商曰殷」的分稱〔註 43〕，因爲殷商兩字合用，其來甚古，《詩大雅大明》說：「摯仲氏任，自彼殷商」，又說：「殷商之旅，其會如林」。在《蕩》一篇中，「文王曰咨，咨女殷商」的句子，就出現七次。《大明》和《蕩》，都是西周時代的詩篇，可見殷商這個名詞，至遲在西周時代就有了。另外，近人有以爲「子姓自號曰商、周人呼之曰殷」〔註 44〕者，其實，《尙書盤庚》篇說「殷降大虐」，《詩商頌玄鳥》篇說：「殷受命咸宜」，《殷武》篇也說「撻彼殷武」：這些都是殷人或宋人較早的文獻，而同樣叫做殷。《尙書多士》篇說「周公初于新邑洛，用告商王士」，《多方》篇說「乃惟爾商後王」，《詩大雅文王》篇說「商之孫子」，《大明》篇說「燮伐大商」：這些都是周人早期的文獻，而同樣叫做商。可見殷人和周人，對於殷和商的稱謂，並沒有什麼分別。

一、契（玄王）

〔詩經〕

天命玄鳥，降而生商，宅殷土芒芒。古帝命武湯，正域彼四方。（商頌、玄鳥）有娀方將，帝立子生商。玄王桓撥，受小國是達，受大國是達。率履不越，遂視既發。（商頌、長發）

〔史記〕

殷契，母曰簡狄，有娀氏之女，爲帝嚳次妃。三人行浴，見玄鳥墮其卵，簡狄取呑之，因孕，生契。契長而佐禹治水有功，帝舜乃命契曰：「百姓不親，五品不訓，汝爲司徒，而敬敷五教，五教在寬。」封於商，賜姓子氏，契興於唐、虞、大禹之際，功業著於百姓，百姓以平。（殷本紀）

〔考辨〕

契爲殷人之祖。丁山《新殷本紀注》五說謂「商頌長發『玄王桓撥，受小國是達，受大國是達，率履不越，遂視既發。』陳奐《毛詩傳疏》云『國語周語：玄王

〔註 43〕見《太平御覽》（上海，商務印書館影印宋刊本，1935 年）所引皇甫謐《帝王世紀》之言。而《通鑑綱目》前編，把陽甲以前的王，都稱作商王；盤庚以後的，則都叫做殷王。今人陳夢家的《殷虛卜辭綜述》（科學出版社，1956 年），則稱盤庚以後爲殷，以前爲商（見頁 208～216）。其實殷與商可以連稱，亦可以互稱，崔述在他的《商考信錄》裡，已有詳明的論證。傅斯年先生《夷夏東西說》云：「商人居此地（按指殷土）數百年，爲人稱曰殷商，即等稱在殷之商」，詮釋殷商一辭，甚爲明確。趙鐵寒先生據之，又引《周書》中殷商雜用之語，證明都商邑者稱商，都殷地者稱殷，既可合稱爲「殷商」，亦可分稱曰「殷」，曰「商」（見《說殷商亳及成湯以後之五遷》，《大陸雜誌》十卷八期，頁 19）。其意皆與屈萬里先生之說同。

〔註 44〕見周鴻翔《商殷帝王本紀》（香港，1958 年），頁 3。

勤商，十有四世而興。魯語：自玄王以及主癸莫若湯。荀子成相：契玄王，生昭明，十有四世乃有天乙是成湯。是玄王爲契矣。漢書禮樂志以契玄王爲二人，白虎通義瑞蟄篇引詩，以玄王爲湯，皆非也。』余謂玄王得名于玄鳥，謂其本玄鳥之子矣。」以爲契即玄王，所得名自契乃玄鳥之子，是也。

《詩商頌》之《玄鳥》篇與《長發》篇敘契之事，僅述及「天命玄鳥，降而生商」、「有娀方將，帝立子生商」而已，《殷本紀》則採取其他傳說，綜合而成故事化的敘述。例如《詩》祇言契母爲有娀氏女，《殷本紀》則稱其爲簡狄，爲帝嚳次妃。《楚辭天問》篇有「簡狄在臺嚳何宜，玄鳥致貽女何嘉」，此蓋簡狄爲嚳妃說之所本，而太史公大約又根據《大戴禮帝繫》篇「帝嚳卜其四妃之子而皆有天下，上妃有邰氏之女也，曰姜嫄，產后稷；次妃有娀氏之女也，曰簡狄，產契；次妃陳鋒氏之女也，曰慶都，產帝堯；次妃陬訾氏之女也，曰常儀，產帝摯」之說，而謂契母爲帝嚳次妃。關於這個說法，丁山《新殷本紀注》一曾非之曰「摯與契、后稷、帝堯爲同父異母兄弟，大雅不得言厥初生民、時維姜嫄，商頌不得言天命玄鳥，降而生商，玄鳥卵與巨人跡說，由今初民社會學言，固皆成孕圖騰也。所謂契與后稷皆帝嚳子說，疑皆演自天父地母神話」，此說實可破甚多無謂臆附。又例如天如何命玄鳥生商，詩中並無詳言，《呂氏春秋音初》篇說得較詳細，謂「有娀氏有二佚女，爲之九成之臺，飲食必以鼓，帝令燕往視之，鳴若謚隘。二女愛而爭搏之，覆以玉筐，少選，發而視之，燕遺二卵、北飛，遂不返」，可與《殷本紀》說資相發明，而《殷本紀》更謂簡狄取吞玄鳥卵以生契，故事性就更完全了。這類的神話〔註 45〕，雖不是史實，但就初民只知有母而不知有父的情形而言，卻是民族學家們的重要資料。

至於契長而佐禹治水事，僅見《殷本紀》，其事有疑。丁山《新殷本紀注》二因說云「史記契長而佐禹治水有功句，未知所本。按，司徒金文作嗣土，雖官司土田，非水官也。契佐禹事，疑因魯語有云契爲司徒而民輯，冥勤其官而水死，涉冥死于水之事而誤」，是也。而帝命契云云者，《尙書堯典》有「契，百姓不親，五品不遜，汝作司徒，敬敷五教，在寬」之記載，太史公本之，直述其事於《殷本紀》，且云舜將契「封於商〔註 46〕，賜姓子氏」。又太史公所以云契興於唐、虞、大禹之際者，

〔註 45〕吳萬居《詩經裡之異常誕生神話與傳說》(《孔孟月刊》第二十三卷第七期)，將契誕生之事歸爲卵生神話一類，並探其成因爲：母系社會之遺跡、尊祖心理之反射、先民逐鹿天下之資本。見其文頁 27～30。

〔註 46〕《詩商頌玄鳥》篇和《長發》篇的鄭玄《箋》，都說是堯封契於商。商，地名，王國維《觀堂集林》卷十二有《說商》一文，考證其詳，以爲商終始宋地，即是商邱，其說是也。又：《世本》說契居於蕃；《左傳》說相土始居商邱，說詳屈萬里《史記殷本紀及其他紀錄中所載殷商時代的史事》第四節《屢遷的殷都》。

乃因《堯典》明言契與禹、皋陶、后稷、伯夷、夔、龍、倕、益、彭祖等同見重於帝舜，故太史公因之而有此說。我們由《詩經商頌長發》篇得知契非常剛勇，無論受小國或大國，其政無不通達，且遵循禮法無所踰越。到了《殷本紀》則多了上述佐禹治水、受舜命爲司徒、功業著於百姓的具體記載。太史公採用其他的傳說史料，豐富了契的事跡，而後人對契的研究，也有不同的見解〔註47〕，然大抵皆是以《詩經》所述者爲基礎。

二、相土

〔詩經〕

相土烈烈，海外有截。（商頌、長發）

〔史記〕

契卒，子昭明立。昭明卒，子相土立。相土卒，子昌若立。昌若卒，子曹圉立。曹圉卒，子冥立。冥卒，子振立。振卒，子微立。微卒，子報丁立。報丁卒，子報乙立。報乙卒，子報丙立。報丙卒，子主壬立。主壬卒，子主癸立。主癸卒，子天乙立。是爲成湯。（殷本紀）

〔考辨〕

《詩經商頌長發》：「相土烈烈，海外有截」。《毛傳》，相土，契孫也。王國維先生以爲卜辭中之土皆指相土，爲殷商之先王先公之一，即《史記》所說「契卒，子昭明立，昭明卒，子相土立」之相土〔註48〕。而陳夢家先生則否定王氏之說，其理由如下：（1）相土若是人名，只能單稱爲相，如伊尹之稱尹，不能單稱土；（2）卜辭有亳土即亳社；（3）古有祀社之禮；（4）畓是地名〔註49〕。後來新出的材料發現了「亳土」，所以近代郭沫若也修正舊說，以爲「凡卜辭所祀之土，王國維均設爲相土，以此例之，殊未見其然」〔註50〕。然卜辭雖不見相土，而殷世自有相土，太史公之說必有所本。相土明見載籍者，如《春秋左氏襄公九年傳》云「陶唐氏之火正閼伯居商丘，祀大火而火紀時焉，相土因之」，《御覽》一五五引《世本》云「相土徙商邱」，《今本竹書紀年夏帝相十五年》云「商侯相土作乘馬」之相土皆是。崔述《商考信錄》據《詩商頌長發》「相土烈烈，海外有截」句考論云「商先世詩書多缺

〔註47〕楊寬《中國上古史導論》以契爲殷人東夷之社神。見《古史辨》第七冊上編頁368。陳夢家則以爲契是傳說上的人王。見所著《殷虛卜辭綜述》，頁340（科學出版社，1956年）。

〔註48〕見《古史新證》，第三章《殷之先公先王》，頁2082。

〔註49〕見《殷虛卜辭綜述》，頁340。

〔註50〕見《殷契粹編考釋》二〇說畓㠯下。

且不可詳考，竊以時世推之，相土爲契之孫，當在夏太康世，蓋因太康失國，羿浞淫暴，諸侯無所歸，而相土能修其德政，故東方諸侯咸歸之，商邱在東，而西北阻於羿奡，是以號令訖於海，而云海外有截也」，說可備參〔註51〕。

《荀子解蔽》篇：「乘杜作乘馬」，杜即土。乘，王念孫氏以爲桑字之誤，桑、相古同聲，桑杜即相土〔註52〕。乘馬，四馬也，四馬駕車起於相土。《周禮校人注》引《世本》云：「相土作乘馬」。故疑相土之能使四海之外截然率服，殆與其作乘馬以利征討有關〔註53〕。

另外，《殷本紀》記載從契到湯十四代的世系，恰與《國語周語》下所云「玄王勤商，十四世而興」、《荀子成相》篇所說「契玄王，生昭明……十有四世乃有天乙是成湯」相合，而且已爲晚近出土之殷墟甲骨文字所證實。首爲此項工作者，爲王國維先生之《殷卜辭中所見先公先王考》及《續考》〔註54〕，其重要之發現如次：（1）推證殷人出自帝嚳之說。據此則《史記殷本紀》、《世本》、《左傳》、《魯語》、皇甫謐《帝王世紀》種種傳說可以參證連貫，均因卜辭之發見而重新估定此等書籍在古代史料上之價值。又據此知五帝之系統雖出戰國後人之編造，而五帝之個別傳說，則各有淵源，決非亦出後人所捏造。如殷商之出帝嚳，即其一例。（2）發見卜辭有王亥，即《史記》中之振，據此則《山海經》、《竹書紀年》、《呂氏春秋》、《楚辭》、《天問》、《世本》、《管子》、《漢書古今人表》種種傳說記載，盡可參證連貫。（3）又自王亥而發見王恆，以卜辭證《天問》，可以補古史之缺〔註55〕。至於《殷本紀》成湯以下之世系大略，與卜辭亦可相證〔註56〕，此處不多言之。

〔註51〕參考李壽林《史記殷本紀疏證》（師大國文所65年碩士論文）頁8～9。

〔註52〕王念孫，《讀書雜誌》卷八之七，乘杜。世界書局，民國52年。

〔註53〕參考葉達雄《詩經史料分析》（台大歷史所61年碩士論文）頁2～3。

〔註54〕見《觀堂集林》卷九。

〔註55〕以上三點，參見錢穆《國史大綱》第一編第二章《黃河下游之新王朝》，頁17，商務印書館，民國66年。至於以甲骨文印證《殷本紀》所載的殷之先公，亦可參考屈萬里《史記殷本紀及其他紀錄中所載殷商時代的史事》第一節《殷的先公》之研究成果。

〔註56〕可參考李壽林《史記殷本紀疏證》頁6～17，舉甲骨文以證殷本紀所載之帝王世系。

第三章　《詩經》與《史記》皆載之史事（中）
——《詩經》本文可佐證《史記》者

第一節　殷商史事

一、成湯的建國

（一）成湯之布政與德業

〔詩經〕

古帝命武湯，正域彼四方，方命厥后，奄有九有。（商頌、玄鳥）

帝命不違，至于湯齊。湯降不遲，聖敬日躋。昭假遲遲，上帝是祗。帝命式于九圍。（商頌、長發）

受小球大球，爲下國綴旒。何天之休，不競不絿，不剛不柔。敷政優優，百祿是遒。（商頌、長發）

受小共大共，爲下國駿厖。何天之龍，敷奏其勇。不震不動，不戁不竦、百祿是總。（商頌、長發）

〔史記〕

帝桀之時，自孔甲以來，而諸候多畔。……湯修德，諸侯皆歸湯。（夏本紀）

湯出，見野張網四面。祝曰：「自天下四方，皆入吾網。」湯曰：「嘻！盡之矣！」乃去其三面。祝曰：「欲左，左，欲右，右，不用命乃入吾網。」諸侯聞之，曰：「湯德至矣，及禽獸。」（殷本紀）

〔考辨〕

《詩經商頌》記載湯之事蹟，較爲詳備，而且均是頌美之詞。前引《玄鳥、長發》二詩，即敘述湯敬奉上帝，不違帝命，謹愼聖明，布政溫和之德業，其事可與《尚書》所載配合而看，如《多士》篇云：「自成湯至于帝乙，罔不明德恤祀；亦爲天丕健，保乂有殷；假王亦罔敢失常，罔不配天，其澤」，《多方》篇云：「乃惟成湯，克以爾多方，簡代夏作民主。愼厥麗，乃勸，厥民刑，用勸。以至于帝乙，罔不明德愼罰，亦克用勸。要囚，殄戮多罪，亦克用勸，開釋無辜，亦克用勸」，皆述湯治國之方法和推行政令的情況。至於《史記》，亦稱湯修德而諸侯皆歸之，又記載湯網開三面的具體事蹟，以湯之德及禽獸，來突顯「何況生民」之意。此事太史公蓋本於《呂氏春秋異用》篇所云「湯見祝網者置四面，其祝曰：從天墜者，從地出者，從四來者，皆羅吾網。湯曰：嘻！盡之矣，非桀其孰爲此也。湯收其三面，置其一面，更教祝曰：昔蛛蝥作網罟，今之人學紓，欲左者左，欲右者右，欲高者高，欲下者下，吾取其犯命者。漢南之國聞之曰：湯之德及禽獸矣！於是四十國歸之。人置四面未必得鳥，湯去其三面置其一面，以網四十國，非徒網鳥也」而來。

（二）湯有輔助之賢臣

〔詩經〕

> 昔在中葉，有震且業。允也天子，降予卿士：實維阿衡，實左右商王。（商頌、長發）

〔史記〕

> 伊尹名阿衡，阿衡欲干湯而無由，乃爲有莘氏媵臣，負鼎俎以滋味說湯，致于王道。或曰：伊尹、處士。湯使人聘迎之，五反，然後肯往從湯；言素王及九王之事。湯舉，任以國政。伊尹去適夏；既醜有夏，復歸于亳。（殷本紀）
>
> 帝太甲既立三年，不明暴虐，不遵湯法，亂德，於是伊尹放之於桐宮三年……帝沃丁之時，伊尹卒，既葬伊尹於亳。（殷本紀）

〔考辨〕

《詩商頌長發》篇《毛傳》云：「阿衡，伊尹也」，《史記殷本紀》云：「伊尹，名阿衡」，阿衡即是保衡〔註 1〕。因《尚書君奭》篇有「公曰：君奭，我聞在昔，成湯既受命，時則有若伊尹，格于皇天；在太甲，時則有若保衡」之語，似分別伊尹、保衡二人甚明，學者遂疑《史記》之說。唐蘭在《天壤閣甲骨文存》的考釋裡，曾以爲保衡不是伊尹〔註 2〕。其後陳夢家《殷虛卜辭綜述》曾舉了三個證據，證明伊

〔註 1〕漢人說阿衡、保衡是同一官職，而名稱小異；以爲伊尹曾作此官，所以稱他做阿衡或保衡。參孫星衍《尚書今古文注疏君奭》篇。

〔註 2〕唐蘭《天壤閣甲骨文存考釋》頁 39 云「……然則黃夾必是黃尹，亦即保衡或阿衡，

尹和阿衡是二人，並以爲阿衡即甲骨文裡的黃尹〔註3〕。然而，亦有持相反意見者，如李壽林《史記殷本紀疏證》十八條即認爲「伊尹之名阿衡，自來未有疑義，徒以甲骨卜辭之別作 [illegible]（伊尹）、[illegible]（或釋寅尹，或釋黃尹），學者惑之，遂生枝節」甚爲無謂也，其理由爲：「蓋君奭篇太甲時固有保衡，然伊尹之死，更在太甲之後，安得太甲之時更有重臣可駕越伊尹之上者乎？且勿論太甲爲伊尹所放也。此必伊尹與保衡、阿衡一人也，只因時代不同，故名稱亦殊，而後人誤分爲二耳。所以云然者，予意自成湯以迄武丁或更晚之之世，必未有伊尹此名，稱之爲伊尹，商朝晚期之事也，董彥堂先生甲骨文斷代研究例99頁說『伊尹亦作寅尹，王靜安先生謂古讀寅爲伊，其說甚是。今以時期證之，作寅尹多在武丁之世，至武乙時則書伊尹』，三數語而盡發人所未發，唐蘭，陳夢家之說，可以一舉而破矣」〔註4〕，以爲《殷本紀》之說本無誤，不必輕改伊尹、阿衡爲二人。屈萬里先生則疑保爲官名，衡乃人名，其人未必爲伊尹也，但仍取保留態度而云「姑存此疑，以俟考定」〔註5〕。

伊尹爲殷代開國元勳，助湯伐桀而得天下，故古書中有關他的傳說頗多。其名曰摯〔註6〕，見於《墨子尚賢》中、《孫子用間》篇和《楚辭天問》。他本住在華國，《孟子萬章》上、《墨子尚賢》下、《呂氏春秋本味》篇〔註7〕皆有記載。關於他的出處，戰國時代有不同的傳說：一般說法是，莘國的女兒嫁給成湯時，伊尹爲陪嫁之媵臣。有的說，他曾以烹調技術巴結成湯。又有的說，他曾五次謀事於夏桀，五次謀事於成湯。然照《孟子》所言，則伊尹原耕於有莘之野，成湯三使往聘之，才跟隨成湯〔註8〕。不過此亦爲戰國年間傳說之一，眞象究竟如何，至今尚無法判定〔註9〕。《史記殷本紀》則將傳說並而存之，又據《詩經商頌長發》「昔在中葉，有震且業，允也天子，降予

與伊尹爲二人。昔人混而爲一，非也。」

〔註3〕參見陳夢家《殷虛卜辭綜述》頁363。

〔註4〕李壽林《史記殷本紀疏證》（師大國文所65年碩士論文）頁22。

〔註5〕屈萬里《尚書釋義》（中國文化大學出版部，73年修訂本）頁159，註11。

〔註6〕梁玉繩《人表攷》卷二，曾將經傳載籍所見伊尹之名具列之，可參。

〔註7〕《呂氏春秋本味》篇，莘作侁。

〔註8〕見《孟子萬章》上。

〔註9〕杜正勝《試論先秦時代的成湯傳說》（《大陸雜誌》第四十七卷第二期，頁44～59。）一文，嘗探討伊尹的傳說，而有「伊尹出身的推測」、「戰國時代伊尹身分的三種型態」二節，推測「伊尹可能係一方部族之長，其地位與殷之先公埒等，終殷之世，享祀不衰」。然因典籍闕佚，除非有足夠之考古資料佐證，亦不敢視爲信史。杜氏又云：「伊尹身分的傳說在戰國有三變：賤隸居相宰轉化成君王之師，再轉化成卑恭的士人。表面雖論伊尹傳說，實涉及戰國士人的命運，三種型態正是士人地位轉變的縮影」。此說可與本文第二章討論禹治水時所云「實際歷史在傳說中之反映」資相參證。

卿士，實維阿衡，實左右商王。」《毛傳》謂「阿衡、伊尹也」，而說伊尹名阿衡。觀《長發》之詩，既述殷契之有國及相土之盛業，更至商王成湯之世，則天降伊尹阿衡之以承繼相土之業，以王天下，其事本極合理，左右商王之阿衡即伊尹也。然以近世學者有疑，故亦列其說而存之。至於湯卒後，伊尹放逐太甲之事，《史記》所本，應為《孟子萬章》上所云「伊尹相湯以王天下，湯崩……太甲顛覆湯之典刑，伊尹放之於桐，二年，太甲悔過，自怨自艾，於桐處仁遷義三年，以聽伊尹之訓己也，復歸于亳。」，與《竹書紀年》所載「仲壬崩，伊尹放太甲于桐，乃自立也。伊尹即位，於太甲七年，太甲潛出自桐，殺伊尹。乃立其子（伊陟）伊奮，命復其父之田宅而中分之。」〔註10〕有異。歷來學者大多不信《竹書紀年》此則傳說，然《孟子》之言與戰國中葉以後成書之《書序》略同〔註11〕，係儒家化後的傳說，不如《竹書》近眞。

（三）湯滅夏桀而有天下

〔詩經〕

武王載旆，有虔秉鉞，如火烈烈，則莫我敢曷。苞有三蘖，莫遂莫達。九有有截。韋顧既伐，昆吾夏桀。（商頌、長發）

昔有成湯，自彼氐羌，莫敢不來享，莫敢不來王。曰商是常。（商頌、殷武）

商邑翼翼，四方之極。（高頌、殷武）

〔史記〕

湯征諸侯，葛伯不祀，湯始伐之。（殷本紀）

湯遂率兵以伐夏桀。桀走鳴條，遂放而死。……湯乃踐天子位，代夏朝天下。（夏本紀）

當是時，夏桀為虐政淫荒，而諸侯昆吾氏為亂。湯乃興師率諸候，伊尹從湯，湯自把鉞以伐昆吾，遂伐桀。……於是湯曰「吾甚武，號曰武王」。桀敗於有娀之虛，桀奔于鳴條。夏師敗績。……於是諸侯畢服湯，乃踐天子位，平定海內。（殷本紀）

〔考辨〕

《殷本紀》云：「湯征諸侯，葛伯不祀，湯始伐之」，其事採自《尚書湯征序》

〔註10〕《史記殷本紀》，《會注考證》引《竹書》，文字與朱右曾輯錄《汲冢紀年存眞》（新興書局）小異。「伊陟」依朱本增。

〔註11〕《書序》曰：「太甲既立，不明；伊尹放諸桐，三年，復歸于亳，思庸。伊尹作太甲三篇。」據《孟子》，太甲悔過而後返亳；據《書序》，則似太甲返亳而後「思庸」也，這點小矛盾也是太甲事件未純然儒家化時，必有的現象。參見註9所引杜文頁48、58。

〔註 12〕、《孟子梁惠王》下及《滕文公》下〔註 13〕，尤以《滕文公》下所詳葛伯仇餉事，更可發明《本紀》之不足。然而《孟子》所述成湯放伐革命之事，乃是納兩種異源傳說爲一，塑造仁義成湯的典型，而非原始成湯傳說的面貌〔註 14〕。早期某些傳說明指成湯惑於利，乘夏之危，放逐夏桀，認爲成湯代夏立國非基於仁義的感召〔註 15〕。道法者流還保存傳說的某些原型，尙未儒家化，其間的蛛絲馬跡可以互相參證〔註 16〕。

《史記》述湯伐昆吾夏桀事，主要本《詩商頌長發》「武王載旆，有虔秉鉞……韋顧既伐，昆吾夏桀」爲說，而《鄭箋》「韋，豕韋，彭姓也。顧、昆吾，皆己姓也。三國堂於桀惡，湯先伐韋、顧、克之、昆吾、夏桀，則同時誅也」是其事也。又因詩有「武王載旆，有虔秉鉞」句，故《殷本紀》有湯自把鉞之言。又《百篇書序湯

〔註 12〕《百篇書序》云：「湯征諸侯，葛伯不祀，湯始征之，作湯征」。《湯征》篇者，《書序》有之，《孟子》亦嘗多引之，知必有之。然伏生《今文尚書》二十九篇及孔壁增多之《古文尚書》十六篇並東晉梅賾《僞古文》皆無之，則此篇漢世當已佚。

〔註 13〕《孟子梁惠王》下云：「書曰：湯一征，自葛始。天下信之，東面而征西夷怨，南面而征北狄怨，曰：奚爲後我。民望之，若大旱之望雲霓……誅其君而弔其民，若時雨降，民大悅。書曰：徯我后，后來其蘇。」《滕文公》下曰：「湯居亳、與葛伯爲鄰。葛伯放而不祀，湯使人問之曰：何爲不祀？曰：無以供犧牲也。湯使遺之牛羊，葛伯食之，又不以祀。湯又使人問之……葛伯率其民，要其有酒食黍稻者奪之，不授者殺之。有童子以黍肉餉，殺而奪之。書曰：葛伯仇餉，此之謂也。爲其殺是童子而征之……湯始征，自葛載，十一征而無敵於天下。東面而征西夷怨……（以下與前引略同）」。

〔註 14〕參見杜正勝《試論先秦時代的成湯傳說》之第五部分《仁義聖王傳說之形成》。其云「孟子的成湯放伐革命論是由兩種不同傳說拼成的。葛伯仇餉、湯一征自葛始，十一征而有天下，三者同屬一源；而眾望所歸，若望雲霓之語又別屬一來源。前者是成湯的傳說，後者則是周代子孫對周公的歌頌，原來的傳說無后來其蘇之痕跡，考之諸子，亦無此痕跡……捨孟子而外沒有成湯征伐后來其蘇之語」（頁 53），並認爲仁義成湯的典型在孟子時代完成，至戰國末葉，成湯已以仁義的面貌深植人心。然早期在各家派理論下的傳說原型並非如此，「先秦時代流行成湯篡放夏桀的傳說。那是強弱勝負之爭，與道德仁義無關連；也是下攻上之爭，目的在奪取盟主霸權，無所謂弔民伐罪、亦無所謂順天應人」（頁 46）。

〔註 15〕戰國之世，流行湯篡桀的傳說，認爲成湯伐夏立國非基於仁義的感召。其說頗盛，不限於一家，亦不限於一地。荀子說世人奢言「桀紂有天下，湯武篡而奪之」（荀子正論篇）；莊學後人亦云「湯放其主」、「湯放桀」（莊子盜跖篇）。墨家典籍也透露絲微雪痕——成湯乘夏氏饑饉而襲擊，南方民間亦流傳著「會鼂爭盟」（楚辭天問）的歌詠。《韓非子說疑》篇更謂傳說中的聖君明王乃「求其利」之輩，而《莊子盜跖》篇亦指斥堯舜禹湯文武「皆以利惑其眞」。參見註 14 所引杜文頁 45～46。

〔註 16〕前註所引《試論先秦時代的成湯傳說》一文，即是在各家派的理論上尋繹傳說原型的痕跡，而鈎指出成湯建國非仁義的原始傳說型態，認爲湯伐夏是盟主爭霸戰爭，與世傳儒墨之議論截然不同。

誓》有「伊尹相湯伐桀，升自陑，遂與桀戰于鳴條之野」語，此《殷本紀》「伊尹從湯」「桀奔于鳴條」說所從來。而《夏本紀》亦有「桀走鳴條，遂放而死」語，《史記會注考證》曾引崔述之言「湯之伐桀、傳記皆未詳載其事，《孟子》書中有湯放之文，《國語》云：桀奔南巢，《史記》云：桀走鳴條，遂放而死，則是桀兵敗出奔，未嘗死也。《尙書大傳》亦稱士民奔湯，桀與其屬五百人南徙，則是桀逃於外，湯未嘗追襲之，以是謂之放也」而謂「雖其言或不能無附會，要其情形，大概於理爲近」〔註 17〕，此或可爲湯放桀事做一注解。

至於《殷本紀》有「湯曰：吾甚武、號曰武王」，太史公所以如此云云，蓋從《商頌玄鳥》「古帝命武湯」及《長發》「武王載旆」語附會而來，就甲骨文所見，絕無有稱湯爲武王者。梁玉繩《史記志疑》引王若虛《滹南集史記辨惑》，有說其事，云：「詩頌言古帝命武湯，武王載旆，謂之武者，詩人之所加也，紀乃云湯曰吾甚武，號爲武王，聖人決無此語」，崔述《商考信錄》亦云：「蓋成湯既沒，其子孫群臣以爲撥亂反正，創業垂統，功莫之及，故追崇之而號之爲武王，不得遂謂武王爲湯之自號也」，意皆可取。至丁山《新殷本紀注》三十謂「殷之先王，武丁以前，無以武爲廟號者，商頌所見武王，一則謂成湯，一則或謂宋武公，史記以爲湯之自號，非也」，說湯非可自號武王，尤爲允論〔註 18〕。

成湯滅夏而有天下之事蹟，《史記》多據《詩經商頌長發》篇而記載其事，至於殷商建國以後之盛況，《商頌殷武》篇可以提供一些探索的資料。《殷武》所云：「商邑翼翼，四方之極，赫赫厥聲，濯濯厥靈。壽考且寧，以保我後生」，及宋人「述商先德，宅中國，保後生，大一統之狀也」〔註 19〕，而所謂「商邑翼翼，四方之極」，更說明當時新建的亳都成爲統治全國的中心。近來發現的河南偃師二里頭遺址，其上層面積廣大，遺存豐富，有規模較大的宮殿遺址，考古學界有人認爲可能是西亳〔註 20〕，爲商滅夏後用以鎮撫夏的基地。《殷武》又有云：「昔有成湯，自彼氐羌，莫敢不來享，莫敢不來王，曰商是常」，言成湯之世，氐羌之國遠在隴西，莫敢不來獻、莫敢不來王，以盡人臣之職。可見當時周邊地區前來朝貢的情況，亦可想見其經濟與文化之發展。

〔註 17〕見瀧川龜太郎《史記會注考證》（洪氏出版社，民國 71 年）《夏紀》頁 53。

〔註 18〕見李壽林《史記殷本紀疏證》二十四條所引。

〔註 19〕見朱守亮先生《詩經評釋》（學生書局，民國 73 年）頁 960 所述《詩商頌殷武》篇第五章之章旨。

〔註 20〕也有以鄭州二里崗商城遺地爲西亳的。參見朱紹侯主編《中國古代史》上冊（福建人民出版社，1982 年）頁 60。

二、武丁的功業

〔詩經〕

商之先后，受命不殆，在武丁孫子。武丁孫子，武王靡不勝。龍旂十乘，大糦是承。邦畿千里，維民所止，肇域彼四海。四海來假，來假祁祁。景員維河，殷受命咸宜。百祿是何。（商頌、玄鳥）

〔史記〕

帝武丁即位，思復興殷，而未得其佐。三年不言，政事決定於冢宰，以觀國風。武丁夜夢得聖人，名曰說。以夢所見，視群臣百吏，皆非也。於是廼使百工營求之野，得說於傅險中。是時說爲胥靡，築於傅險，見於武丁。武丁曰是也。得而與之語，果聖人。舉以爲相，殷國大治。故遂以傅險姓之，號曰傅說。武丁祭成湯，明日有飛雉登鼎耳而呴。武丁懼，祖己曰：王勿憂，先修政事。……武丁修政行德，天下咸驩，殷道復興。帝武丁崩……祖己嘉武丁之以祥雉爲德，立其廟爲高宗。（殷本紀）

〔考辨〕

《詩經》中所描寫的武丁，可以比美成湯。凡湯之所能，武丁無所不能，《商頌玄鳥》所謂「武丁孫子，武王靡不勝」是也。然《詩經》中未舉出實例。《尚書無逸》篇記載周公述武丁事蹟時，說武丁久勞於外，及其即位，三年不談政事，自身非常謹慎，不敢放縱，不敢過度享樂，致使殷國美好寧靜，不論青年人或老年人對武丁均無抱怨〔註 21〕。此即比美成湯之謹慎聖明。而《孟子盡心》篇：「傅說舉於版築之間」，《墨子尚賢》中：「傅說被褐帶索，庸築乎傅巖，武丁得之，舉以爲三公，舉接天下之政，治天之下民」，《尚書君奭》篇：「……在武丁，時則有若甘盤。率惟茲有陳，保乂有殷；故殷禮陟配天，多歷年所」，傅說、甘盤，卜辭中亦有載〔註 22〕，則是有輔弼之臣。又《易既濟》：「高宗伐鬼方，三年克之」，《易未濟》：「震用伐鬼方，三年有賞于大國」，卜辭也記載武丁時有「師獲羌」、「伐土方」、「伐苦方」、「命戍」、「戍來歸」〔註 23〕，可見武丁的武功相當不錯。

〔註 21〕《尚書無逸》篇：「其在高宗，時舊勞于外，爰暨小人。作其即位，乃或亮陰，三年不言；其惟不言，言乃雍。不敢荒寧，嘉清殷邦。至于小大，無時或怨。肆高宗之享國，五十有九年。」（《尚書釋義》，中國文化大學出版部，民國 73 年，頁 153）。

〔註 22〕傅說，董作賓氏以爲即卜中之寢父，亦即夢父。因傅說即父說，傅父古通，古者尊師如父，故名爲傅。是故夢父即夢傅，而傅說應夢求來，呼爲夢傅。見所著《甲骨文斷代研究例》，（收入《董作賓學術論著》（上），世界書局，民國 51 年）頁 377。甘盤，董氏以爲即卜辭中之師盤。頁 376。

〔註 23〕見《董作賓學術論著》（上）頁 363～365。屈萬里先生也說：「在甲骨文的資料裏，可以證知武丁曾經討伐的方國很多、如土方、𢀛方、羌方、犬方、弓方、等。」（《史

《殷本紀》述武丁的事蹟，採《尚書無逸》篇、《論語憲問》篇、《國語楚語》及《孟子告子》篇，而有三年不語〔註24〕、夜夢聖人之說，並述其舉傳說爲相，修政行德，復興殷道事。另《殷本紀》又提到祖己其人，古來注解者只云其爲賢臣名。然而在甲骨文資料裡，顯示祖己和其他殷的先王，享受同樣隆重的祭祀，而王國維先生認爲祖己便是孝己（武丁子，未即位）〔註25〕，後來研究甲骨文的人，更從《戰國策秦策》、《燕策》、《荀子性惡、大略》《莊子外物》、《呂氏春秋必己》和《北堂書鈔》、《太平御覽》所引的《尸子》中，鉤稽出來孝己的史料，並確定了甲骨文中在武丁之後的祖己、父己、兄己乃至於小王，實際上就是存己〔註26〕。這是一件已被古人忽略而再被今人探索出來的史實。

武丁是殷代後期功業最盛的君主。《詩商頌玄鳥》、《尚書君奭》和甲骨文，都稱他爲武丁；《周易既濟》、《尚書無逸》、《高宗肜日》，則稱他爲高宗。對於他的功業，《玄鳥》之詩稱其開拓疆域到達了四海、四海之內的人們都來歸附；《孟子公孫丑》上則說：「武丁朝諸侯、有天下、猶運之掌也」，這些讚頌之辭，雖不免有些過火，但武丁的功業，著實是顯赫的。故董作賓先生說：「殷代武功極盛的時代，要推武丁，所以在武丁的時代，所征的方國也特別多」〔註27〕，屈萬里先生也說：「稱之曰武，他眞可以當之無愧」〔註28〕

三、商紂的滅亡

〔詩經〕

文王曰：咨！咨女殷商，曾是疆禦，曾是掊克；曾是在位，曾是在服。天降滔德，女興是力。

文王曰：咨！咨女殷商，而秉義類、疆禦多懟！流言以對，寇攘式內。侯作

記殷本紀及其他紀錄中所載殷商時代的史事》，《文史學報》十四期，頁97）。

〔註24〕如註21所引《尚書無逸》。又《論語憲問》：「子張曰：書云高宗諒陰，三年不言，何也」。

〔註25〕甲骨文中，在武丁之後、祖庚之前，有一個號作「己」的，和其他殷的先王，享受同樣隆重的祭祀。他有時被稱作祖己，有時作父己、兄己、小王。自從王國維由於同一條卜辭中、既有父丁、又有兄己、兄庚，從而推斷它是祖甲時的卜辭，認爲父丁即是武丁，兄己、兄庚即是孝己和祖庚。見王國維《殷卜辭中所見先公先王考》（觀堂林集）。

〔註26〕見吳其昌《殷虛書契解註》（藝文印書館，1960年）頁236，陳夢家《殷虛卜辭綜述》（科學出版社，1956年）頁430。

〔註27〕見《董作賓學術論著》（上）頁363。

〔註28〕見屈萬里先生《史記殷本紀及其他紀錄中所載殷商時代的史事》頁97。

侯祝，靡屆靡究。

文王曰：咨！咨女殷商。女炰烋于中國，斂怨以爲德。不明爾德，時無背無側；爾德不明，以無陪無卿。

文王曰：咨！咨女殷商，天不湎爾以酒，不義從式。咨愆爾止，靡明靡晦。式號式呼，俾晝作夜。

文王曰：咨！咨女殷商。如蜩如螗、如沸如羹。小大近喪，人尙乎由行。內奰于中國，覃及鬼方。

文王曰：咨！咨女殷商。匪上帝不時，殷不用舊。雖無老成人，尙有典刑。曾是莫聽，大命以傾。

文王曰：咨！咨女殷商。人亦有言：顚沛之揭，枝葉未有害，本實先撥。殷鑒不遠，在夏后之世。（大雅、蕩）

〔**史記**〕

帝乙長子曰微子啓。啓母賤，不得嗣。少子辛，辛母正后，辛爲嗣。帝乙崩，子辛立，是爲帝辛，天下謂之紂。

帝紂資辨捷疾，聞見甚敏，材力過人，手格猛獸；知足以距諫，言足以飾非；矜人臣以能，高天下以聲，以爲皆出己之下。好酒淫樂，嬖於婦人。愛妲己，妲己之言是從。於是使師涓作新淫聲，北里之舞，靡靡之樂。厚賦稅以實鹿臺之錢，而盈鉅橋之粟。益收狗馬奇物，充仞宮室。益廣沙丘苑臺，多取野獸蜚鳥置其中。慢於鬼神。大冣樂戲於沙丘。以酒爲池，縣肉爲林，使男女倮相逐其間，爲長夜之飮。

百姓怨望而諸侯有畔者，於是紂乃重刑辟，有炮烙之法。以西伯昌、九侯、鄂侯爲三公。九侯有好女、入之紂。九侯女不憙淫，紂怒殺之，而醢九侯。鄂侯爭之彊，辨之疾，並脯鄂候。西伯昌聞之、竊歎。崇侯虎知之，以告紂，紂囚西伯羑里，西伯之臣閎夭之徒求美女奇物善馬以獻紂，紂乃赦西伯。西伯出而獻洛西之地，以請除炮烙之刑。紂乃許之，賜弓矢斧鉞，使得征伐，爲西伯。而用費中爲政。費中善諛，好利，殷人弗親。紂又用惡來。惡來善毀讒，諸侯以此益疏。

西伯歸，乃陰修德行善，諸候多叛紂而往歸西伯。西伯滋大。紂由是稍失權重。王子比干諫，弗聽。商容賢者，百姓愛之，紂廢之。及西伯伐飢國，滅之，紂之臣祖伊聞之而咎周，恐，奔告紂日：「天既訖比我殷命，假人元龜，無敢知吉。非先王不相我後人，維王淫虐用自絕！故天棄我，不有安食，不虞知天性，不迪率典。今我民罔不欲喪，日『天曷不降威，大命胡不至？』今王其奈何？」

紂曰：「我生不有命在天乎？」祖伊反，曰：「紂不可諫矣！」

西伯既卒，周武王之東伐，至盟津，諸侯叛殷會周者八百。諸候皆曰：「紂可伐矣！」武王曰：「爾未知天命！」乃復歸。紂愈淫亂不止。微子數諫不聽，乃與太師、少師謀，遂去。比干曰：「爲人臣者，不得不死爭。」迺強諫紂。紂怒曰：「吾聞聖人心有七竅。」剖比干觀其心。箕子懼，乃詳狂爲奴，紂又囚之。殷之太師、少師乃持其祭樂器奔周。周武王於是遂率諸侯伐紂。紂亦發兵距之牧野。甲子日，紂兵敗。紂走入，登鹿臺，衣其寶玉衣，赴火而死。（殷本紀）

〔考辨〕

《詩經大雅蕩》爲詩人託言文王而引殷商之覆亡，以警當世之詩〔註 29〕。詩則以首章總冒全篇，餘則全託文王口氣歷數殷商罪過，包括強横狂惑、用人不當、善惡不明、沈湎於酒，怙惡不悛、廢棄典刑、剝喪本根等等罪行〔註 30〕，但是均爲嗟歎數責，並未舉出具體事實。《殷本紀》所述紂之罪惡，則一一敘述其罪狀，具體且詳細，謂紂生活淫侈，聽信婦言外，又殘害忠良、任用姦邪，甚至暴虐自傲、使用酷刑，積惡之甚於其身。然而子貢曾云：「紂之不善，不如是之甚也」〔註 31〕，考西周初之文獻，如《尚書牧誓》云「今商王受，惟婦言是用，昏棄厥肆弗答，昏棄厥遺王父母弟弗迪」，《酒誥》云「我聞亦惟曰，在今後嗣王酣身，厥命罔顯于民，衹保越怨不易。誕惟厥縱淫泆于非彝，用燕，喪威儀，民罔不盡傷心。惟荒腆于酒，不惟自息，乃逸。厥心疾很，不克畏死；辜在商邑，越殷國滅無罹。弗惟馨香，祀登聞于天，誕惟民怨。庶群自酒，腥聞在上；故天降喪于殷」，《無逸》云「無若殷王受之迷亂，酗于酒德」，《立攻》云「其在受德暋，惟羞刑暴德之人同于厥邦，乃惟無習逸德之人同于厥政」，所見說紂惡之事，未如太史公亟言於《本紀》之甚者也，只因紂爲亡國之君，故天下之惡皆歸焉。《荀子非相》篇云「古者桀紂……身死國亡，爲天下大僇，後世言惡則必稽焉」，《淮南子繆稱訓》「三代之盛，千載之積譽也，桀紂之謗，天下之積毀也」，《列子楊朱》篇「天下之善，歸之堯舜，天下之惡，歸之桀紂」，已對紂惡持懷疑態度。近代學者有人以爲桀紂罪惡多有相似之處，而認爲其間必多附會〔註 32〕，也有人以爲紂之罪惡因年代久

〔註 29〕見朱守亮先生《詩經評釋》頁 800 云：「細考詩靡不有初，鮮有克有終語，似是周之衰世之作。又末有殷鑒不遠，在夏后世之言，當係詩人託文王而引殷商之覆亡，以警當世之主」。

〔註 30〕見註 29 所引書頁 796～799，各章章旨。

〔註 31〕《論語子張》篇。

〔註 32〕夏曾佑《中國古代史》（商務印書館）頁 28。

遠，愈積愈豐，而達七十事之多，成爲「疑古派」所謂「古史層累造成」說的有力證明〔註33〕。

文獻記載的紂惡傳說，固不免有後人的附會，但亦不能說是完全出於後人憑空僞造。清崔述在《商考信錄》中據《尚書牧誓》、《微子》諸篇，以爲紂之不善可約爲五端：一曰聽婦言，二曰酗酒，三曰怠祀，四曰斥逐老成，五曰用險邪小人。近人王仲孚《殷商覆亡原因試釋》一文，綜合新舊材料，考察紂所以爲惡之因，認爲殷商的覆亡實與長期黨爭有關，黨爭的由來肇端於祖甲的改革，其中尤以祀典的變革，與殷人的制度、信仰及傳統皆有密切的關係，故影響深遠。王氏云：「從文獻記載的殷末史事及紂的罪惡情形來看，也正是表現了新舊兩派劇烈黨爭的現象。由於長期黨爭的結果，殷人顯已失去共同信仰以及是非判斷的標準，思想分歧、社會混亂、紀綱蕩然，在愈演愈烈的政爭下，殷人離心離德，有道德者相率求去，這錯綜複雜的因素相互激盪，實爲促使殷商王國瓦解的重要原因」〔註34〕，爲古來將殷商的覆亡歸因於紂的奢侈淫佚、暴虐無道，另尋了一個提供合理解釋的原因。《殷本紀》、記載周武王伐紂，戰于牧野之事，見於《百篇書序》所云：「武王戎車三百兩，虎賁三百人，與受戰于牧野」。至於紂死事，則異說紛陳，《史記志疑》云：「紂死無定說，史與周書克殷解言自焚于火；而尸子言武王殺紂于鄗宮；賈子言紂鬥死，其言死固已殊矣。竹書稱武王親禽受于南單之臺，淮南子氾論訓稱紂拘于宣室，不自反其過，而悔不誅文王于羑里，又似紂但見拘禽，未嘗即死、諸說不同，莫知其恐」〔註35〕，可見《史記》之說，亦未必然如此。

第二節　周先世事蹟

司馬遷撰《史記》，以《詩經》爲可靠之三代史料而多所取材〔註36〕。在夏、殷、周三代本紀中，《周紀》採《詩》特多，蓋因《詩經》三百篇，除少處幾處提到夏，又《商頌》五篇涉及殷史外〔註37〕，其餘悉皆有關周代之事，故太史公在撰述周代帝王嬗遞的事跡時，有豐富可信的資料供其參考引用。較之《殷紀》中

〔註33〕顧頡剛《紂惡七十事的發生次第》（《古史辨》第二冊，頁82～93）。

〔註34〕見王仲孚《殷商覆亡原因試釋》（國立台灣師範大學歷史學報第十期，頁1～17）

〔註35〕見梁玉繩《史記志疑》。

〔註36〕《史記殷本紀》贊云：「余以頌次契之事，自成湯以來，采於書詩」，《平準書》贊云：「書道唐虞之際，詩述殷周之世」，可見三代之史，《史記》頗多取材於《書》、《詩》。但夏、殷、周三代《本紀》，所採均以《尚書》爲多，《詩經》爲少。

〔註37〕參閱本章第一節與本節第一部分所引。

採《詩》僅二三事、《夏紀》無《詩》可據的情形〔註 38〕，《周本紀》可謂《史記》中與《詩經》關係最密切之篇章。茲將《周本紀》裡取材於《詩經》之處，以及《詩經》、《史記》其他有關周室史事的記載，查考臚列於後〔註 39〕，以辨其史實。此處先述周先世事蹟。

一、始祖后稷

（一）后稷的出生

〔詩經〕

厥初生民，時維姜嫄。生民如何？克禋克祀，以弗無子。履帝武敏，歆；攸介攸止，載震載夙；載生載育，時維后稷。

誕彌厥月，先生如達；不坼不副，無菑無害，以赫厥靈。上帝不寧，不康禋祀，居然生子！（大雅、生民）

閟宮有侐，實實枚枚。赫赫姜嫄，其德不回。上帝是依，無災無害；彌月不遲，是生后稷。降之百福，黍稷重穋，稙穉菽麥。奄有下國，俾民稼穡。有稷有黍，有稻有秬。奄有下土，纘禹之緒。（魯頌、閟宮）

〔史記〕

姜原出野，見巨人跡，心忻然說，欲踐之。踐之而身動，如孕者，居期而生子。（周本紀）

〔考辨〕

歷來學者，對《大雅生民》篇中關於后稷誕生時的神異事蹟，有過不少爭論。詩中「履帝武敏」的解釋，今古文學家即有不同的說法〔註 40〕。《魯詩》釋帝爲天帝，武爲足跡，敏爲拇，即大拇指〔註 41〕，意即踩天帝腳印的大拇趾。《毛傳》則

〔註 38〕日人瀧川龜太郎《史記會注考證》於《夏紀》引陳仁錫之言曰：「自啓以前，多本諸尚書，故紀事詳悉，至太康以下，事不經見，則不免疏略矣」，而不及《詩經》。則《夏紀》無《詩》可據可知。本章第一節比較《詩經》與《史記》有關禹與夏代之傳說，惟擇詩中涉及禹與夏代的文字與《史記》有關史事相對照，非謂《史記》取材《詩經》也。

〔註 39〕裴普賢《詩經比較研究——史記周本紀》篇一文，嘗將《周本紀》與所採詩篇的文字詳加對照說明（見《詩經欣賞與研究（四）》頁 382～419）本文有關周代史事之條目，有參考該文而成者。

〔註 40〕陳子展在《雅頌選譯》（上海，古典文學出版社，1957 年）中曾列舉了一些說法。他指出認爲姜嫄「有夫」是古文家說，而「無夫」是今文家說。

〔註 41〕據陳喬樅著《魯詩遺說考》十六《生民》篇「履帝武敏歆」條，見藝文印書館印行《皇清經解續編》十六冊 12692 頁。

說：「履，踐也。帝，高辛氏之帝。武，跡。敏，疾也」，意即姜嫄踩高辛氏之帝嚳的腳印很敏疾。而後來鄭玄作《箋》，卻改採三家詩之說，《箋》云：「帝，上帝也。敏，拇也」，成為姜嫄踩上帝足跡大拇趾處而受孕生稷〔註42〕。司馬遷言后稷之事，乃採今文《魯詩》，而簡化為「見巨人跡，踐之」〔註43〕，未明言巨人為天帝。《史記》姜原之原，亦無女旁與《毛詩》異。自《史記》與《鄭箋》觀之，則后稷實感天而生者也〔註44〕。

感生之說，以後代眼光目之，不免過於荒唐。故歐陽修《詩本義譏》之曰：「無人道而生子，與天自感於人而生之，在於人理皆必無之事，可謂誣天也」，以為姜嫄乃從其夫有辛氏帝嚳之行，而駁《史記》及《鄭箋》。但《詩生民》篇固不載姜嫄丈夫之名，《史記》「姜原為帝嚳元妃」句，係雜採後出之《帝繫》篇或其他傳記，未足盡信。三國時蜀人譙周《古史考》即云：「棄帝嚳之胄，其父亦不著」，以為不知后稷父之名，僅可謂係帝嚳之後裔。所以朱熹撰《詩集傳》，仍採《鄭箋》及《史記》云：「姜嫄出祀郊禖，見大人跡而履其拇，遂歆然如有人道之感，而震

〔註42〕唐初《毛詩正義》的《孔疏》說明《毛傳》《鄭箋》的歧異為：「鄭唯履帝以下三句為異，其首尾則同。言當祀郊禖之時，有上帝大神之跡。姜嫄因祭見之，遂履此帝跡拇指之處，而足不能滿，時即心體歆歆如有物所在身之左右，所止住於身中，如有人道精氣之感己者也。於是則震動而有身，則肅戒不復御。餘同。」

〔註43〕除《史記》外，其它典籍記姜原履大人跡生后稷事，亦頗不尠。《列子》載：「后稷生乎巨跡」，《春秋元命苞》（即《春秋緯元命苞》，漢代緯書，已佚，在《漢學堂叢書》和《玉函山房輯佚書》中有輯錄）載：「周先姜原履大人跡于扶桑生后稷，推種生，故稷好農，《春秋繁露》載：「后稷母姜原履天之跡而生后稷。后稷長于邰土，播田五谷」，《吳越春秋》載：「后稷其母台氏之女姜嫄，為帝嚳元妃。年少未孕，出游于野。見大人跡而觀之，中心歡然，喜其形像，因履而踐之，身動，意若為人所感，后妊娠」，《列女傳》亦云：「棄母姜嫄者，邰侯之女也。當堯之時，行見巨人跡，好而履之，歸而有娠，浸以益大，心怪惡之，卜筮禋祀以求無子，終生子，以為不祥，而棄之隘巷」。

〔註44〕分析今古文學家之說，《毛傳》以為「后稷有父不感天而生」；今文三家詩則以為「聖人皆無父，感天而生」；鄭玄卻以為「后稷有父而又感生」。譚國洪《詩經中關於西周開國史詩之研究》（新亞研究所，69年碩士論文）一文論及后稷感天而生說時嘗云：「今文三家詩主張后稷無父，感天而生之說乃本源於周人追述其始祖來歷，傳為姜嫄無夫履大人跡而生，又因后稷名棄，遂作詩，故神其事，務為奇說，此固基於上古之世民智未開，同時亦反映出后稷降生之際猶處於母系氏族社會的後期，民知其母而不知其父的緣故；而毛亨訓傳主張后稷有父而不感天而生，其說乃以漢時人的進步思想觀念，鄙道怪誕感生之說，認定凡血氣之類，父施母生，聖賢所同；及至鄭玄箋詩則揉雜今古文家之詩義，折衷而言后稷有父而又感天而生，故箋云：『姜姓者，炎帝之後，有女名嫄。當堯之時，為高辛氏之世妃。履帝武敏，帝，上帝也。』三者的見解各因說詩者以其史識及時代背景、思想觀念之不同而相異」，言之甚明。司馬遷述后稷之事採今文《魯詩》，與《鄭箋》皆是以后稷為感天而生。

動有娠，乃周人所以生之始也。周公制禮，尊后稷以配天，故作此詩以推本其始生之祥，明其受命於天，固有以異於常人也」，並引張載「人固有化生者，乃天地之氣生之也」爲證〔註 45〕。蓋古時生物學尚不發達，而帝王之世，故神其說，亦勢所難免。可是《魯詩》申公曰：「闕疑則不傳」，司馬遷何以又傳《魯詩》之巨人，又傳《帝繫》等之雜說？補《史記》之《魯詩》學者褚少孫，對於詩言契生於卵，后稷無父而生，而諸傳記咸言有父的歧異問題，則以《史記》「信以傳信，疑以傳疑，故兩言之」爲答〔註 46〕。其實《詩》雖不言姜嫄爲帝嚳之妃，但詩中既言「以弗（祓）無子」，則姜嫄固有夫之婦也。如果將「履帝武敏」解釋爲：后稷之母與夫在郊禖祀天求子的祭禮儀式中〔註 47〕，隨後亦步亦趨，踩踏在其夫腳印之上，其後自然因人道而受孕，似較符合史實。《周本紀》載后稷無父感生之說，頗値商榷，梁玉繩《史記志疑》已辨析甚明〔註 48〕。然而這種感生神話，卻可視爲母系社會的遺跡〔註 49〕，反映原始社會人們知有母不知有父的情形，又說明后稷是由母系制過渡到父系制的顯明象徵〔註 50〕。

〔註 45〕朱熹氣化之說，清崔述在《豐鎬考信錄》中駁之極精。

〔註 46〕見《史記三代世表第一》。

〔註 47〕《大雅生民》篇中有「以弗無子」句，即祭祀以求生子也。近人有以新的觀點推求此詩所述后稷誕生神異事蹟之背景者，如聞一多認爲履跡是一種複雜的祭祀儀式，疑即一種象徵的舞蹈，所謂「帝」實即代表上帝的神尸（參見《聞一多全集》，《神話與詩》）。蕭兵在《姜嫄棄子爲圖騰考驗儀式考》中則說：「履跡生子是一種感觸巫術，產生于原始社會中期，跟圖騰制度有緊密聯係，表現爲聖足跡崇拜，並反映了初民對于氏族、乃至人類起源幼稚的探索和幻想」（《南開大學學報》社會科學版、1978 年第四一五期、頁 149～156）。陳炳良《生民新解》認爲姜嫄是參加增殖儀式因而有孕，並引《魯頌閟宮》篇，以閟宮爲祭祀高禖求子的地方（《神話、禮儀、文學》，聯經出版事業公司、民 74 年、頁 114）。

〔註 48〕梁氏以姜嫄踐跡之說起于周秦間好事者，史公作史，每采世俗不經之語，故有此神異之說。

〔註 49〕原始之農業社會，一切以女子爲中心，經濟主權，操於女子之手，男子只是女子之附屬品，此原是原始社會之共象。逮後，農業發達，男子亦力耕，社會型態逐漸轉變，而結束原始母系社會，姜嫄，乃其最後之遺跡，而這種感生神話，可說是母系社會之共同特徵也。參見李敬齊《周開國史》頁 20～21，民 57 年，作者自刊）。

〔註 50〕孫作雲《詩經與周代社會研究》云：「周人在原始社會時期，在后稷以前是母系氏族社會，從后稷起進入父系氏族社會」（北京：中華書局出版、1966 年，頁 5）。陳子展《雅頌選譯》認爲后稷出生傳說「正表明他是由母系制向父系制過渡的一個明顯的標誌。……由於農業和畜牧業的發展，乃至交換的發展，使得男子在社會生產上居於重要地位。這就是由母系制向父系制過渡的基礎」（上海，古典文學出版社，1957 年，頁 336～342）。陳鐵鑌《詩經解說》則認爲后稷的出生，有天命精誠之意，但本身卻又是個英雄人物，「是由母系氏族社會轉變爲父系氏族社會的象徵，是由神話時代進到傳說時代的代表人物」（北京：書目文獻出版社，1985 年，頁 24）。

《詩生民》篇以姜嫄爲周族的始祖母，傅斯年先生在《姜原》一文中曾提出「姜」和「羌」極有關係〔註51〕，而甲骨文「羌」字從羊從人，也有作從羊從女，「姜」、「羌」二字古爲一字〔註52〕，所以《後漢書西羌傳》說：「西羌之本出自三苗，姜姓之別也」，可知范曄是把姜羌看作同一種族。周族本爲姬姓，詩中周人以姜嫄爲始祖母，足徵姬姜二姓必有血統關係。據《國語晉語》云：「昔少典娶于有蟜氏代，生黃帝、炎帝，黃帝以姬水成，炎帝以姜水成，成而異德，故黃帝爲姬，炎帝爲姜，二帝用師，以相濟也，異德之故也」，是古代已有姬姜同出一祖的傳說，和《生民》篇相印證，可知姬姜是一民族中的兩個支族，而且時有聯婚的關係，例如太王之去豳，則「爰及姜女，至于岐下」（大雅緜），武王之后，也叫邑姜。自此以後，姜姓之后，史不絕書，下至姬姓諸侯的夫人，也以姜姓佔多數，所謂「豈其娶妻，必齊之姜」（陳風衡門）是最好的說明。周初所封的異姓諸侯如申、呂、齊、許也都是姜姓。此外，王稱異姓諸侯爲舅父，也是由對姜姓的諸侯而起。因此姬姜二姓是一部落中互通婚姻的兩個支族，殆無可疑。〔註53〕

（二）后稷被棄

〔詩經〕

> 誕寘之隘巷，牛羊腓字之；誕寘之平林，會伐平林：誕寘之寒冰，鳥覆翼之。鳥乃去矣，后稷呱矣。實覃實訏，厥聲載路。（大雅、生民）

〔史記〕

> 以爲不祥，棄之隘巷，馬牛過者，皆辟不踐；徙置之林中，適會山林多人；遷之而棄渠中冰上，飛鳥以其翼覆薦之。姜原以爲神，遂收養長之。初欲棄之，因名曰棄。（周本紀）

〔考辨〕

此節詩敘后稷被棄，《史記》憑以改寫，並補出「以爲不祥」、「姜原以爲神，遂收養長之」，以說明后稷名棄的由來。唐張守節《史記正義》謂：「古史考云：棄，帝嚳之冑，其父亦不著，與此文稍異」

關於后稷被棄的原因，《史記》以姜嫄不經人事生子爲不祥、故棄之，未免是漢人文明的看法。《詩經》載后稷誕生之神異，又列舉「誕寘之隘巷，牛羊排字之，誕寘之平林，會伐平林。誕寘之寒冰，鳥覆翼之」數事，在在說明一個偉人自降生伊

〔註51〕參見《中研院史語所集刊》二本一分、頁130～135。

〔註52〕見《甲骨文編》頁469～470，中國科學院考古研究所編輯，香港、中華書局、1978年。

〔註53〕參考陳榮照《詩經中有關周代政治史料之探討》頁3。

始即與凡人不同，此等誇張之說，後世多有，原不足奇，自亦不必視爲信史。然而，爲求得姜嫄爲何拋棄后稷的合理解釋，很多學者都作了相當的研究〔註 54〕。若以民俗學的觀點視之、則所謂「由於次子繼承制而殺首子」之說〔註 55〕，作爲后稷被棄的風俗背景，倒也可取爲參考。

（三）后稷善稼穡

〔詩經〕

誕實匍匐，克岐克嶷，以就口食。蓺之荏菽，荏菽旆旆。禾役穟穟，麻麥幪幪，瓜瓞唪唪。

誕后稷之穡，有相之道。茀厥豐草，種之黃茂。實方實苞，實種實褎，實發實秀，實堅實好，實穎實栗。即有邰家室。（大雅、生民）

思文后稷，克配彼天。立我烝民，莫匪爾極。貽我來牟，帝命率育。無此疆爾界，陳常于時夏。（周頌、思文）

〔史記〕

棄爲兒時，仡如巨人之志。其游戲好種樹麻菽，麻菽美。及爲成人，遂好耕農。相地之宜，宜穀者稼穡焉。民皆法則之。

帝堯聞之，舉棄爲農師，天下得其利，有功。帝舜曰：棄，黎民始飢，爾后稷，播時百穀。封棄於邰。號曰后稷，別姓姬氏。（周本紀）

〔考辨〕

此《史記》前段，憑《詩經》改寫。後段採《尚書》。而其中「封棄於邰」句，唐司馬貞《索隱》云：「即詩生民『有邰家室』是也」。

《詩經》與《史記》皆述后稷善稼穡，教民耕種，使民得以養生，可知后稷確與農業有關。而《史記》又言后稷爲農師，與《國語周語》所云「昔我先王世后稷，以服事虞、夏」及「稷爲大官……農師之一，農正再之，后稷三之，司空四之，司

〔註 54〕俞樾認爲：稷在出生時，不是呱呱墜地，故人們以爲怪異而棄之。他又說：姜嫄是妾。暗示稷是側生，所以被人拋棄（見《群經平議》卷十一，《第一樓叢書》卷九下，《賓萌集》卷三）。李辰冬亦以爲后稷連胞而下，在當時被認爲是怪胎而丟棄之（見《詩經通釋》）。岑仲勉和田倩君先後研究的結果，皆以爲處女生子是不名譽的，故姜嫄要將稷拋棄（見岑仲勉《周初『生民』之神話解釋》，收於《兩周文史論叢》，上海商務印書館，1958 年，頁 16～17。田倩君《說棄》，見《中國文字叢釋》，台北商務印書館 1968 年，頁 133），他們的說法和方玉潤所引鄧潛谷、季明德的說法一樣（見《詩經原始》，中華書局，頁 504），但姚際恆反對（見《詩經通論》，香港中華書局，1963 年，頁 280）。

〔註 55〕見劉盼遂《天問校箋》（《國學論叢》二卷一期，1929 年 8 月）頁 281。陳炳良據之，於《生民新解》一文中有進一步的研究（見《神話、禮儀、文學》頁 118～121）。

徒五之，太保六之，大師七之，太史八之，宗伯九之」把后稷當爲農官之稱〔註 56〕，較爲相似。因爲據《左傳昭公二十九年》云「共工氏有子曰句龍，爲后土……后土爲社。稷、田正也；有烈山氏之子曰柱，爲稷，自夏以上祀之；周棄亦爲稷，自商以來祀之」及《國語魯語》云「昔烈山氏之有天下也，其子曰柱，能殖百穀百蔬；夏之興也，周棄繼之，故祀以爲稷。共工氏之伯九有也，其子曰后土，能平九土，故祀以爲社」，則是把后稷當作農神的〔註 57〕。然而不論后稷是農神或農官之稱，周人推他爲祖，則周氏族必是以農起家的。《詩周頌思文》頌后稷之德，亦以其稼穡之功爲主，即可見之。

至於后稷所居之邰，自漢至今的學者多認爲在今陝西武功縣境〔註 58〕，地當渭水中游。《漢書地理志》說：「斄縣屬右扶」，自注：「周后稷所封」。班固又說：「昔后稷封斄」，師古注：「斄讀邰，今武功故城是也」。這是把漢代的斄，當作古代的邰。按漢代的斄縣在今陝西武功縣。自此以後，解釋邰的地點的學者，多根據這個說法〔註 59〕，足見周人是西方的氏族〔註 60〕。

此外，《詩大雅生民》篇亦述及后稷時代之農業生產及生活狀況，關於穀物種類、耕作技術、碾米做飯、祀神祭祖各方面，皆可以爲研究當時社會史的參考資料。

二、公劉遷豳

〔詩經〕

篤公劉，匪居匪康，迺埸迺疆，迺積迺倉。迺裹餱糧，于橐于囊，思輯用光。弓矢斯張，干戈戚揚，爰方啓行。

篤公劉，于胥斯原，既庶既繁，既順迺宣，而無永歎。陟則在巘，復降在原。何以舟之？維玉及瑤，鞞琫容刀。

篤公劉，逝彼百泉，瞻彼溥原。迺陟南岡，乃覯于京。京師之野，于時處處，

〔註 56〕參看童書業《春秋史》，第一章《西周史略》註第三十條。（太平書局 1962 年版，頁 23）。

〔註 57〕參看陳槃照《詩經中有關周代政治史料之探討》（《新社學報》第二卷）頁 3～4。

〔註 58〕亦有謂在今山東省費縣南之駘亭者，姚際恆主之（見《詩經通論》丙頁 280）；亦有以爲在今山西省聞喜縣者，錢穆主之（見《周初地理考》，收入許倬雲主編之《中國上古史論文選輯》，國風出版社，民 54 年）。然此二說，陳槃已論其非（見《春秋大事表列國爵姓及存滅表譔異》，增訂本，冊七，民 58 年中研院史語所出版）。

〔註 59〕如《水經注渭水注》云：「渭水又東逕斄縣故城南，舊邰城也，后稷之封邑矣」，王應麟《詩地理考》、朱右曾《詩地理徵》，率本其說。近代學者，如孫次舟《周人開國考》、屈萬里《詩經釋義》、齊思和《西周地理考》皆主之。

〔註 60〕見齊思和《西周地理考》（《燕京學報》三十期）頁 70～73。

于時廬旅。于時言言，于時語語。

篤公劉，于京斯依。蹌蹌濟濟，俾筵俾几。既登乃依，乃造其曹，執豕于牢。酌之用匏，食之飲之，君之宗之。

篤公劉，既溥既長。既景迺岡，相其陰陽，觀其流泉。其軍三單。度其隰原，徹田爲糧。度其夕陽，豳居允荒。

篤公劉，于豳斯館。涉渭爲亂，取厲取鍛，止基迺理，爰眾爰有。夾其皇澗，遡其過澗，止旅迺密，芮鞫之即。（大雅、公劉）

〔史記〕

公劉雖在戎狄之間，復脩后稷之業。務耕種，行地宜。自漆沮度渭，取材用。行者有資，居者有畜積。民賴其慶。百姓懷之，多徙而保歸焉。周道之興，自此始。故詩人歌樂思其德。

公劉卒，子慶節立，國於豳。（周本紀）

公劉避桀居豳。（劉敬傳）

〔考辨〕

唐司馬貞《史記索隱》:「詩人歌樂思其德，即詩大雅篇篤公劉是也」。詩首章即敘公劉遷居之行列。次章敘公劉至豳視土宜而墾殖。三章四章，則已建宮室爲邑居之事。五章曰：「度其隰原，徹田爲糧；度其夕陽，豳居允荒」，則農墾既成，已計田取量爲稅，且點明定居豳邑的廣大。然後末章「于豳斯館」，定居豳邑後，又涉渭取材而擴建宮室。故《周本紀》所敘:「公劉雖在戎狄之間，復脩后稷之業，務耕種，行地宜，自漆沮度渭取材用」，雖據《詩公劉》篇，但謂至「公劉卒，子慶節立」始「國於豳」，則不免爲史公之疏漏也。瀧川龜太郎《史記會注考證》，亦云：「中井積德曰：『漏公劉徙豳，何也？』又曰：『渡渭取材用，是徙豳以後事；大雅可證。』洪亮吉曰：『按詩篤公劉，「于豳斯館」，則公劉時己遷豳，不至慶節。』」。〔註 61〕

關於公劉遷豳之緣由，《毛傳》云：「公劉居於邰，而遭夏人亂，迫逐公劉，公劉乃避中國之難，遂平西戎而遷其民，邑於豳焉」，以爲是避夏之亂。而夏有兩大亂，一爲太康失國，一爲夏桀之亂，一般皆主後說〔註 62〕。《史記劉敬傳》謂「公劉避桀居豳」〔註 63〕，即認爲公劉爲避夏桀之亂而遷豳。然而亦有學者主張其他的原因，

〔註 61〕參見註 39 所引裴文頁 388。

〔註 62〕如陳奐《詩毛詩傳疏》云:「公劉遭夏亂，乃在帝桀世」。屈萬里《詩經釋義》承其說。

〔註 63〕《史記》此段記載，與《周本紀》說慶節「國於豳」不合。據《公劉》之詩，知居豳不始於慶節，則此云「公劉避桀居豳」較可採信。關於《周本紀》之疏漏，已考辨於前，然黃伯誠《史記西周本紀疏證》(《師大國文研究所集刊》十四期）嘗云:「公劉時已遷至豳，其都之與否，則未可知也。或至慶節乃定之」(頁 12)，則以爲史記

如姚際恆云:「不窋以失官而犇于戎狄之間;公劉爲不窋之孫,乃自戎狄處遷,非自邰也。大王爲狄所侵,遷岐山;公劉自不安于戎狄之地而遷之,非迫逐也,故曰『匪居匪康』」〔註 64〕,以爲不安于戎狄;陳榮照先生云:「就詩中觀察,公劉的時候,農業規模已極偉大。他可能是爲了生產發展的需要而遷徙,亦未可知,因爲古代農業方興,初民尚不知施肥的方法,耕種數年,地力即盡,就得舍舊謀新,別管他地。而且當時地多人稀,土無主權,可以隨意利用」〔註 65〕,以爲是因生產發展上的需要而遷徙。若審之以詩首章之「迺積迺倉,迺裹餱糧,于橐于囊,思輯用光,干戈戚揚,爰方啓行」,則公劉之啓行,並非匆促,而是有長久之準備,故遭夏人亂,迫逐公劉之說並不足取。而不安干戎狄之說,似乎不失爲合理的推測,然因何而不安則又無說,故亦不甚可取。詩中言公劉啓行之前,準備許多糧食、弓矢,應是一面作爲開路之用,一面若與他族相遇,可備一戰〔註 66〕,故以其遷豳爲生產發展上的需要,似較足取。

豳地,一般以爲在今陝西省邠縣〔註 67〕,或謂栒邑縣〔註 68〕。而錢穆先生以爲在山西汾域,臨汾古水之濱〔註 69〕。《大雅公劉》篇,述敘公劉遷豳,從遷徙之始、相地之宜、民情之治、燕饗之樂、制度之備,一直到擴土築館,居其民,柔遠人,無不具備,實爲一幅周室先祖絕妙之遷徙圖,提供了豳地開發初期的詳盡情形。而《豳風七月》一詩,乃豳人詠豳地生活之作〔註 70〕則代表著豳地後期的發展狀況,從詩中所載之時令、田功、祭祀及衣食住等各方面的生活情形,可知當時農民春耕、夏耨、秋收、冬藏,井然有序的狀況,是一篇難得的社會史料,可以補正史之不足。

三、太王(公亶父)〔註 71〕遷岐

所述無誤。

〔註 64〕見姚際恆《詩經通論》頁 287。方玉潤《詩經原始》頁 517 承之。

〔註 65〕見陳榮照《詩經中有關周代政治史料之探討》(《新社學報》二卷)頁 5。

〔註 66〕參考葉達雄《詩經史料分析》頁 5。

〔註 67〕陳奐《詩毛氏傳疏》卷二四,屈萬里《詩經釋義》頁 208,皆以爲豳地屬今陝西邠縣。

〔註 68〕陳槃先生以爲在今陝西栒邑縣(見《春秋大事表列國爵姓及存滅表譔異》頁 659)。程發軔先生以爲在今邠縣東北三十九里,栒邑縣界(見《春秋左氏地名圖考》二、豳,頁 3。

〔註 69〕見錢穆先生《周初地理考》頁 1979。

〔註 70〕見朱守亮先生《詩經評釋》頁 417。

〔註 71〕公亶父,《史記周本紀》稱他爲古公亶父,又簡稱爲古公。這當是誤解《詩大雅緜》「古公亶父」之語而定的名字。《詩經》四字一句,故在公亶父前加一古字,以足其文,古字應當解作古昔昔,亶父才是名字,因爲他是封君,故稱公亶父,就像公劉、公非、公季一樣。戴震《九經古義》已看到這點,崔述《豐鎬考信錄》說之更詳。

〔詩經〕

緜緜瓜瓞。民之初生，自土沮漆。古公亶父，陶復陶穴，未有家室。
古公亶父，來朝走馬，率西水滸，至于岐下。爰及姜女，聿來胥宇。
周原膴膴，堇荼如飴。爰始爰謀，爰契我龜。曰止曰時，築室于茲。
迺慰迺止，迺左迺右；迺疆迺理，迺宣迺畝。自西徂東，周爰執事。
乃召司空，乃召司徒，俾立室家。其繩則直，縮版以載，作廟翼翼。
捄之陾陾，度之薨薨，築之登登，削屢馮馮。百堵皆興，鼛鼓弗勝。
迺立皋門，皋門有伉，迺立應門，應門將將。迺立冢土，戎醜攸行。
（大雅、緜）

天作高山，大王荒之。彼作矣，文王康之。彼徂矣，岐有夷之行。子孫保之。
（周頌、天作）

作之屏之，其菑其翳；脩之平之，其灌其栵；啓之辟之，其檉其居；攘之剔之，其檿其柘。帝遷明德，串夷載路。天立厥配，受命既固。（大雅、皇矣）

后稷之孫，實維大王。居岐之陽，實始翦商。（魯頌、閟宮）

〔史記〕

古公亶父復脩后稷、公劉之業。積德行義，國人皆戴之。薰育戎狄攻之，欲得財物，予之。已復攻，欲得地與民，民皆怒欲戰。古公曰：「有民立君，將以利之。今戎狄所為攻戰。以吾地與民。民之在我，與其在彼何異？民欲以我故戰，殺人父子而君之，予不忍為。」乃與私屬，遂去豳度漆沮，踰梁山，止於岐下。豳人舉國扶老攜弱，盡復歸古公於岐下。及他旁國，聞古公仁，亦多歸之。於是古公乃貶戎狄之俗，而營築城郭室屋，而邑別居之，作五官有司。民皆歌樂之，頌其德。（周本紀）

〔考辨〕

《大雅緜》為歌詠太王遷岐情形的詩篇，詩中未明言遷徙之原因。《史記周本紀》據之而述太王事蹟，並採《孟子梁惠王》篇之說，以太王所以遷岐，乃受了狄人壓迫的緣故〔註72〕。瀧川龜太郎《史記會注考證》云：「『薰育戎狄』之下，采孟子梁

屈萬里《西周史事概述》，孫作雲《詩經與周代社會研究》亦皆如此認為。

〔註72〕《孟子梁惠王》下云：「昔者大王居邠，狄人侵之。事之以皮幣，不得免焉；事之以犬馬，不得免焉；事之以珠玉，不得免焉。乃屬其耆老而告之曰：狄人之所欲者吾土地也。吾聞之也：君子不以其所以養者害人，二三子何患乎無君，我將去之。去邠，踰梁山，邑於岐山之下居焉。邠人曰：仁人也，不可失也。從之者如歸市」。若審之以詩所言：古公自土沮漆；猶未有家室，至岐下周原，奮發圖強，及百事俱興之後，誓報前仇，因使「戎醜攸行」，則推測其因夷狄之攻而遷徙，頗為合理。徐中

惠王篇，參以詩大雅緜篇。又見莊子讓王篇、呂氏春秋審爲篇、尙書大傳。『古公乃貶』以下，采詩大雅緜篇。先是『陶復陶穴，未有室家』，貶黜也，去也。緜篇云：『乃召司空，乃召司徒』，未嘗云『五官有司』蓋史公以意增」，對《史記》之所取材，言之甚明。而司馬貞《史記索隱》云：「民皆歌樂之，頌其德，即詩頌云：『后稷之孫，實維大王。居岐之陽，實始翦商。』是也」，卻有值得商榷之處，裴普賢先生就此嘗辨之曰：「此魯頌閟宮之句，乃春秋時魯僖公追頌之辭。故清俞樾有云：『實始翦商』，子孫之繹也。在太王當日不特無其事，並無其意。太王之世，民所樂歌者，即緜篇所言耳」〔註 73〕。另外，前引《周頌天作》篇及《大雅皇矣》所述，皆言太王遷岐開闢事，並有讚頌之意。而史公《周本紀》，特表太王脩復后稷之業，則採自《閟宮》「后稷之孫，實維太王」句。

太王自豳遷至岐下的周原，因地名改國號曰周〔註 74〕，直至文王晚年徙豐爲止，周原一直爲周人都邑所在〔註 75〕。據《今本竹書紀年》的說法，太王遷到岐周是在殷王武乙即位之後，武乙三年之後，「命周公亶父，賜以岐邑」，是正式的承認了周人的地位。這與《魯頌》上所說「實始翦商」的精神不同，然而卻都說明了自此殷周發生較密切的直接接觸關係〔註 76〕。徐中舒論殷周關係，以爲「太王之世周爲小國，與殷商國力敻乎不侔」〔註 77〕，則「實始翦商」一句，實爲詩誇大溢美之詞〔註 78〕。但太王遷岐以後，周人勢力漸漸強大，若謂伐商的基礎在此時建立〔註 79〕，或

舒《殷周之際史蹟之檢討》（《中研院史語所集刊》七本二分頁 137～164）認爲此逼迫太王自豳遷岐的狄人，是殷高宗武丁所伐的鬼方，然而張光直《殷周關係的再檢討》（中研院史語所集刊）五十一本二分）卻引許倬雲《周人的興起及周文化的基礎》（《中研院史語所集刊》三十八本）的研究，而認爲徐說在年代學上遭遇很大的困難。所以這尚是一個古史學家間爭訟不一的問題。

〔註 73〕見註 39 所引裴文頁 390～391。

〔註 74〕裴駰《史記集解》云：「徐廣曰：『岐山在扶風美陽西北，其南有周原。』駰案皇甫謐云：『邑在周地，故始改國曰周』」。

〔註 75〕徐錫台《周原考古記》（《香港中文大學中國文化研究所學報》十二卷）謂周原的範圍極爲廣大，其北倚岐山，南臨渭河，西到汧水，東到武功。並云「文獻上所載的周原實係周都岐邑範圍」。據此，周原當係居今陝西省武功、岐山兩縣之間；今人則多謂其乃陝西省之岐山縣，如屈萬里先生《中國歷史地理殷周》篇，張其昀先生《西周史》，王靜芝先生《詩經通釋》，朱守亮先生《詩經評釋》等皆主此說。

〔註 76〕參考張光直先生《殷周關係的再檢討》（《中研院史語所集刊》五十一本二分）頁 199～200。

〔註 77〕見徐中舒先生《殷周之際史蹟之檢討》（《中研院史語所集刊》七本二分）頁 143。

〔註 78〕崔述《豐鎬考信錄》以太王居岐之陽時而詩謂實始翦商，爲《閟宮》詩語夸誕。又裴普賢先生亦認爲此詩句有誇大不實之處（參見註 39 所引裴文頁 593）。

〔註 79〕見孫作雲先生《詩經與周代社會研究》（北京中華書局、1966 年）頁 32。孫氏並據《詩大雅緜》篇所述，推測在太王以前，周人早已經建立了國家，但亦以《魯頌閟

太王有了滅商的大志〔註 80〕，是較合理的說法。

四、王季（季歷）修德

〔詩經〕

帝作邦作對，自大伯王季。維此王季，因心則友。則友其兄，則篤其慶。載錫之光，受祿無喪。奄有四方。

維此王季，帝度其心，貊其德音。其德克明，克明克類，克長克君。王此大邦，克順克比。比于文王，其德靡悔。既受帝祉，施于孫子。（大雅、皇矣）

摯仲氏任，自彼殷商，來嫁于周。曰嬪于京，乃及王季，維德之行。大任有身，生此文王。（大雅、大明）

思齊大任，文王之母，思媚周姜，京室之婦。（大雅、思齊）

〔史記〕

古公有長子曰太伯，次曰虞仲。太姜生少子季歷。季歷娶太任，皆賢婦人。生昌，有聖端。古公曰：「我世當有興者，其在昌乎！」長子太伯、虞仲，知古公欲立季歷以傳昌，乃二人亡如荊蠻，文身斷髮，以讓季歷。

古公卒，季歷立，是爲公季。公季脩古公遺道，篤於行義，諸侯順之。（周本紀）

吳太伯、太伯弟仲雍，皆周太王之子、而王季歷之兄也。季歷賢、而有聖子昌。太王欲立季歷以及昌，於是太伯、仲雍二人乃奔荊蠻，文身斷髮，示不可用，以避季歷。季歷果立，是爲王季，而昌爲文王。太伯之奔荊蠻、自號句吳，荊蠻義之，從而歸之千餘家，立爲吳太伯。（吳太伯世家）

〔考辨〕

《史記》言太伯讓位於季歷，從《詩大雅皇矣》所言「則友其兄，則篤其慶」來看，當實有其事。據《周本妃》與《吳太伯世家》所敘，太王長子太伯與次子虞仲，得知太王欲將侯位讓給少子季歷、再傳給昌，二人便逃到荊變，建立了吳國〔註 81〕。此事又見於僖公五年和哀公七年之《左傳》；孔子亦稱讚太伯「三以天下讓」

宮》所說太王「實始翦商」語過誇飾。詳見其書頁 32～34。

〔註 80〕陳榮照云：「魯頌閟宮稱太王『居岐之陽，實始翦商』，大概古公亶父時因經濟與軍事力量的充裕，就有了滅商的大志」。見《詩經中有關周代政治史料之探討》（《新社學報》二卷）頁 8。

〔註 81〕由此記載，可看出周人的活動範圍已到達長江流域，太伯奔吳當是後來文王經營南國的先驅。而由近來在江蘇省出土的許多西周銅器，亦可印證周人經營長江下游的時代甚早。詳見註 79 所引孫作雲《詩經與周代社會研究》頁 35。

〔註82〕，則《史記》之說，似乎是接近史實的。《詩大雅緜》篇「爰及姜女」及《思齊》篇「思媚周姜」之姜女與周姜，即是《史記》所云生季歷的太姜。而《大雅皇矣》篇述王季修德，若取之與《尚書無逸》「嗚呼！厥亦惟有周太王、王季，克自抑畏」合而觀之，則知《史記》謂王季「篤於行義，諸侯順之」，當亦不假。

《古本竹書紀年》中關於王季的記載頗爲不少，如「武乙三十四年，周王季歷來朝。王賜地三十里、玉五十瑴、馬八匹」（太平御覽卷八三引），「大丁四年，周人伐余無之戎，克之。周王季命爲殷牧師」（後漢書西羌傳注引），「文丁殺季歷」〔註83〕（晉書束晳傳、史通疑古篇、雜說篇引），若《竹書紀年》所載可信，則知王季時殷周的關係相當複雜。其實由《詩經》所述王季之妻「摯仲氏任，自彼殷商」，即可看出殷周間的交往。這位文王之母、王季夫人的任姓女子來自摯國，殷墟武丁時代卜辭有婦任〔註84〕，也有子摯（或子執）〔註85〕，可見《史記》所稱爲賢婦人的這位太任，與殷商王室間的關係是很密切的〔註86〕。張光直《殷周關係的再檢討》一文，認爲商周兩國之間開始有嚴重的衝突，恐怕是王季與文王初年周王一連串的征伐擴張所逐漸引起的，亦即《書序西伯戡黎》所說的「殷始咎周」，而兩國通婚其實是其衝突的一個象徵，「文丁殺季歷」的傳說，是其更爲直接的一個表現〔註87〕。

五、文王修德建業

〔詩經〕

帝謂文王：「無然畔援，無然歆羨，誕先登于岸。」密人不恭，敢距大邦，侵阮徂共。王赫斯怒，爰整其旅，以按徂旅，以篤周祜，以對于天下。

依其在京，侵自阮疆。陟我高岡：「無矢我陵，我陵我阿；無飲我泉，我泉我池！」度其鮮原，居岐之陽，在渭之將。萬邦之方，下民之王。

帝謂文王：「予懷明德，不大聲以色，不長夏以革。不識不知，順帝之則。」

〔註82〕見《論語泰伯》篇。

〔註83〕《後漢書西羌傳注》所引的《竹書紀年》，說周人在武乙和大丁（文丁）時代，曾伐西落鬼戎、伐燕京之戎、伐無余之戎，伐始呼之戎、伐翳徒之戎，孫作雲據之，而推測王季勢力漸大，故「文丁殺季歷」。見註79所引《詩經與周代社會研究》頁36～37。

〔註84〕見丁山《甲骨文所見氏族及其制度》（1959年）頁28。

〔註85〕見島邦男《殷墟卜辭研究》（東京汲古書院，1977年）頁444。

〔註86〕顧頡剛早曾指出周王的妃婦不止一次娶自殷國境內，而且「王季的妻……雖不是商的王族也是商畿內的諸侯」。見顧頡剛《周易卦爻辭中的故事》（《燕京學報》第六期）頁979。

〔註87〕見註76所引頁204。

帝謂文王：「詢爾仇方，同爾兄弟。以爾鉤援，與爾臨衝，以伐崇墉。」
臨衝閑閑，崇墉言言，執訊連連，攸馘安安。是類是禡，是致是附，四方以無侮。臨衝茀茀，崇墉仡仡，是伐是肆，是絕是忽，四方以無拂。（大雅、皇矣）
維此文王，小心翼翼。昭事上帝，聿懷多福。厥德不回，以受方國。（大雅、大明）
思齊大任，文王之母。思媚周姜，京室之婦。大姒嗣徽音，則百斯男。
惠于宗公，神罔時怨，神罔時恫。刑于寡妻，至于兄弟，以御于家邦。（大雅、思齊）
肆不殄厥慍，亦不隕厥問。柞棫拔矣，行道兌矣。混夷駾矣，維其喙矣。
虞芮質厥成，文王蹶厥生。予曰有疏附，予曰有先後，予曰有奔奏，予曰有禦侮。（大雅、緜）
世之不顯，厥猶翼翼。思皇多士，生此王國。王國克生，維周之楨。濟濟多士，文王以寧。（大雅、文王）
文王受命，有此武功；既伐于崇，作邑于豐。文王烝哉。（大雅、文王有聲）

〔史記〕

公季卒，子昌立，是為西伯。西伯曰文王，遵后稷、公劉之業，則古公、公季之法，篤仁敬老慈少，禮賢下者。日中不暇食以待士，士以此多歸之。……
崇侯虎譖西伯於殷紂曰：「西伯積善累德，諸侯皆嚮之，將不利於帝。」帝紂乃囚西伯於羑里。……
西伯陰行善。諸侯皆來決平。於是虞芮之人，有獄不能決，乃如周。入界，耕者皆讓畔，民俗皆讓長。虞芮之人，未見西伯，皆慚相謂曰：「吾所爭，周人所恥。何往為？衹取辱耳。」遂還。俱讓而去。諸侯聞之，曰：「西伯蓋受命之君也。」
明年伐犬戎。明年伐密須。明年敗耆國。殷之祖伊聞之，懼以告帝紂。紂曰：「不有天命乎？是何能為！」明年伐邘。明年伐崇侯虎。而作豐邑，自岐下而徙都豐。明年西伯崩，太子發立，是為武王。……詩人道西伯蓋受命之年稱王，而斷虞芮之訟。後十年而崩，謚為文王。改法度制正朔矣，追尊古公為太王，公季為王季。蓋王瑞自太王興。（周本紀）

〔考辨〕

《詩經大雅皇矣》篇「帝謂文王，無然畔援」至「四方以無拂」，以及《文王》篇「濟濟多士，文王以寧」，還有《緜》篇「肆不殄厥慍」至「予曰有禦侮」，均敘文王的修德建業。其中平密伐崇及使混夷遁逃，是文王建業的大事，而《大雅緜》

末章「虞芮質成」尤爲文王修德的範例，均爲《史記周本紀》敘寫文王德業的依據。可惜虞芮質成事，《詩》言不詳。《毛詩傳箋》及劉向《說苑君道》篇等所載與《史記》又有異同之語，疑當時必有成文，太史公有所增損，故所載缺略不全〔註88〕。

前引《大雅大明》篇，述文王之聖德，《思齊》篇則敘文王之孝敬，並提及太姜、太任、太姒，以周母德純備，而篇文王聖德之張本。《史記周本紀》寫太姜、太任相當簡略〔註89〕，而對於太姒，這位《大雅大明》篇用三章的文字著力寫過的「天作之合」「親迎于渭」「篤生武王」〔註90〕的文王之妻，更一字未提，可見《史記》亦有一時疏漏之處。

至於《周本紀》之敘文王「伐崇侯虎而作豐邑」，係採《大雅文王有聲》篇「既伐于崇，作邑于豐」〔註91〕。而太史公「詩人道西伯蓋受命之年稱王」的文王受命〔註92〕說，亦即據《文王有聲》篇「文王受命，有此武功」的首句。

武王伐紂的基礎，事實上是文王奠定的。《詩經大雅緜》篇敘述文王初服虞芮，《皇矣》及《文王有聲》兩篇又述其伐密伐崇之事。《史記周本紀》所列舉文王的征伐，則有犬戎、密須、耆國、邘、崇侯虎，勢力已達殷的都城不遠〔註93〕，在這種情形之下，武王伐取商紂，自然比較容易。而有關殷周兩國的關係，根據《詩大雅大明》與《思齊》篇，文王自莘國娶了姒姓的妻生了武王，莘國是伊尹所出，與殷商王室的關係相當密切。殷周這種婚嫁關係，在政治地位上也許有某種程度上的牽連〔註94〕。而《史記》記載帝紂封西伯爲三公之一，但忽囚西伯於羑里，忽釋西伯並賜以矢、斧、鉞，大概二者之間的關係，在文王治周期內，已自大邦與附庸的關

〔註88〕參考註39所引裴文頁394～395。

〔註89〕《周本紀》寫太姜、大任只云：「太姜生少子季歷，娶太任，皆賢婦人，生昌，有聖瑞」。

〔註90〕以下述武王伐紂，將引《大雅大明》篇。

〔註91〕豐邑又作酆邑，因豐水而得名。《說文》釋酆云：「酆，周文王所都，在京兆杜陵西南」，《後漢書郡國志》杜陵下亦云：「酆在西南」，則酆邑當在杜陵城之西南。杜陵故城係居今陝西安東南十五里處，距鄠縣甚近，故學者多謂酆邑今之鄠縣。

〔註92〕《史記》稱虞芮質成此年爲文王受命元年，即脫離商國而獨立的元年，以下便說受命以後，向各地發展勢力，以至於「西伯崩」。孫作雲認爲這種斷限是正確的。（見《詩經與周代社會研究》頁39）。

〔註93〕李學勤《殷代地理簡論》（1956年）頁97云：「周文王伐邘一事是周商勢力對比轉換的標誌，因爲邘即沁陽的盂，文王伐此地，可以直驅而至商郊」。屈萬里《西周史事概述》頁780亦云：黎和邘「這兩個地方，都在黃河北岸，已經距殷的都城不遠」。

〔註94〕顧頡剛《周易卦爻辭中的故事》頁979認爲「周易中的帝乙歸妹一件事就是詩經中的文王親迎的一件事」，以爲自太王以來，商日受周的壓迫，不得不用和親之策以爲緩和之計。張光直《殷周關係的再檢討》頁203亦認爲「殷商以王畿內的摯、莘等國異姓的女子嫁給周王，也許是在婚嫁兩方的相對政治地位上看來比較合適的做法」。

係，演進到相與拮抗的程度，殷商對周只好軟硬兼施，虛與委蛇〔註 95〕。

《史記周本紀》敘周先公的世次，自后稷起，經不窋、鞠、公劉、慶節、皇僕、差弗、毀隃、公非、高圉、亞圉、公叔祖類、古公亶父、季歷至文王，共計十五世，論時代，則從虞舜歷夏而到商代末年。從后稷到太王這一段世系，屈萬里先生說至今「還是一筆沒辦法算清的陳賬」〔註 96〕。孫作雲亦認爲這期間有世次而無史實，在史書上形成了一個缺環，「大概因爲在詩經中沒有歌頌這些國王的詩，所以他們的事蹟被湮沒」〔註 97〕。我們由此可見《詩經》的重要性。周人在太王以前，只歌頌遠祖后稷及遷豳始祖公劉，其他皆從略。這種選擇態度，是值得注意的。

第三節　周室史事

一、武王伐紂

〔詩經〕

天監在下，有命既集。文王初載，天作之合。在洽之陽，在渭之涘。文王嘉止，大邦有子。

大邦有子，俔天之妹。文定厥祥，親迎于渭。造舟爲梁，不顯其光。

有命自天，命此文王。于周于京。纘女維莘。長子維行。篤生武王，保右命爾，燮伐大商。

殷商之旅，其會如林。矢于牧野：「維予侯興。上帝臨女，無貳爾心！」

牧野洋洋，檀車煌煌，駟騵彭彭。維師尚父，時維鷹揚；涼彼武王，肆伐大商，會朝清明。（大雅、大明）

鎬京辟廱，自西自東，自南自北，無思不服，皇王烝哉！

考卜維王，宅是鎬京。維龜正之，武王成之。武王烝哉！（大雅、文王有聲）

至于文武，纘大王之緒。致天之屆，于牧之野：「無貳無虞，上帝臨女。」敦商之旅，克咸厥功。（魯頌、閟宮）

〔史記〕

武王即位，太公望爲師，周公旦輔。召公畢公之徒，左右王師，脩文王緒業。九年，武王上祭于畢。東觀兵，至于盟津。

〔註 95〕參見註 76 所引張光直《殷周關係的再檢討》頁 205。

〔註 96〕見屈萬里《西周史事概述》頁 777。

〔註 97〕見孫作雲《詩經與周代社會研究》頁 29。

遂興師。師尚父號曰：「總爾眾庶，與爾舟楫，後至者斬。」是時諸侯不期而會盟津者八百諸侯。諸侯皆曰：「紂可伐矣。」武王曰：「女未知天命，未可也。」乃還師歸。

十一年十二月戊午，師畢渡盟津。諸侯咸會曰：「孳孳無怠。」武王乃作太誓告于眾庶……「今予發，維共行天罰，勉哉夫子。不可再，不可三。」二月甲子昧爽，武王朝至于商郊牧野乃誓。武王左仗黃鉞，右秉白旄以麾曰：「遠矣西土之人。」武王曰：「……稱爾戈，比爾干，立爾矛，予其誓。……」誓已，諸侯兵會者，車四千乘，陳師牧野。帝紂聞武王來，亦發兵七十萬人距武王。武王使師尚父與百夫致師，以大卒馳帝紂師。紂師雖眾，皆無戰之心。心欲武王亟入。紂師皆倒兵以戰，以開武王。武王馳之，紂兵皆崩畔紂。紂走反入，登于鹿臺之上，蒙衣其珠玉，自燔于火而死。

武王持大白旗，以麾諸侯。諸侯畢拜武王。武王乃揖諸候，諸侯畢從武王至商國。商國百姓，咸待於郊。於是武王使群臣告語商百姓曰：「上天降休。」商人皆再拜稽首，武王亦答拜。遂入至紂死所，武王自射之。三發而后下車以輕劍擊之，以黃鉞斬紂頭。……

其明日，除道脩社，……武王既入立于社南，大卒之左右畢從。……師尚父牽牲，尹佚筴祝曰：「殷之末孫季紂，殄廢先王明德，侮蔑神祇不祀，昏暴商邑百姓，其章顯聞于天皇上帝。」於是武王再拜稽首，……乃出。封商紂子祿父殷之餘民。武王為殷初定未集，乃使其弟管叔鮮、蔡叔度相祿父治殷。已而命召公釋箕子之囚，命畢公釋百姓之囚。表商容之閭。命南宮括散鹿臺之財，發鉅橋之粟，以振貧弱萌隸。命南宮括、史佚，展九鼎保玉。命閎夭封比干之墓。命宗祝享祠于軍，乃罷兵西歸。行狩，記政事作武成。封諸候，班賜宗彝，作分殷之器物。武王追思先聖王，乃褒封神農之後於焦，黃帝之後於祝，帝堯之後於薊，帝舜之後於陳，大禹之後於杞。於是封功臣謀士，而師尚父為首封。封尚父於營丘，曰齊。封弟周公旦於曲阜，曰魯。封召公奭於燕，封弟叔鮮於管，弟叔度於蔡，餘各以次受封。

武王徵九牧之君，登豳之阜，以望商邑。……營周居于雒邑而後去。

縱馬於華山之陽，放牛於桃林之虛。偃干戈，振兵釋旅，示天下不復用也。（周本紀）

〔考辨〕

以上《史記》部分乃《周本紀》中武王伐紂革命經過的節錄。《史記》多本《尚書牧誓、武成》等篇資料及其他傳記，簡縮而成，篇幅很長。而《詩經大明》篇寫牧野之戰，僅二章十四句五十六字，卻極扼要而生動，予人深刻印象。裴普賢先生分析《大明》篇所敘云：「『鷹揚』兩字最爲特出傳神。而一場大戰，最後只用『會朝清明』四字結束，以表達天下一下子廓清而轉爲光明和平，尤見工夫。與史記所寫鉞斬紂頭，分封諸侯而有縱馬華山、放牛桃林的結筆，可相匹敵」〔註 98〕。司馬遷定當讀過《大明》篇，但寫這場革命大戰，似乎只有最後那縱馬、放牛、偃戈、釋旅的部分，可能是採用《韓詩外傳》所載〔註 99〕。

《詩經》讚揚武王者，主要是伐商與定都鎬京〔註 100〕二事。武王建都鎬京，確爲西周奠都大事。太史公既於《周本紀》中敘文王徙都豐，而對武王都鎬，竟一字不提，實爲一大疏漏〔註 101〕。根據《毛詩正義》引《鄭箋》云：「豐邑在豐水之西，鎬京在豐水之東」，則知豐鎬二地相去甚近，武王必得遷都之因，依《大雅文王有聲》云：「詒厥孫謀，以燕翼子」，乃爲安護其子孫。而據陳榮照先生之推測則爲：「可能是由於古人耕作，施肥的方法不大進步，地力易盡，所以每隔十年就要遷都一次，以開闢新的土壤，提高生產率」〔註 102〕。至於鎬京所在，《元和郡縣志》云：「長安縣，周武王宮，即鎬京也。在縣西北十八里，自漢武穿昆明池于此，鎬京遺趾淪陷焉」〔註 103〕，則鎬京當在今陝西省西安之北。

二、周公東征

〔詩經〕

我徂東山，慆慆不歸。我來自東，零雨其濛。我東曰歸，我心西悲。制彼裳衣，勿士行枚。蜎蜎者蠋，烝在桑野。敦彼獨宿，亦在車下。

我徂東山，慆慆不歸。我來自東，零雨其濛。果蠃之實，亦施于宇。伊威在室，

〔註 98〕見裴普賢先生《詩經比較研究——史記周本紀》篇（收於《詩經欣賞與研究（四）》）頁 398～399。

〔註 99〕《韓詩外傳》第三卷武王伐紂一則中，敘分封諸侯後接寫：「濟河而西，馬放華山之陽，示不復乘；牛放桃林之野，示不復服也；車甲衅而藏之，示不復用也。於是廢軍而郊射，左射貍首，右射騶虞，然後天下知武王不復用兵也」。《史記》敘事事蹟相同，字句稍予簡略而已。惟《禮記樂記》，《呂氏春秋愼大》篇，亦有類似記載。

〔註 100〕前引《詩經大雅文王有聲》篇即述武王遷鎬，成其都邑之事。

〔註 101〕參考註 98 所引裴文頁 400。《史記周本紀》最後「太史公曰」下，在辯武王不居洛邑的話中，提到武王「都豐鎬」之事。其原文爲：「學者皆稱周伐紂居洛邑。綜其實，不然。武王營之，成王使召公卜居九鼎焉。而周復都豐鎬。至犬戎敗幽王，周乃東徙于洛邑」。

〔註 102〕見陳榮照《詩經中有關周代政治史料之探討》（新社學報二卷）頁 14。

〔註 103〕此係引自丁山《由三代都邑論其民族文化》（《中研院史語所集刊》第五本第一分）頁 111。

蠨蛸在戶。町畽鹿場，熠燿宵行。不可畏也，伊可懷也。

我徂東山，慆慆不歸。我來自東，零雨其濛。鸛鳴于垤，婦歎于室。洒掃穹窒，我征聿至。有敦瓜苦，烝在栗薪。自我不見，于今三年。

我徂東山，慆慆不歸。我來自東，零雨其濛。倉庚于飛，熠燿其羽。之子于歸，皇駁其馬。親結其縭，九十其儀。其新孔嘉，其舊如之何？（豳風、東山）

既破我斧，又缺我斨。周公東征，四國是皇。哀我人斯，亦孔之將。

既破我斧，又缺我錡。周公東征，四國是吪。哀我人斯，亦孔之嘉。

既破我斧，又缺我銶。周公東征，四國是遒。哀我人斯，亦孔之休。（豳風、破斧）

〔史記〕

太子誦代立，是爲成王。成王少，周初定天下，周公恐諸侯畔，周公乃攝行政當國。管叔、蔡叔、群弟疑周公，與武庚作亂畔周。周公奉成王命，伐誅武庚、管叔，放蔡叔。以微子開代殷後，國於宋。

成王長，周公反政成王，北面就群臣之位。成王在豐，使召公復營洛邑，如武王之意。周公復卜，申視，卒營築居九鼎焉。曰：「此天下之中，四方入貢，道里均。」作召誥、洛誥。

成王既遷殷遺民，周公以王命告，作多士、無佚。召公爲保，周公爲師，東伐淮夷，殘奄，還其君薄姑。成王自奄歸，在宗周。作多方。既絀殷命，襲淮夷，歸在豐。作周官。（周本紀）

周公恐天下聞武王崩而畔，周公乃踐阼，代成王攝行政當國。管叔及其群弟流言於國曰：「周公將不利於成王。」周公乃告太公望、召公奭曰：「我之所以弗辟而攝行政者，恐天下畔周。」於是卒相成王，使其子伯禽代就封於魯。管、蔡、武庚等果率淮夷而反。周公乃奉成王命，興師東伐，作大誥。遂誅管叔，殺武庚，放蔡叔，收殷餘民，以封康叔於衛，封微子於宋，以奉殷紀，寧淮夷東土，二年而畢定。

諸侯咸服宗周，天降祉福，東土以集。周公歸報成王，乃爲詩貽王，命之曰鴟鴞。王亦未敢訓周公。〔註104〕

成王七年二月乙未，王朝步自周至豐。使太保召公先之雒相土。其三月，周公往營成周雒邑。成王長能聽政，於是周公乃還政於成王，成王臨朝。（魯周公世家）

〔註104〕訓一作誚。司馬貞《史記索隱》：「按尚書作誚，誚讓也。此作訓，字誤耳」。

〔考辨〕

《史記》敘周公東征，《周本紀》所載，前有伐誅武庚管叔事，而周公反政成王後，又有伐淮夷殘奄二次東征；魯周公世家所載，則管、蔡、武庚率淮反，周公一次東征，二年而畢定。崔述作《豐鎬考信錄》，據《周本紀》認爲東征有前後二役，而斷《東山、破斧》兩詩，所詠爲伐淮夷殘奄事。他說：「詩稱『我徂東山』，又稱『于今三年』，是即周公伐奄三年討其君事也」。裴普賢先生認爲崔氏斷《東山》篇所詠爲伐淮夷殘奄事是對的，不過關於東征的次數與平亂的時間卻值得商榷〔註105〕。他引《尚書金縢》敘周公平武庚管蔡之亂所說「居東二年，則罪人斯得」與《魯周公世家》的「寧淮夷東土，二年而畢定」，以及《破斧》篇「周公東征，四國是皇」句，《毛傳》所云「四國，管、蔡、商、奄也」，《鄭箋》亦云「周公既反攝政，東伐此四國，誅其君罪，正其民人」，而認爲周公既攝政，東征管、蔡、商武庚、淮奄四國，費二年時間一舉而平定。他並推定：「周公貽成王鴟鴞詩，是成王元年事。而周公東征艱苦地平定四國，而有破斧之作，東山篇則凱歸途中所作。破斧作於成王三年，東山則作於成王四年，故曰『自我不見，于今三年』」〔註106〕。

第四節　秦國史事——三良從穆公死

秦，國名，嬴姓之國。其地在禹貢之雍州，即今陝西甘肅兩省大部及青海、額濟納之地。秦之先世爲顓頊之後，至大費，佐禹治水有功，賜姓嬴氏。周孝王時，分土封大費七世孫非子爲附庸，而邑之秦。宣王時非子曾孫秦仲爲大夫，伐西戎不克反被殺。平王東遷，秦仲孫襄公以兵送之，平王封襄公爲諸侯，賜之岐以西之地，襄公於是始與諸侯通聘享之禮。傳至秦穆公，而爲春秋五霸之一〔註107〕。《秦風》凡十篇，皆爲東周時詩〔註108〕。其中有史實可考者爲《黃鳥》與《渭陽》二詩〔註109〕。茲先述：秦繆公卒，三良殉葬之事。

〔詩經〕

〔註105〕同註98所引裴文頁410。

〔註106〕同註105。又《破斧》云：「四國是皇」、「四國是吪」、「四國是遒」，當作於周公東征最後一站殘奄之後。唐張守節《史記》引《括地志》云：「泗水徐城縣北三十里，古徐國，即淮夷也。兗州曲阜縣奄里，即奄國之地」。曲阜即魯都。周公東征士兵，其部分或且留此未返，以協防齊魯。此等士兵，傳唱《破斧》不已，後世乃稱之曰東音。故《呂氏春秋音初》篇以豳風之《破斧》之歌，「實始爲東音」。

〔註107〕以上參見朱守亮先生《詩經評釋》頁344所敘。

〔註108〕見屈萬里先生《先秦文史資料考辨》頁332。

〔註109〕《渭陽》篇之史實參見本文第六章第一節第七項。

交交黃鳥，止于棘。誰從穆公？子車奄息。維此奄息，百夫之特。臨其穴，惴惴其慄。彼蒼者天，殲我良人！如可贖兮，人百其身。

交交黃鳥，止于桑。誰從穆公？子車仲行。維此仲行，百夫之防。臨其穴，惴惴其慄。彼蒼者天，殲我良人！如可贖兮，人百其身。

交交黃鳥，止于楚。誰從穆公？子車鍼虎。維此鍼虎，百夫之禦。臨其穴，惴惴其慄。彼蒼者天，殲我良人！如可贖兮，人百其身。（秦風、黃鳥）

〔史記〕

三十九年，繆公卒，葬雍。從死者百七十七人。秦之良臣子輿氏三人，名曰奄息、仲行、鍼虎，亦在從死之中。秦人哀之，爲作歌黃鳥之詩。君子曰：「秦繆公廣地益國，東服彊晉，西霸戎夷，然不爲諸侯盟主，亦宜哉。死而棄民，收其良臣而從死。且先王崩，尚猶遺德垂法，況奪人良臣，百姓所哀者乎。是以知秦不能復東征也」。（秦本紀）

〔考辨〕

《毛詩序》去：「黃鳥，哀三良也。國人刺穆公以人從死，而作是詩也」。按《左傳文公六年》載：「秦伯（穆公）任好卒，以子車氏之三子奄息、仲行、鍼虎爲殉，皆秦之良也。國人哀之，爲之賦黃鳥」，《左傳》已說明此詩的由來，自然，《詩序》之說，是合乎詩旨的。《史記秦本紀》亦載有此三良從死的史事，更明言殉葬者有百七十七人。

秦國這種以活人從死之事，始於秦武公。據《史記秦本紀》記載：「二十年，武公卒，葬雍平陽。初以人從死，從死者六十六人」，此後，一直繼續下去直到秦獻公元年，方纔「止從死」。其間經歷了十八個君主，爲時二百九十八年。不過，後來秦始皇安葬時，又有從死之事。據《史記秦始皇本紀》記載：「二世曰：『先帝後宮非有子者，出焉不宜』，皆令從死，死者甚眾」。仲尼有云：「始作俑者，其無後乎。爲其象人而用之也」。俑尙如此，何況生人？又河況與乎三良？故深可哀也。秦人於是爲之賦黃鳥，深表痛惜。然三良不食其言，以從君死，後人亦多不以爲然。故《朱傳》云：「而詩人不以爲美者，死不爲義，不足美也」。

第四章　《詩經》與《史記》皆載之史事（下）——《詩經》可與《史記》相對照者

此章所敘，乃《詩經》本文未明指何事，而經其他資料點出，其所述可與《史記》所載相對照之史事。

第一節　周室史事

一、宣王中興

〔詩經〕

倬彼雲漢，昭回于天。王曰：「於乎！何辜今之人！天降喪亂，饑饉薦臻。靡神不舉，靡愛斯牲。圭璧既卒，寧莫我聽！」……

「旱既大甚，則不可推。兢兢業業，如霆如雷。周餘黎民，靡有孑遺。昊天上帝，則不我遺。昊天上帝，則不我遺。胡不相畏？先祖于摧。」……

「旱既大甚，黽勉畏去。胡寧瘨我以旱？憯不知其故。祈年孔夙，方社不莫。昊天上帝，則不我虞。敬恭明神，宜無悔怒。」

「旱既大甚，散無友紀。鞫哉庶正，疚哉冢宰。趣馬師氏，膳夫左右；靡人不周，無不能止。瞻卬昊天，云如何里？」

「瞻卬昊天，有嘒其星。大夫君子，昭假無贏。大命近止，無棄爾成。何求為我？以戾庶正。瞻卬昊天，曷惠其寧？」（大雅，雲漢）

王錫韓侯，其追其貊。奄受北國，因以其伯。（大雅韓奕）

玁狁匪茹，整居焦穫。侵鎬及方，至于涇陽。……

薄伐玁狁，至于大原。文武吉甫，萬邦為憲。

吉甫燕喜，既多受祉。來歸自鎬，我行永久。（小雅，六月）
采薇采薇，薇亦作止。曰歸曰歸，歲亦莫止。靡室靡家，玁狁之故。不遑啓居，玁狁之故。……
采薇采薇，薇亦剛止。曰歸曰歸，歲亦陽止。王事靡盬，不遑啓處，憂心孔疚，我行不來。……
豈敢定居？一月三捷。……
豈不日戒？玁狁孔棘！
昔我往矣，楊柳依依；今我來思，雨雪霏霏。行道遲遲，載渴載飢。我心傷悲，莫知我哀。（小雅，采薇）
王命南仲，往城于方。出車彭彭，旂旐央央。天子命我，城彼朔方。赫赫南仲，玁狁于襄。……
赫赫南仲，薄伐西戎。（小雅，出車）
蠢爾蠻荊，大邦為讎。方叔元老，克壯其猶。方叔率止，執訊獲醜。戎車嘽嘽，嘽嘽焞焞，如霆如雷。顯允方叔，征伐玁狁，蠻荊來威。（小雅，采芑）
江漢浮浮。武夫滔滔。匪安匪遊，淮夷來求。……
江漢湯湯，武夫洸洸。經營四方，告成于王。……
江漢之滸，王命召虎，式辟四方，徹我疆土。匪疚匪棘，王國來極。于疆于理，至于南海。（大雅，江漢）
赫赫明明，王命卿士：南仲大祖，大師皇父。整我六師，以脩我戎。既敬既戒，惠此南國。
王謂尹氏，命程伯休父，左右陳行，戒我師旅：「率彼淮浦，省此徐土，不留不處。」三事就緒。……
王猶允塞，徐方既來。徐方既同，天子之功。四方既平，徐方來庭。徐方不回，王曰：「還歸。」（大雅，常武）
亹亹申伯，王纘之事。于邑于謝，南國是式。王命召伯，定申伯之宅。登是南邦，世執其功。
王命申伯「式是南邦，因是謝人，以作爾庸。」王命召伯，徹申伯土田。王命傅御，遷其私人。（大雅崧高）
芃芃黍苗，陰雨膏之；悠悠南行，召伯勞之。……
肅肅謝功，召伯營之；烈烈征師，召伯成之。……
原隰既平，泉流既清，召伯有成，王心則寧。（小雅，黍苗）
王命仲山甫：「式是百辟，纘我祖考，王躬是保。出納王命，王之喉舌。賦政于外，四方爰發。」……

王命仲山甫：「城彼東方。」……

仲山甫徂齊，式遄其歸。（大雅，烝民）

田車既好，四牡孔阜。東有甫草，駕言行狩。

之子于苗，選徒囂囂。建旐設旄，搏獸于敖。

駕彼四牡，四牡奕奕。赤芾金舄，會同有繹。……

允矣君子，展也大成。（小雅，車攻）

〔史記〕

宣王即位，二相輔之修政，法文武成康之遺風，諸侯復宗周。（周本紀）

〔考辨〕

《史記周本紀》敘宣王事極簡略，僅約百字。其中採自《國語周語》的「不籍千畝」與「料民於太原」兩件失德之事記載較詳，而敘述中興事業的卻只有二十三字，未見具體事蹟。《周本記》有「諸侯復宗周」數字，班固的《漢書匈奴傳》中，才有「宣王中興」之稱〔註1〕：

> 懿王曾孫宣王，興師命將以征伐之，詩人美大其功曰：「薄伐玁狁，至于大原。」「出車彭彭，城彼朔方。」是時四夷賓服，稱爲中興。

而且舉《小雅六月》篇的「薄伐玁狁」（二章）「至于大原」（五章）和《出車》篇的「出車彭彭」「城彼朔方」（三章）等句，指出宣王中興大業，建立於《六月》詩所詠吉甫伐玁狁而至於太原，與南仲伐玁狁而城朔方。讓我們明白宣王中興的史料，就在《詩經》之中。

《詩經》中與宣王有關的詩篇，前人頗有論述，然意見並不一致。《毛詩序》中指出美、刺宣王的詩有二十篇〔註2〕，乃直就其內容觀察，而加上美刺一類的論斷，其實並未提出堅強的證據，故其中有些詩篇無法確認爲宣王時代的史料〔註3〕，在論述宣王史詩時，還要加以考察。

顧炎武《日知錄》卷三《變雅》云：「六月，采芑，車攻，吉日，宣王中興之作」，

〔註1〕另外的資料，亦有提到宣王的中興事業的。如《詩大雅烝民序》云：「尹吉甫美宣王也，任賢使能，周室中興焉」。

〔註2〕這二十篇包括：《小雅六月、采芑、車攻、吉日、鴻雁、庭燎、沔水、鶴鳴、祈父、白駒、黃鳥、我行其野、斯干、無羊》等十四篇、《大雅雲漢、崧高、烝民、韓奕、江漢、常武》等六篇。

〔註3〕如《小雅沔水、鶴鳴、祈父、白駒、黃鳥、我行其野》等六篇，只從內容的研析，實在難以肯定其屬何王，故未可遽斷爲宣王時詩。後人論述宣王史詩，亦多不提及此六篇。

然而他認爲此四詩皆有夸大侈美之嫌。崔述《豐鎬考信錄》卷七宣王部分，以《小雅出車，六月，采芑》三篇和《大雅雲漢，崧高，烝民，韓奕，江漢，常武》六篇爲宣王中興的史料，他並將這九篇分別爲宣王征伐西北（雲漢，六月，出車），經略中原（崧高，烝民，韓奕），經略東南（采芑，江漢，常武）三類大事。而馬驌《繹史》則很據《毛詩序》稱美宣王的《小雅六月，采芑，車攻，吉日，鴻雁，庭燎，斯干，無羊》等八篇，和《大雅雲漢，崧高，烝民，韓奕，江漢，常武》等六篇，一共十四篇，以爲都是宣王中興的史料。他對詩篇的事蹟未加考察，只是引《詩序》爲說，未免過於草率。馬氏又錄逸詩石鼓文十章，謂即「周宣王獵碣」〔註 4〕，不過經過近人的考證，石鼓文乃秦人所刻，與宣王無關。

顧、崔、馬三氏所舉宣王中興史詩，各有出入。對於這一問題，裴普賢先生有《周宣王中興史詩的考察》一文，詳細考訂雅詩有關宣王中興的史詩，最後斷定共有十二篇，即《小雅采薇，出車，六月，采芑，車攻，黍苗》六篇，《大雅雲漢，崧高，烝民，韓奕，江漢，常武》六篇〔註 5〕。本文所引與史記敘宣王中興事相對照的《詩經》部分，即根據此十二篇詩而摘錄其章句。而裴先生文中，又參據《竹書紀年》，爲此十二篇宣主中興史詩繫年。茲錄其說於後，以備參考：

1. 宣王元年王爲久旱祈禱得雨。先是已連續大旱五年，共和十四年秋，又大旱。厲王死，宣王立，王祈雨救災，六月乃得雨——《詩大雅雲漢》篇。
2. 四年，韓侯來朝，賜韓侯爲北國之伯，以鞏固北方邊防。韓侯娶蹶父之女而歸——《詩大雅韓奕》篇。
3. 五年六月，王命尹吉甫帥師北伐玁狁，至于太原。又命南仲往城朔方。而伐玁狁，有所俘獲而歸——《詩小雅六月，采薇，出車》三篇。
4. 命方叔帥師南征不服荊蠻——《小雅采芑》篇。

〔註 4〕《繹史》所載石鼓詩十章，乃錄自《古文苑》，其篇首即曰：「吾（我）車既工（攻），吾馬既同」，與《小雅車攻》爲相同句。斷此詩爲宣王獵碣者固不少，惟持異說者亦不乏其人。

〔註 5〕詳見裴普賢《周宣王中興史詩的考察》（《幼獅學誌》第十七卷第五期）頁 7～18。此十二篇詩，《大雅》部分與崔述、馬驌所論全合。《小雅》部分則去《吉日、鴻雁、庭燎、斯干、無羊》，而添入《采薇、黍苗》。因爲《吉日》只是普通美天子田獵之詩，難以認定應屬何王。《斯干、無羊》則《詩序》云爲宣王考室、考牧之作，與中興無關，且亦難定其屬宣王。《鴻雁》雖與《大雅雲漢》同是救災安民之詩，然朱子已謂其時世不可考，故未可確定其屬宣王之詩。《庭燎》只是一般詠早朝之作，也未必屬於宣王。至於《采薇》，因詩中所敘與征伐玁狁有關，裴先生以其與《出車》篇相類似，遂定爲宣王之詩。《黍苗》爲宣王封申於謝，命召穆公代爲經營，時人美之，此已經朱子辨正，故從之，而不信《毛詩序》「刺幽王」之說。

5. 六年，遣召穆公帥師循江漢進軍伐准南之夷，拓土闢疆－《詩大雅江漢》篇。
6. 王自將親征淮北徐夷，徐夷降服——《詩大雅常武》篇。
7. 七年，王封申伯于謝，命召穆公經營之——《詩大雅崧高》,《小雅黍苗》二篇。
8. 王命樊侯仲山甫城齊——《詩大雅烝民》篇。
9. 九年，王會諸侯于東都雒邑，遂狩于甫田——《詩小雅車攻》篇。〔註6〕

二、幽王覆亡

〔詩經〕

十月之交，朔月辛卯，日有食之，亦孔之醜。彼月而微，此日而微。今此下民，亦孔之哀。

日月告凶，不用其行。四國無攻，不用其良。彼月而食，則維其常；此日而食，于何不臧！爗爗震電，不寧不令。百川沸騰，山冢崒崩，高岸爲谷，深谷爲陸。哀今之人，胡憯莫懲？

皇父卿士，番維司徒，家伯冢宰，仲允膳夫。棸子內史，蹶維趣馬，楀維師氏，豔妻煽方處。……（小雅，十月之交）

心之憂矣，如或結之。今茲之正，胡然厲矣！燎之方揚，寧或滅之。赫赫宗周，褒姒威之。（小雅，正月）

瞻卬昊天，則不我惠。孔塡不寧，降此大厲。邦靡有定，士民其瘵，蟊賊蟊疾，靡有夷屆。罪罟不收，靡有夷瘳。

人有土田，女反有之；人有民人，女覆奪之。此宜無罪，女反收之；彼宜有罪，女覆說之。哲夫成城，哲婦傾城。

懿厥哲婦，爲梟爲鴟。婦有長舌，維厲之階。亂匪降自天，生自婦人。匪教匪誨，時維婦寺。

鞫人忮忒，譖始竟背。豈曰不極？「伊胡爲慝」！如賈三倍，君子是識。婦無公事，休其蠶織。……（大雅、瞻卬）

旻天疾威，天篤降喪。瘨我饑饉，民卒流亡。我居圉卒荒。

天降罪罟，蟊賊內訌。昏椓靡共，潰潰回遹，實靖夷我邦。

皋皋訿訿，曾不知其玷。兢兢業業，孔塡不寧，我位孔貶。

如彼歲旱，草不潰茂，如彼棲苴。我相此邦，無不潰止。

維昔之富，不如時。維今之疚，不如茲。彼疏斯粺，胡不自替？職兄斯引！

〔註6〕見《周宣王中興史詩的考察》頁25。

池之竭矣，不云自頻？泉之竭矣，不云自中？溥斯害矣，職兄斯弘！不烖我躬？

昔先王受命，有如召公，日辟圓百里。今日蹙國百里。於乎哀哉！維今之人，不尙有舊。（大雅、召旻）

〔史記〕

四十六年，宣王崩，子幽王立。

幽王二年，西周三川皆震。伯陽甫曰：「周將亡矣。夫天地之氣，不失其序。若過其序，民亂之也。陽伏而不能出，陰迫而不能蒸。於是有地震。今三川實震，是陽失其所而塡陰也。陽失而在陰，原必塞。原塞，國必亡。夫水土演而民用也。土無所演，民乏財用，不亡何待？昔伊、洛竭而夏亡，河竭而商亡。今周德若二代之季矣。其川原又塞，塞必竭。夫國必依山川。山崩川竭，亡國之徵也。川竭必山崩。若國亡，不過十年。數之紀也。天之所棄，不過其紀。」是歲也，三川竭，岐山崩。

三年，幽王嬖愛褒姒。褒姒生子伯服。幽王欲廢太子。太子母申侯女而爲后。後幽王得褒姒愛之，欲廢申后，並去太子宜臼，以褒姒爲后，以伯服爲太子。周太史伯陽讀史曰：「周亡矣。」者自夏后代之衰也，有二神龍止於夏帝庭。而言曰：「余褒之二君。」夏帝卜殺之與去之與止之。莫吉。卜請其漦而藏之，乃吉。於是布幣而策告之。龍亡而漦在。櫝而去之。夏亡，傳此器殷；殷亡，又傳此器周。此三代莫敢發之。至厲王之末，發而觀之。漦流于庭，不可除。厲王使婦人裸而譟之。漦化爲玄黿，以入王後宮。後宮之童妾，既齔而遭之。既笄而孕。無夫而生子，懼而棄之。宣王之時童女謠曰：「檿弧箕服，實亡周國。」於是宣王聞之，有夫婦賣是器者，宣王使執而戮之。逃。於道而見鄉者後宮童妾所棄妖子，出於路者聞其夜啼，哀而收之。夫婦遂亡犇於褒。褒人有罪，請入童妾所棄女子者於王以贖罪。棄女子出於褒，是爲褒姒。當幽王三年，王之後宮，見而愛之，生子伯服。竟廢申后及太子，以褒姒爲后，伯服爲太子。太史伯陽曰：「禍成矣。無可奈何！」褒姒不好笑。幽王欲其笑，萬方故不笑。幽王爲烽燧大鼓，有寇至則舉烽火。諸侯悉至，至而無寇，褒姒乃大笑。幽王說之，爲數舉烽火，其後不信，諸侯益亦不至。

幽王以虢石父爲卿用事，國人皆怨。石父爲人佞巧善諛，好利，王用之。又廢申后去太子也。申侯怒，與繒、西夷、犬戎攻幽王。幽王舉烽火徵兵。兵莫至。遂殺幽王驪山下。虜褒姒、盡取周賂而去。

於是諸侯乃即申侯而共立故幽王太子宜臼，是爲平王，以奉周祀。

平王立，東遷于雒邑辟戎寇。（周本紀）

〔考辨〕

《小雅十月之交》篇，《毛傳》說是刺幽玉，《鄭箋》說是刺厲王。依曆法推算，厲王二十五年十月朔辛卯，和幽王六年十月朔辛卯，都發生過日蝕。清阮元就斷爲幽王時詩〔註 7〕，因爲詩中有「百川沸騰，山冢崒崩」的描寫，而《國語》、《史記》云「幽王二年西周三川皆震」，「是歲也，三川竭，岐山崩」，與詩正合，但史冊中並未記載厲王時有些重大變故。況且，詩中更有「豔妻煽方處」符合幽王的寵褒姒，而厲王未聞有寵美女如幽王者。不過所謂刺幽王之說，恐非是，後之說詩者，多從何楷「幽王之世，褒氏用事于內，皇父之徒亂政于外」〔註 8〕之說，謂詩人刺皇父等亂政，以致災變之作。

《史記周本紀》載「幽王二年，西周三川皆震」，「是歲也，三川竭，岐山崩」，而有伯陽甫「周將亡矣」之語，又云「三年，幽王嬖愛褒姒」，「欲廢申后」。《小雅十月之交》詩，則先敘十月朔辛卯之日食，以爲凶兆，繼敘「百川沸騰，山冢崒崩；高岸爲谷，深谷爲陵」的大地震。那是因爲三年幽王寵褒姒，及生伯服後，竟廢申后及太子宜臼〔註 9〕，故到六年又有日食出現，詩人此時作刺詩，就先敘當時的日食，再追敘四年前的大地震，來譏刺皇父等七人的當政，褒姒的勢盛。不過《周本紀》本《國語鄭語》只說：「幽王以虢石父爲卿用事，國人皆怨」，而當政七人中，無石父之名。崔述《考信錄》說：「按十月詩所刺助虐之臣七人，無虢石父，豈石父與七人不同時與？國語稱其字，而詩稱其名與？要之，國語本難盡信，姑列之於存參」〔註 10〕，則崔氏信詩，而於《史記》所本之《國語》則存疑。而由《十月之交》詩所載，知幽王任用許多權奸，他們與褒姒是狼狽爲奸的，這一點，倒是可以補正史之所無〔註 11〕。

《大雅瞻卬》篇亦爲刺幽王寵褒姒以致亂之詩，讀前四章即可曉然。而《大雅召旻》則是刺幽王任用小人以致危亡之詩。詩之二章述小人爲禍，末章述今無賢人。至於《小雅正月》的「褒姒威之」句，則直指西周滅亡於褒姒。詩雖或作於東周，

〔註 7〕阮元《揅經室集》有《十月之交四詩屬幽王說》，論證甚詳。

〔註 8〕此據朱守亮先生《詩經評釋》（台北學生書局，民 73 年）所引何楷之語。

〔註 9〕《詩小雅白華》篇、《朱傳》以爲「幽王娶申女以爲后，又得褒姒而黜申后，故申后作此詩」，然詩中有白茅，白雲，稻田，桑薪等語，皆田野間所習見景物，不似幽王申后之語，《朱傳》之說恐非是。

〔註 10〕參考裴普賢《詩經比較研究－史記周本紀》篇頁 416 所引。（收於《詩經欣賞與研究（四）》）（台北：三民書局）。

〔註 11〕參考高葆光《詩經新評價》頁 179。

或係幽王當時推斷之語。其爲斥褒姒爲禍首則一〔註12〕。

另外,《小雅雨無正》,《詩序》謂其爲大夫刺幽王之作,而《朱傳》則謂「正大夫離居之後暬御之臣所作」,細審詩中有「周宗既滅」,「正大夫離居」,「遷爾于王都」,「予未有室家」句,當是東遷之際,群臣懼禍者,因以離居,不復隨王遷于東都。匡國無人,近侍小臣而感傷之詩〔註13〕。故不引爲刺幽王之作品。

以上所敘,均西周史事。至於東周,則《雅頌》息跡,惟《王風》乃東周王畿之詩,宜亦多涉及王事者。例如《揚之水》篇,《毛詩序》曰:「揚之水,刺平王也。不撫其民,而遠屯戍于母家,周人怨思焉」,《朱傳》亦云:「平王以申國近楚,數被侵伐,故遣畿內之民戍之,而戍者怨思作此詩也」〔註14〕。又如《兔爰》篇,《毛詩序》曰:「桓王失信,諸侯背叛,構怨連禍。王師傷敗,君子不樂其生焉」〔註15〕,三家詩無異義。然而《史記周本紀》中均未載其事,故無從對照。檢查他國之詩,惟《曹風下泉》篇,《齊詩》指爲有關荀伯勤王之詩。經明何楷、清馬瑞辰等證成之,而屈萬里、裴普賢兩位先生均認爲可信而贊成此說〔註16〕。裴先生並以爲東遷以後,唯此一篇,可爲敬王時史詩之例〔註17〕,茲參考其說而對照補述此史事於下:

三、晉荀躒勤王

〔詩經〕

洌彼下泉,浸彼苞稂。愾我寤嘆,念彼周京。……

芃芃黍苗,陰雨膏之。四國有王,郇伯勞之。(曹風、下泉)

〔史記〕

敬王元年,晉人入敬王。子朝自立,敬王不得入,居澤。

四年,晉率諸侯入敬王于周,子朝爲臣,諸侯城周。(周本紀)

〔註12〕見註10所引裴文頁416。其又定此三篇《雅詩》中之《十月之交》爲幽王六年之詩,而認爲《瞻卬》專刺寵褒姒,當較《十月之交》爲晚,《正月》云:「褒姒威之」則更晚,當在幽王九年、十年,或已在東周初年。

〔註13〕參考《詩經評釋》《小雅雨無正》篇篇旨。

〔註14〕《詩序》之說,清人姚際恆《詩經通論》駁斥其爲非,而朱守亮先生《詩經評釋》亦認爲此詩非平王時詩,不知《朱傳》何以因之,又以傅斯年先生所云「此桓、莊時詩。桓、莊以前,申、甫被迫;桓、莊以後,申、甫已滅於楚」爲是,定此詩爲「戍於南國之人思念家室之詩」。此處引《詩序》與《朱傳》之說,主要取此詩述東周政衰、獨使周人遠戍,不能召發諸侯之意,未以刺平王之說爲是。

〔註15〕後之解詩者,多未以《詩序》之說爲是,而僅取其不樂其生四字爲說。

〔註16〕詳見裴普賢《曹風下泉篇新解》(收於《詩經研讀指導》,台北、東大圖書公司)。

〔註17〕見註10所引裴文頁417。

〔考辨〕

《曹風下泉》所詠爲晉六卿之一荀躒（即郇伯）勤王事，係齊詩義。《易林蠱之歸妹》曰：「下泉苞稂，十年無王。荀伯遇時，憂念周京」，賁之姤文同。《易林》所傳爲齊詩說。明何楷《世本古義》據此闡明《曹風下泉》，爲曹人美晉荀躒納周敬王於成周而作。何楷曰：

> 左昭二十二年傳：天王使告於晉：「天降禍於周，俾我兄弟，並有亂心，以爲伯父憂，我一二親昵甥舅，不遑啓處，于今十年，勤戍五年，余一人無日忘之。」自春秋昭二十二年王子朝作亂，至三十二年城成周爲十年，與易林「十年無王」合。荀伯即荀躒也。美荀躒而詩列曹風者，昭二十五年晉人爲黃父之會謀王室，具戍人，二十七年會扈令戍周，三十二年城成周，曹人蓋與焉。故曹人歌其事。

清馬瑞辰《毛詩傳箋通釋》證成其說，王先謙採入其《詩三家義集疏》，近人屈萬里先生《詩經釋義》並論定之。裴普賢先生也爲之說明，云：

> 蓋周景王死而子朝作亂。晉國立王子丐（匄）爲王，是爲敬王。而王子朝自立於東都王城，晉人欲納王入王城而不得，敬王遂居澤，野處於狄泉（即下泉）。晉荀躒率十國聯軍勤王。爲築成周城於狄泉以居敬王。王子朝奉周之典籍以奔楚，子朝之亂遂平。「不遑啓處，于今十年，勤戍五年」，即敬王請晉城成周的話。史記周本紀「子朝爲臣」句與春秋傳不符。〔註18〕

《下泉》篇首章曹人詠其戍於下泉，只見野草叢生，不禁嘆息著思念起想望重新進入的周京王城來。四章爲得勤王有功的統帥郇伯對他們的慰勞，加以讚美。而此詩應作於周敬王四年（西元前516年），較舊說《詩經》時代最後一篇的《陳風株林》晚了八十多年〔註19〕。

第二節 《國風》所敘各國史事

一、《邶、鄘、衛風》所敘史事

邶、鄘、衛，三國名。鄭玄《詩譜》云：「武王伐紂，以其京師封武庚；三分其地，置三監，使管叔、蔡叔、霍叔尹而教之。自紂城而北謂之邶，南謂之鄘，東謂之衛」。《史記正義》引皇甫謐《帝王世紀》云：「自殷都以東爲衛，管叔監之；殷都

〔註18〕見註10所引裴文頁418～419。
〔註19〕同註16。

以西爲鄘，蔡叔監之；殷都以北爲邶，霍叔監之。是謂三監」。其說不一，莫知孰是。成王時紂子武庚與管、蔡作亂，周公平之。既平，以衛封武王弟康叔，兼領邶鄘之地，都於朝歌，即今河南淇縣。傳至懿公，爲狄所滅，戴公東徙渡河，處於漕邑，即今河南滑縣。文公時又徙居楚丘，即今河南滑縣東。其地皆衛之本土。王國維《古史新證》，以爲邶包括後之燕地，鄘則及於魯境，則衛國東境及於今山東省，北境包括河北省南部三地。〔註20〕

《漢書地理志》云：「河內本殷之舊都，周既滅殷，分其畿內爲三國，詩風邶鄘衛國是也」，又云：「邶鄘衛三國之詩，相與同風；邶詩曰：『在浚之下』，鄘曰：『在浚之郊』；邶又曰：『亦流于淇』『河水洋洋』」，鄘曰：『送我淇上』『在彼中河』；衛曰：『瞻彼淇奧』『河水洋洋』」。三國之詩：言城邑皆及浚，詠河流均涉淇與河，而其詩所歌者，又皆衛事。且《左傳》衛北宮文子引《邶風柏舟》「威儀棣棣」二句，而稱爲衛詩；吳季子在魯觀樂，工爲之歌《邶、鄘、衛》，季子詩爲《衛風》〔註21〕。故馬瑞辰、朱右曾諸人，皆以爲古邶鄘衛乃一篇，後人分而爲三〔註22〕，朱守亮先生贊同其說，並謂：「蓋邶鄘衛三地腔調本有分別，及康叔兼領其地，久漸混同，編詩者欲存邶鄘衛舊名，一如魏之與唐，檜之與鄭等，而其詩又不易分，故統名之曰邶鄘衛耳。後世析而言之，一若邶風均採自邶，鄘風均採自鄘，衛風均採自衛者，其實不然」〔註23〕。

《邶、鄘、衛詩》共三十九篇，鄭玄《詩譜》以爲起自西周夷王，下迄東周襄王。經近人考證，三風中或有西周晚年時詩，最早應是衛武公時之詩，然大都是東遷以後至春秋前期之作〔註24〕。茲擇其中涉及衛國史實之篇章，對照《史記》所敘相關的部分，考辨說明如下：

（一）衛武公之德

〔詩經〕

瞻彼淇奧，綠竹猗猗。有匪君子，如切如磋，如琢如磨。瑟兮僩兮，赫兮咺兮，有匪君子，終不可諼兮。

瞻彼淇奧，綠竹青青。有匪君子，充耳琇瑩。會弁如星。瑟兮僩兮，赫兮咺兮，有匪君子，終不可諼兮。

〔註20〕參考朱守亮先生《詩經評釋》（台北：學生書局、民73年）頁97所引所敘。

〔註21〕見《左傳襄公三十一年、二十九年》所載。

〔註22〕參考馬瑞辰《毛詩傳箋通釋》及朱右曾《詩地理徵》。

〔註23〕見《詩經評釋》頁98。

〔註24〕參考屈萬里先生《先秦文史資料考辨》（台北：聯經出版事業公司、民72年）頁330。

瞻彼淇奧，綠竹如簀。有匪君子，如金如錫，如圭如璧。寬兮綽兮，猗重較兮，善戲謔兮！不爲虐兮。（衛風，淇奧）

〔史記〕

武公即位，修康叔之政，百姓和集。四十二年，犬戎殺周幽王，武公將兵佐周平戎，甚有功。周平王命武公爲公，五十五年，卒。子莊公揚立。（衛康叔世家）

〔考辨〕

衛國始祖康叔，傳八世至武公〔註 25〕《毛詩序》云：「淇奧，美武公之德也。有文章又能聽其規諫，以禮自防，故能入相于周，美而作是詩」。自來解此詩者，多從《詩序》之說，以《淇奧》爲衛人美武公之德之詩〔註 26〕。《史記》稱武公修康叔之政，百姓和集，佐周平戎，有勳王室，《國語》又稱其耄而咨儆於朝，受戒不怠〔註 27〕。今觀詩之所述，直可想見武公爲人及其盛德。

然而《史記》敘武公初年弒兄篡位〔註 28〕，故亦有懷疑武公不足當詩之稱頌者，而孔穎達《毛詩正義》認爲「殺兄篡國得爲美者，美其逆取順守，德流於民，故美之」。不過瀧川龜太郎《史記會注考證》已引梁玉繩之語，謂孔穎達所述「過信史記，妄爲之說」，而且認爲武公篡弒之事，乃太史公采雜家之說而成，不足爲據〔註 29〕。司馬貞《史記索隱》亦以太史公所記此事爲非〔註 30〕。

〔註 25〕《史記衛康叔世家》云：「康叔卒，子康伯代立。康伯卒，子考伯立。考伯卒，子嗣伯立。嗣伯卒，子庛伯立。庛伯卒，子靖伯立。靖伯卒，子貞伯立。貞伯卒，子頃侯立。……頃侯立十二年卒，子釐侯立。……釐侯卒，太子共伯餘立爲君。共伯弟和有寵於釐侯，多予之賂，和以其賂賂士，以襲攻共伯於墓上。共伯入釐侯羨自殺，衛人因葬之釐侯旁，謚曰共伯，而立和爲衛侯，是爲武公」。然後之學者多不信太史公所敘武公弒兄篡位之事（參見註 29 與註 30 所引）。此云康叔傳八世至武公，乃參考謝先量《詩經研究》（台北：商務印書館、民 73 年）頁 84 所稱。

〔註 26〕如徐幹《中論》云：「昔衛武公年逾九十，猶夙夜不怠，思聞訓道」，《朱傳》云：「衛人美武公之德，而以綠竹始生之美盛，興其學問自修之進益也」，姚際恆《詩經通論》雖說「小序謂『美武公之德』，未有據」，但仍云「姑依之」，而方玉潤《詩經原始》，朱守亮先生《詩經評釋》，亦皆云《淇奧》爲「美武公之德」之詩。

〔註 27〕《國語楚語》記載左史倚相曾述及：「武公年數九十五矣，猶箴儆於國曰：自卿以下，至於師長士，苟在朝者，無謂我老耄而舍我，必恭恪於朝，朝夕以交戒我。……遂作懿戒之詩以自警。及其沒也，謂之叡聖武公」。

〔註 28〕參見註 25 所引《衛康叔世家》。

〔註 29〕《史記會注考證》云：「梁玉繩曰：案淇奧詩疏云：詩美武公之德，武公殺兄纂國，得爲美者，美其逆取順守、德流于民。此仲達過信史記，妄爲之說。愚按：詩疏奉太宗敕以撰，太宗殺兄纂位，與史記所記武公事相似，仲達假以護之耳。其說不足據」。

〔註 30〕《史記索隱》曰：「和殺恭伯代立，此說蓋非也。按季札美康叔武公之德，又國語稱

另外，據《毛詩序》所指爲與衛武公有關之詩，尚有《大雅抑》篇與《大雅賓之初筵》篇。《詩序》云：「抑，衛武公刺厲王以自警也」，其說之非，已經學者駁斥之，而認爲當是衛武公自警之詩〔註 31〕。至於《賓之初筵》篇，《詩序》以爲衛武公刺幽王之詩，《朱傳》以爲武公飲酒悔過之作，皆太武斷，亦與詩義未合，恐不足信〔註 32〕。

（二）衛莊公娶齊女莊姜

〔詩經〕

碩人其頎，衣錦褧衣。齊侯之子，衛侯之妻，東宮之妹，邢侯之姨；譚公維私。

手如柔荑，膚如凝脂。領如蝤蠐，齒如瓠犀。螓首蛾眉。巧笑倩兮，美目盼兮。

碩人敖敖，說于農郊。四牡有驕，朱幩鑣鑣，翟茀以朝。大夫夙退，無使君勞。

河水洋洋，北流活活。施罛濊濊，鱣鮪發發，葭菼揭揭。庶姜孽孽，庶士有朅。

（衛風、碩人）

〔史記〕

莊公五年，取齊女爲夫人，好而無子。（衛康叔世家）

〔考辨〕

《毛詩序》云：「碩人，閔莊姜也。莊公惑於嬖妾，使驕上僭，莊姜賢而不答，終以無子，國人閔而憂之」。《詩序》之說，乃執泥於《左傳隱公三年》：「衛莊公娶于齊東宮得臣之妹，曰莊姜，美而無子，衛人所爲賦碩人也」之言，然詩惟有讚美之詞，而無閔憂之語，故無所取焉。姚際恆《詩經通論》謂此詩當是莊姜初至衛時，國人美而作者〔註 33〕，朱守亮先生《詩經評釋》亦以此爲莊姜嫁時，衛人美之之詩〔註 34〕。細審此詩，極述其族類之貴，容貌服飾之美，儀從輿衛之盛，姚、朱二位先生之說近是。《碩人》詩所述，殆即爲《史記衛康叔世家》所載「莊公五年，取齊

武公年九十五矣，猶箴誡於國，恭恪于朝，倚几有誦，至于沒身，謂之叡聖。又詩著衛世子恭伯蚤卒，不云被殺。若武公殺兄而立，豈可以爲訓而形之于國史乎？蓋太史公採雜說而爲此記耳」。

〔註 31〕參見《詩經評釋》頁 808 所云：「詩序不應一詩既刺人，又自警。兩歧之說，朱子駁其非是也。且武公即位不與厲王同時，詩中所言亦無刺意」，又云：「此乃武公假詩人之言以警己，當是朱傳據國語楚語左史倚相『昔衛武公年數九十五矣，猶箴儆于國』而謂『衛武公作此詩，使人日誦於其側以自警』之說爲是也」。後之解此詩者，亦多從《朱傳》爲說。

〔註 32〕王靜芝先生《詩經通釋》認爲《賓之初筵》篇爲「戒於典禮燕飲中多飲之詩」，斯言是也。

〔註 33〕姚際恆《詩經通論》認爲：「僞傳曰：『衛莊公取於齊，國人美之，賦碩人』，孫文融亦曰：『此當是莊姜初至衛時，國人美之而作者』，所見皆與予合」。

〔註 34〕朱守亮先生《詩經評釋》頁 181 敘碩人詩旨之言。

女爲夫人」事。

《毛詩序》又謂《邶風綠衣、日月、終風》諸詩，爲「衛莊姜傷己也」而作，《朱傳》亦從之。然綜觀其詩，不必定如《詩序》《朱傳》之說，學者已詳察之而另定新旨〔註35〕。至於《邶風燕燕》篇，《毛詩序》云：「衛莊姜送歸妾也」，《鄭箋》云：「莊姜無子，陳女戴嬀生子名完，莊姜以爲己子。莊公薨，完立，而州吁殺之，戴嬀於是大歸。莊姜遠送於野，作詩以見志」。《詩序》《鄭箋》之說，王質、崔述已駁斥其非是〔註36〕。王質曰：「此當是國君送女弟適他國之詩」，詩富惜別意，又有「之子于歸」語，王說是也，後之解詩者，如崔述與屈萬里、王靜芝、馬持盈、朱守亮諸位先生，皆採此說。

另外，《邶風擊鼓》一詩，《毛詩序》云：「怨州吁也。衛州吁用兵暴亂，使公孫文仲將，而平陳與宋。國人怨其勇而無禮也」，其說之非，崔述《讀風偶識》已考辨之。而方玉潤《詩經原始》云：「細玩詩意，乃戍卒嗟怨之辭」，而謂此爲「衛戍卒思歸不得」之詩。後之解詩者多就此意發之。

（三）衛宣公納子妻而自娶

〔詩經〕

新臺有泚，河水瀰瀰。燕婉之求，籧篨不鮮。

新臺有洒，河水浼浼。燕婉之求，籧篨不殄。

魚網之設，鴻則離之。燕婉之求。得此戚施。（邶風、新臺）

蝃蝀在東，莫之敢指。女子有行，遠父母兄弟。

朝隮于西，崇朝其雨。女子有行，遠兄弟父母。

乃如之人也，懷昏姻也！大無信也；不知命也？（鄘風、蝃蝀）

〔史記〕

初，宣公愛夫人夷姜，夷姜生子伋，以爲太子，而令右公子傅之。右公子爲太子取齊女，未入室，而宣公見所欲爲太子婦者好，說而自取之，更爲太子取他女。宣公得齊女生子壽、朔，令左公子傅之。（衛康叔世家）

〔考辨〕

《毛詩序》云：「新臺，刺衛宣公也。納伋之妻，作新臺于河上而要之。國人惡

〔註35〕如《綠衣》篇爲男子睹物思人，懷念亡妻之詩，朱守亮、裴普賢、糜文開、高葆光、白川靜、高亨、朱東潤、金啓華諸位先生主之。《日月》篇爲妻子怨訴其夫變心之詩，崔述、傅斯年、屈萬里、朱守亮、裴普賢、糜文開、高亨、金啓華等先生皆主之。《終風》篇爲婦人不得於其夫之詩，屈萬里、朱守亮、裴普賢、糜文開、高亨、金啓華、馬持盈等先生主之。

〔註36〕參考王質《詩總聞》，崔述《讀風偶識》。

之，而作是詩也」。《詩序》之說，後人多以爲是，吳闓生先生《詩義會通》且云：「序之說詩，惟此篇最有據」。宣公此事見《左傳桓公十六年》〔註 37〕及《史記衛康叔世家》。所納太子伋之妻，即宣姜。古今說詩者，多無異議。

而《鄘風蝃蝀》篇，《詩序》云：「止奔也。衛文公能以道化其民，淫奔之恥，國人不齒也」，姚際恆《詩經通論》已駁斥其非。方玉潤《詩經原始》說：「乃代衛宣姜答新臺也」，此言近是。然《新臺》與《蝃蝀》二詩均重在刺宣公，於宣姜多表同情，或此二詩者，皆不知宣姜後之醜行〔註 38〕。

（四）衛伋、壽二人爭死

〔詩經〕

二子乘舟，汎汎其景；願言思子，中心養養。

二子乘舟，汎汎其逝；願言思子，不瑕有害。（邶風、二子乘舟）

〔史記〕

太子伋母死，宣公正夫人與朔共讒惡太子伋。宣公自以其奪太子妻也，心惡太子，欲廢之。及聞其惡，大怒，乃使太子伋於齊，而令盜遮界上殺之。與太子白旄，而告盜見持白旄者殺之。且行，子朔之兄壽，太子異母弟也，知朔之惡太子而君欲殺之，乃謂太子曰：界盜見太子白旄，即殺太子，太子可毋行。太子曰：逆父命求生，不可。遂行。壽見太子不止，乃盜其白旄而先驅至界，界盜見其驗，即殺之。壽已死，而太子伋又至，請盜曰：所當殺乃我也。盜並殺太子伋，以報宣公。（衛康叔世家）

〔考辨〕

《毛詩序》云：「二子乘舟，思伋與壽也。衛宣公之二子，爭相爲死，國人傷而思之，作是詩也」，此事載《左傳桓公十六年》〔註 39〕及《史記衛世家》，但與詩文不盡相合，故惠周惕、崔述、姚際恆等疑之〔註 40〕。然方玉潤《詩經原始》則稱：「此詩舍卻二子，亦無他解。況序於新臺後，則其迹尤顯然可見。但詩人用意甚微

〔註 37〕《左傳桓公十六年》載：「初，衛宣公烝於夷姜，生急子，屬諸右公子，爲之娶於齊而美。公取之，生壽及朔」。

〔註 38〕參考本文「衛伋壽二人爭死」條，考辨《詩鄘風牆有茨、君子偕老、鶉之奔奔》三篇所述。

〔註 39〕《左傳桓公十六年》載：「夷姜縊，宣姜與公子朔構急子。公使諸齊，使盜待之莘，將殺之。壽子告知，使行，不可，曰：棄父之命，焉用子矣！有無父之國則可也。及行，飲以酒，壽子載其旌以先，盜殺之。急子至，曰：我之求也，此何罪？請殺我乎。又殺之」。

〔註 40〕參見糜文開、裴普賢《詩經欣賞與研究（三）》（台北：三民書局、民 70 年）頁 201～204 所引惠、崔、姚三氏之言。

而婉，不可泥詩以求事，尤不可執事以言詩。當迂迴以求其用心之所在，然後得其意旨之所存」，又云：「唯其詩之作，或諷之於未行之先，或傷之於既死之後，則難臆定」。茲姑仍從舊說，以此爲傷衛伋、壽二人爭死之詩。

另外，《鄘風牆有茨》篇，《毛詩序》云：「衛人刺其上也，公子頑通乎君母，國人疾之，而不可道也」〔註41〕，《詩序》之說，落在宣姜身上，清魏源以爲非〔註42〕，但以此詩爲刺衛宮淫亂，當無不是。宣公既烝於庶母夷姜，又奪其子媳宣姜於新臺，宣公歿，齊人又使公子頑烝於宣姜，其淫亂也，三世不絕。詩雖未明言淫亂，然衛宮淫亂不檢、醜聞屢見之史事確有存在。又《鄘風君子偕老》篇，各家說詩者皆從《毛詩序》之說而謂此詩「刺衛夫人宣姜」，細玩詩篇，確當是衛人惋惜宣姜美而不淑之作。前述及之《新臺》詩刺宣公之奪子妻，《二子乘舟》詩傷伋、壽之爭死，《牆有茨》詩刺衛宮之淫亂，無一不涉及宣姜。其不善之甚，無庸置疑。又《鄘風鶉之奔奔》篇《毛詩序》亦以爲「刺衛宣姜也」，然淫亂事非宣姜一人可爲，故《朱傳》云：「衛人刺宣姜與頑非匹耦而相從也，故爲惠公之言以刺之」，詩人代爲言以刺之，似可信。以上《鄘風牆有茨、君子偕老、鶉之奔奔》三詩，《史記衛康叔世家》未載具體可相對照之史事，故未臚列比較，然亦錄而存之以備查。

（五）衛文公城楚丘

〔詩經〕

定之方中，作于楚宮。揆之以日，作于楚室。樹之榛栗，椅桐梓漆。爰伐琴瑟。
升彼虛矣，以望楚矣。望楚與堂，景山與京。降觀于桑。卜云其吉，終然允臧。
靈雨既零，命彼倌人，星言夙駕。說于桑田。匪直也人，秉心塞淵，騋牝三千。
（鄘風、定之方中）

〔史記〕

翟伐衛，……遂入殺懿公。……昭伯頑之子申爲君，是爲戴公。

戴公申，元年卒。桓公以衛數亂，乃率諸侯伐翟，爲衛築楚丘，立戴公弟燬爲衛君，是爲文公。……

文公初立，輕賦平罪，身自勞，與百姓同苦，以收衛民。（衛康叔世家）

〔考辨〕

《毛詩序》云：「定之方中，美衛文公也。衛爲狄所滅，東徙渡河，野處漕邑。齊桓公攘戎狄而封之。文公徙居楚丘，始建城市，而營宮室，得其時制，百姓說之，

〔註41〕公子頑烝於惠公母宣姜事，見於《左傳閔公二年》，其云：「初，惠公之即位也少，齊人使昭伯烝於宣姜，生齊子、戴公、文公、宋桓夫人，許穆夫人」。

〔註42〕參見魏源《詩古微》。

國家殷富焉」。《鄭箋》云：「春秋閔公二年，冬，狄人入衛，衛懿公及狄人戰於熒澤而敗。宋桓公迎衛人遺民渡河，立戴公，以廬於漕。戴公立一年而卒。魯僖公二年，齊桓公城楚丘而封衛，於是文公立而建國焉」。後之說詩者，多從《詩序》而無異說，如《朱傳》云：「衛爲狄所滅，文公徙居楚丘，營立宮室，國人悅之而作是詩以美之」。詩則首敘作宮植樹之狀，又敘文公升望降觀，考察地勢之狀，並美文公爲衛之興，勤於農桑畜牧，謀慮切實而深遠也〔註43〕。

二、《鄭風、檜風》所敘史事

鄭，國名。《詩譜》曰：「初，宣王封母弟友于宗周畿內咸林之地，是爲鄭桓公……幽王爲犬戎所殺，桓公死之。其子武公與晉文侯，定平王于東都王城，卒取……十邑之地。右洛左濟，前華後河，良溱洧焉」。鄭國舊地，本在今陝西華縣境，平王東遷時，乃徙於今河南新鄭一帶。《鄭風》二十一篇，皆東還以後之詩〔註44〕。

檜，一作鄶，國名，相傳爲祝融之後，妘姓。周平王時爲鄭武公所滅，併入鄭。檜城故址，在今河南省密縣東北，接新鄭縣界〔註45〕。《詩經》既有《鄭風》，又有《檜風》，可見《檜風》四篇，皆是被併於鄭以前之詩〔註46〕。

（一）鄭武公併繪邑而國之

〔詩經〕

匪風發兮，匪車偈兮。顧瞻周道，中心怛兮！

匪風飄兮，匪車嘌兮。顧瞻周道，中心弔兮！

誰能亨魚？溉之釜鬵。誰將西歸？懷之好音。（檜風、匪風）

緇衣之宜兮，敝，予又改爲兮。適子之館兮，還，予授子之粲兮。

緇衣之好兮，敝，予又改造兮。適子之館兮，還，予授子之粲兮。

緇衣之蓆兮，敝，予又改作兮。適子之館兮，還，予授子之粲兮。（鄭風，緇衣）

〔史記〕

鄭桓公友者，周厲王少子而宣王庶弟也。宣王立二十二年，友初封於鄭，封三十三歲，百姓皆便愛之。幽王以爲司徒。和集周民，周民皆說，河雒之間，人便思之。爲司徒一歲，幽王以褒后故，王室多邪，諸侯或畔之。……（桓公）

〔註43〕參考《詩經評釋》所敘《定之方中》詩之各章章旨。

〔註44〕參考屈萬里先生《先秦文史資料考辨》頁330～332。

〔註45〕參考《詩經評釋》頁394。

〔註46〕見《先秦文史資料考辨》頁332所敘《檜風》的約略時代。

東徙其民雒東，而虢、鄶獻十邑，竟國之。二歲，犬戎殺幽王於驪山下，並殺桓公。鄭人共立其子掘突，是爲武公。（鄭世家）

〔考辨〕

《毛詩序》云：「匪風，思周道也，國小政亂，憂及禍難，而思周道焉」，《朱傳》云：「周室衰微，賢人憂歎而作此詩」。《檜風匪風》的時代背景，是在平王東遷之初，檜將被滅於鄭之時。當時犬戎殺幽王於驪山下，西周覆亡，檜國亦衰亂，百姓流離，乃思周室復興，期能救檜。方玉潤分析此詩便云：「鄭桓公之謀伐虢與檜也久矣，然未幾而旋亡。使周轍不東，檜亦未必受迫於鄭。其或王綱再振，鄭必不敢加兵於檜。而今已矣，悔無及矣，不能不顧瞻周道而自傷也。蓋周興則我小國亦與之俱興矣。搔首茫茫，其誰能亨魚乎？有則我願爲之溉其釜鬵也，其誰將西歸乎」〔註 47〕。前面所引《史記鄭世家》，即是鄭桓公之子武公，併取檜國之地而滅其國的相關史實。另外《國語鄭語》亦有類似的記載。

鄭武公在位二十七年，頗有令名。《鄭風緇衣》即是詩人假天子語美武公之詩。《毛詩序》云：「緇衣，美武公也。父子並爲周司徒，善於其職，國人宜之，故美其德，以明有國善善之功焉」，《朱傳》亦從《詩序》之說。而季明德則以此詩爲武公好賢之詩〔註 48〕，不過緇衣明言卿士之服，非一般賢士所宜著，故仍當以美武公之說爲宜。

（二）共叔段初居京

〔詩經〕

叔於田，巷無居人。豈無居人，不如叔也，洵美且仁。

叔於狩，巷無飲酒。豈無飲酒，不如叔也，洵美且好。

叔適野，巷無服馬。豈無服馬，不如叔也，洵美且武。（鄭風，叔于田）

大叔于田，乘乘馬。執轡如組，兩驂如舞。叔在藪，火烈具舉，襢裼暴虎，獻于公所。將叔無狃，戒其傷女。叔于田，乘乘黃。兩服上襄，兩驂鴈行。叔在藪，火烈具揚。叔善射忌，又良御忌，抑磬控忌，抑縱送忌。

叔于田，乘乘鴇。兩服齊首，兩驂如手。叔在藪，火烈具阜。叔馬慢忌，叔發罕忌。抑釋掤忌，抑鬯弓忌。（鄭風、大叔于田）

〔史記〕

武公十年，娶申候女爲夫人，曰武姜，生太子寤生，生之難。及生、夫人弗

〔註 47〕見方玉潤《詩經原始》頁 296～297。

〔註 48〕姚際恆《詩經通論》云：「自季明德以爲武公好賢之詩，則改衣、適館、授餐皆合，不然，此豈國人所宜施於君上者哉」。方玉潤《詩經原始》也認爲是武公好賢之詩。

愛。後生少子叔段，段生易，夫人愛之。二十七年，武公疾，夫人請公欲立段爲太子。公弗聽。是歲，武公卒，寤生立，是爲莊公，莊公元年，封弟段於京，號太叔。祭仲曰：「京大於國，非所以封庶也。」武公曰：「武姜欲之，我弗敢奪也。」段至京，繕治甲兵，與其母武姜謀襲鄭，二十二年，段果襲鄭，武姜爲內應。莊公發兵伐段。段走，伐京，京人畔叔，段出走鄢。鄢潰段出奔共。（鄭世家）

〔考辨〕

據《毛詩序》的說法，《鄭風叔于田、大叔于田》二篇，皆是刺鄭莊公之詩〔註49〕，然而《叔于田》篇有洵美且仁等句，《大叔于田》篇亦皆讚美之辭，不類刺詩。故王靜芝先生認爲《叔于田》是「段居京之初，美豐姿，能武事，京人愛之，故爲此詩」〔註50〕，而朱守亮先生認爲《大叔于田》是「美共叔段田獵之詩」〔註51〕。關於莊公封叔段於京的史實，《史記鄭世家》引《左傳隱公元年》所載，有詳細的敘述。

不過，歷來說詩，亦有認爲此兩篇未必指叔段之事者。如糜文開，裴普賢兩位先生，即以二詩爲「贊美男子英俊仁慈、武藝高強的詩」、「對一位有地位的武士的讚頌之歌」，與叔段無關〔註52〕。然詩中所敘田獵飲酒，氣勢不凡，似乎只有叔段的地位與身份，才能與描寫的場面配合。所以此處姑依舊說，以《叔于田，大叔于田》爲共叔段初居京邑，京人美其武藝、頌其田獵之詩。

三、《齊風》所敘史事

齊，周武王封太公望之國，姜姓〔註53〕。其地東至於海、西至於河，南至於穆陵，北至於無棣〔註54〕，即今山東北部之地。齊至戰國之初，田和簒其國，其後國號未改，然已非姜姓之國，而爲田氏之齊。《詩經齊風》皆姜姓齊之詩，鄭玄《詩譜》以《雞鳴》等五篇列西周懿王時，《南山》等六篇列東周莊王時，起於齊哀公，而下

〔註49〕《詩序》云：「叔于田，刺莊公也。叔處於京，繕甲治兵，以出於田，國人說而歸之」「大叔于田，刺莊公，叔多才而好勇，不義而得眾也」。

〔註50〕見王靜芝先生《詩經通釋》。

〔註51〕見《詩經評釋》頁233。

〔註52〕見《詩經欣賞與研究（二）》（台北：三民書局、民70年）頁47、頁50。

〔註53〕姜太公本姓姜氏，其先祖於虞夏之際封於呂，從其封姓，故曰呂尚。呂尚以魚釣于周文王，文王遇太公於渭之陽，與語大悅，曰：「吾太公望子久矣，」故號之太公望。詳見《史記齊太公世家》。

〔註54〕見《史記齊太公世家》所云成王命太公「曰：東至海，西至河，南至穆陵，北至無棣。五侯九伯，實得征之」。

迄襄公時。近人或以爲皆東周時詩〔註 55〕。

（一）齊襄、文姜淫亂，魯桓未能防閑其妻

〔詩經〕

南山崔崔，雄狐綏綏。魯道有蕩，齊子由歸。既曰歸止，曷又懷止？

葛屨五兩，冠緌雙止。魯道有蕩，齊子庸止。既曰庸止，曷又從止？

蓺麻如之何？衡從其畝；取妻如之何？必告父母。既曰告止，曷又鞠止？

析薪如之何？匪斧不克；取妻如之何？匪媒不得。既曰得止，曷又極止？（齊風、南山）

敝笱在梁，其魚魴鰥。齊子歸止，其從如雲。

敝笱在梁，其魚魴鱮。齊子歸止，其從如雨。

敝笱在梁，其魚唯唯。齊子歸止，其從如水。（齊風，敝笱）

載驅薄薄，簟茀朱鞹。魯道有蕩，齊子發夕。

四驪濟濟，垂轡濔濔。魯道有蕩，齊子豈弟。

汶水湯湯，行人彭彭。魯道有蕩，齊子翱翔。

汶水滔滔，行人儦儦。魯道有蕩，齊子遊敖。（齊風，載驅）

〔史記〕

（齊襄公）四年，魯桓公與夫人如齊。齊襄公故嘗私通魯夫人。魯夫人者，襄公女弟也，自釐公時嫁爲魯桓公婦。及桓公來，襄公復通焉。魯桓公知之，怒夫人，夫人以告齊襄公。齊襄公與魯君飲，醉之，使力士彭生抱上魯君車，因拉殺魯桓公。桓公下車則死矣。魯人以爲讓，而齊襄公殺彭生以謝魯。（齊太公世家）

桓公……遂與夫人如齊。……齊襄公通桓公夫人，公怒夫人，夫人以告齊侯。夏四月丙子，齊襄饗公。公醉，使公子彭生抱魯桓公，因命彭生搚其脅，公死於車。魯人告于齊曰：「寡君畏君之威，不敢寧居，來脩好禮，體成而不反，無所歸咎，請得彭生以除醜於諸侯。」齊人殺彭生以說魯。立太子同，是爲莊公。（魯周公世家）

〔考辨〕

《毛詩序》說：「南山，刺襄公也。鳥獸之行，淫乎其妹。大夫遇是惡，作詩而去之」〔註 56〕，「敝笱，刺文姜也。齊人惡魯桓公微弱，不能防閑文姜，使至淫亂，

〔註 55〕見《先秦文史資料考辨》頁 331。

〔註 56〕王靜芝先生認爲《詩序》前後所言無問題，惟後段言大夫作詩，則似未必。其云：「蓋若齊國之大夫，職司政事，君行如有可諫則諫，諫而不聽，當退則退。若此既不能

爲二國患焉」〔註 57〕。齊襄公之妹，是魯桓公夫人文姜，襄公素與淫通。《左傳桓公十八年》，載有桓公與夫人如齊，齊襄公私通文姜，又使彭生殺桓公之事。此二詩於史有據，可說是兼刺齊襄公、魯桓公、文姜三人之詩。在《史記》裡，《齊太公世家》與《魯周公世家》，對此史事亦有詳細記載，而關於《左傳》所敘「使公子彭生乘車，公薨於車」一事，《齊太公世家》寫彭生「拉殺魯桓公」，《魯周公世家》則說「命彭生摺其脅，公死于車」，述之更詳。

又有《齊風載驅》篇，也是刺文姜與齊襄公淫亂之事。《毛詩序》云：「載驅，齊人刺襄公也，無禮義故盛其車服，疾驅於通道大都與文姜淫，播其惡於萬民焉」，《朱傳》云：「齊人刺文姜乘此車而來會襄公也」，二者見解皆通。按齊襄公與文姜亂倫事，除見於《南山》篇和《敝笱》篇所引述的史實外，在魯桓公被齊襄公指使彭生殺死之後，仍繼續進行。據《春秋經》記載：魯莊公二年「夫人姜氏會齊侯於禚」，四年「夫人姜氏享齊侯於祝丘」，五年「夫人姜氏如齊師」，七年「夫人姜氏會齊侯於防」，是年又「會齊侯於穀」。直到魯莊公八年，齊襄公被公孫無知所殺，這件醜事方才結束。

（二）魯莊公如齊、齊人美之。

〔詩經〕

猗嗟昌兮！頎而長兮！抑若揚兮！美目揚兮！巧趨蹌兮！射則臧兮！

猗嗟名兮！美目清兮！儀既成兮！終日射候，不出正兮！展我甥兮！

猗嗟孌兮！清揚婉兮！舞則選兮！射則貫兮！四矢反兮！以禦亂兮！（齊風、猗嗟）

〔史記〕

二十三年，莊公如齊觀社。（魯周公世家）

〔考辨〕

《毛詩序》與《朱傳》皆認爲《齊風猗嗟》篇是刺魯莊公不能以禮防閑其母之詩〔註 58〕。何楷《詩經世本古義》進而論其作詩時間曰：「春秋莊四年冬：『公及齊

諫止於前，而徒作詩諷刺於後，於事何益？非大夫所當爲」。詳見《詩經通釋》。

〔註 57〕不過《朱傳》認爲《敝笱》詩是刺魯莊公，其云：「齊人以敝笱不能制大魚，此魯莊公不能防閑文姜。故歸齊而從之者眾也」。其實文姜與齊襄敗德事發生甚早，然至魯桓公被殺，始達高潮，故詩直刺魯桓公不能防閑文姜，而有此結果，不必如《朱傳》易爲莊公。姚際恆《詩經通論》即謂：「不能防閑其母之罪，孰若不能防閑其妻之罪爲尤重耶」。

〔註 58〕《詩序》云：「猗嗟，刺魯莊公也。齊人傷魯莊公有威儀技藝，而不能以禮防閑其母，失子之道。人以爲齊侯之子焉」。《朱傳》云：「齊人極道魯莊公之威儀技藝如此。所

人狩于禚』，此詩疑即狩禚事。蓋公朝齊而因以狩也。古者諸侯相朝，則有賓射，故所言者皆賓射之禮。又詩曰：『展我甥兮』，自是莊公初至齊而人驟見之語」。姚際恆《詩經通論》採何氏之說。然清代不少學者，像惠周惕、胡承珙、王夫之、魏源、李惇等，卻都主張此詩作於齊桓公時，不作於齊襄公時〔註 59〕。他們對詩年代的考證，理論充足，蓋此詩齊人環觀莊公，熟見其威儀射技，詳加品評而詠頌成詩。此必莊公親臨齊境始克有之，而莊公於二十二年始如齊納幣，二十三年又如齊觀社〔註 60〕，則此詩必在此二年，即齊桓公十四、十五年間所作。不過彼等論詩，大多取《春秋》筆法，而齊人作詩，未必如此深刻。細審原詩，皆是讚美之詞，全無刺意，當以方玉潤所謂「猗嗟，齊人美魯莊公材藝之美也」一語較合詩旨〔註 61〕。故今人屈萬里、王靜芝、朱守亮、馬持盈諸位先生，均從方氏之言。

《史記魯周公世家》，根據莊公二十三年《春秋經、傳》，載有莊公如齊觀社之事。而二十二年如齊納幣事則未載之。

四、《唐風》所敘史事

唐，國名，姬姓之國，其封域在太行恆山之西，太原太岳之野〔註 62〕，即今山西省太原一帶。周武王之世，封其子叔虞於此，是爲唐侯〔註 63〕。《史記晉世家》曰：「唐叔子燮，是爲晉侯」。後人據此，遂以爲唐改稱晉，始於晉侯燮；馬瑞辰據《國語》及《呂氏春秋》考定自叔虞時即有晉名，則舊說未確可信。此風詩謂之唐而不曰晉著，蓋其詩採自唐地之故〔註 64〕。鄭玄《詩譜》歐陽修補亡云：「僖侯立，當宣王時，唐之變風始作。凡十三君，至於獻公，有詩者四」，自惠公以下無詩。又

以刺其不能以禮防閑其母。若曰：惜乎其獨少此」。

〔註 59〕詳見糜文開、裴普賢《詩經欣賞與研究（三）》頁 332～334 引惠周惕《詩說》、胡承珙《毛詩後箋》、王夫之《詩經稗疏》、魏源《詩古微》、李惇《群經識小》之論述。

〔註 60〕見《春秋莊公二十二年、二十三年》。

〔註 61〕見方玉潤《詩經原始》頁 239。其又云：「此齊人初見莊公而歎其威儀技藝之美，不失名門子，而又可以爲戡亂材，誠哉其爲齊侯之甥也。意本贊美，以其母不賢故，自後人觀之，而以爲刺耳！於是紛紛議論，並論『展我甥兮』一句，以爲微詞，將詩人忠厚待人本意，盡情說壞，是皆後儒深文苛刻之論，有以啓之也」。

〔註 62〕見鄭玄《詩譜》。

〔註 63〕《左傳》及《史記》，皆謂周成王封其弟叔虞於唐，是爲唐侯。近人據晉公盦考定叔虞實封於武王之世，《左傳》及《史記》說非是。此說見朱守亮先生《詩經評釋》頁 315 所引。

〔註 64〕參考《詩經評釋》頁 315 所敘述云。而《詩經原始》頁 252 則曰：「唐詩多作於曲沃并晉之世，兩晉相吞，一興一亡，其名無所專繫，故黜晉號而係之以唐，惡之深故絕之甚也」。

十九君至於靖公爲韓魏趙所滅。則《唐風》十二篇，上起西周宣王時，下迄東周惠王時〔註65〕。

（一）晉昭公弱而曲沃桓叔強

〔詩經〕

揚之水，白石鑿鑿。素衣朱襮，從子于沃。既見君子，云何不樂！

揚之水，白石皓皓。素衣朱繡，從子于鵠。既見君子，云何其憂！

揚之水，白石粼粼。我聞有命，不敢以告人。（唐風、揚之水）

〔史記〕

昭侯元年，封文侯弟成師于曲沃。曲沃邑大於翼。翼，晉君都邑也。成師封曲沃，號爲桓叔，靖侯庶孫欒賓相桓叔。桓叔，是時年五十八矣，好德，晉國之眾皆附焉。君子曰：「晉之亂，其在曲沃矣。末大於本，而得民心，不亂何待」。七年，晉大臣潘父弒其君昭侯而迎曲沃桓叔，桓叔欲入晉，晉人發兵攻桓叔，桓叔敗還歸曲沃。晉人共立昭侯子平爲君，是爲孝侯。（晉世家）

〔考辨〕

《毛詩序》云：「揚之水，刺晉昭公也。昭公分國以封沃，沃強盛，昭公微弱，國人將叛而歸沃焉」，此後說詩者對解此詩爲昭公分國封沃事，多無異議，不過對作詩者的用意，則有分歧的看法。《朱傳》從《詩序》，同意其「國人將叛而歸沃」之說，更稱詩所謂不敢告人者，是「民爲之隱」而欲其事之成。嚴粲《詩緝》則認爲：「時沃有篡宗國之謀，而潘父陰主之，將爲內應，而昭公不知。此詩正發潘父之謀，其忠告於昭公者，可謂切至。若眞欲從沃，則是潘父之黨，必不作此詩以泄漏其事也」。二說正好相反。

細審原詩，其以揚之水起興，及激揚之水無力，喻晉昭侯之微弱，不能制桓叔之強盛。桓叔好德，故晉眾附焉，由詩「從子之沃」，「云何不樂」可知。而「不敢以告人」者，乃言民心傾於桓叔而爲之隱。不過此詩既形諸歌詠，遍傳國中，似又含諷諫之意，欲昭公知之也。正如方玉潤《詩經原始》說：「詩人諷刺他人多意在言外，不肯明言。況此詩發人隱謀，有關君國禍福，豈敢直言，自取滅亡」，而認爲此乃是「諷昭公以備曲沃」之詩也。《詩序》以爲「國人將叛歸沃」之詞，實乃太過。以《史記晉世家》所載異時潘父弒昭公，迎桓叔，晉人發兵攻桓叔，桓叔敗還，歸曲沃之事考之，即可見國人之心。

晉昭公分國封沃事見《左傳桓公二年》，《史記晉世家》亦有記載。此《揚之水》

〔註65〕參考《詩經評釋》頁315所引所述。

詩，即是諷刺昭公微弱，曲沃強盛，而昭公不知早爲之防備之事。

另外，《唐風椒聊》篇，《毛詩序》亦以其爲刺晉昭公之詩，云：「君子見沃之盛強，能修其政，知其蕃衍盛大，子孫將有晉國焉」。然詳觀此詩，其中不但無刺意，且多讚美之詞，一如《螽斯》之祝人子孫眾多，《桃夭》之祝人家族繁盛。此篇以花椒之多子頌祝他人，並美其體格碩大，性情篤厚。當與刺晉昭公事無涉。

又有《唐風鴇羽》一詩，《毛詩序》認爲是「刺時也。晉昭公之後，大亂五世。君子下從征役，不得養其父母之詩」，姚際恆《詩經通論》以詩中「王事」二字而亦信《詩序》之說。按《左傳》與《史記》記載，晉昭公之後，繼之者爲孝侯、鄂侯、哀侯、小子侯和緡侯。其間屢受曲沃桓叔、莊伯和武公的侵略，孝侯、哀侯和小子侯先後爲曲沃所殺。幸賴周平王和桓王先後命虢公等將兵伐曲沃，使都翼之晉得以喘息，而最後仍爲武公所滅〔註66〕。《詩序》所謂昭公之後，大亂五世，即是指此。不過這般自限範圍，恐也未必盡得其然，故《朱傳》云：「序意得之，但其時也，則未可知耳」，僅謂「民從征役而不得養其父母，故作此詩」。斯言是矣。

（二）晉大夫為武公請命于天子之使

〔詩經〕

豈曰無衣七兮？不如子之衣，安且吉兮！

豈曰無衣六兮？不如子之衣，安且燠兮！（唐風，無衣）

〔史記〕

晉侯二十八年，……曲沃武公伐晉侯緡，滅之。盡以其寶器賂獻于周釐王，釐王命曲沃武公爲晉君，列爲諸候。於是盡併晉地而有之，曲沃武公已即位三十七年矣，更曰晉武公。（晉世家）

〔考辨〕

《毛詩序》云：「無衣，美晉武公也。武公始併晉國，其大夫爲之請命乎天子之使，而作是詩也」。《序》之所言，惟美武公一語不足信。蓋武公賂王以獲王命，不足以言美也。此詩爲曲沃武公滅晉侯緡而併晉後，以未得天子命服，心不自安〔註67〕，故其大夫爲之請乎天子之使。《史記晉世家》載：「盡以其寶器賂獻于周釐王，釐王命曲沃武公爲晉君，列爲諸侯」，《左傳桓公十六年》亦有「于使虢公命曲沃伯以一軍爲晉侯」之事。

〔註66〕詳見《左傳桓公二年、三年、七年、八年、九年》，與《史記晉世家》。

〔註67〕毛萇曰：「諸侯不命於天子，則不成爲君」。《朱傳》云：「當是時，周室雖衰，典刑猶在。武公既負弒君篡國之罪，則人得而討之，而無以自立於天地之間。故賂王請命，而爲說如此」。

五、《陳風、曹風》所敘史事〔註 68〕

陳，國名，嬀姓之國，帝舜之後，有虞閼父者，爲周武王陶正。武王賴其利器用，以元女太姬妻子嬀滿而封之於陳，都於宛丘之側，是曰陳胡公。傳世至陳閔公二十一年，即魯哀公二十一年，爲楚惠王所滅。陳都故址，在今河南省淮陽縣東南〔註 69〕。《陳風》凡十篇，鄭玄《詩譜》據《詩序》而云：「幽公立，當周厲王之時，陳之變風始作，凡十三君至於靈公，有詩者五」，《朱傳》僅認可《株林》篇爲刺靈公淫乎夏姬而作。

曹，國名，姬姓，周武王弟叔鐸所封之國。封域約當今山東省荷澤定陶一帶。傳二十四世至曹伯陽，於魯哀公八年爲宋景公所滅〔註 70〕。《曹風》四篇，其中《侯人》篇，《詩序》謂爲刺共公之詩，後人多採信。末篇《下泉》則自明何楷採《易林》之說，以詩中郇伯即晉荀躒，詩乃美荀躒能勤王，平王子朝作亂事。馬瑞辰證成之。屈萬里先生採其說，以詩爲三百篇最晚之作〔註 71〕。

（一）陳靈公淫乎夏姬

〔詩經〕

胡爲乎株林？從夏南。匪適株林，從夏南。

駕我乘馬，說于株野；乘我乘駒，朝食于株。（陳風，株林）

〔史記〕

十四年，靈公與其大夫孔寧、儀行父皆通於夏姬。衷其衣以戲於朝。泄冶諫曰：「君臣淫亂、民何效焉」。靈公以告二子，二子請殺泄冶，公弗禁，遂殺泄冶。十五年，靈公與二子飲於夏氏，戲二子曰：「徵舒似女」，二子曰：「亦似公」。徵舒怒，靈公罷酒出，徵舒伏弩廄門，射殺靈公。孔寧、儀行父皆奔楚。（陳杞世家）

〔考辨〕

《毛詩序》云：「株林，刺靈公也。淫乎夏姬，驅馳而往，朝夕不休息焉」。詩無異說。

《左傳宣公九年、十年》，記載陳靈公與孔寧、儀行父皆通於夏姬，並敘洩冶諫而被殺、夏徵舒射殺靈公事。《史記陳杞世家》亦有相似的記述。此事本極淫蕩，詩

〔註 68〕此合《陳風》、《曹風》而述之，蓋以其詩所涉史事甚少，故併而敘之，非謂此二國風或其間史實有所關聯也。

〔註 69〕見《詩經評釋》頁 371。

〔註 70〕見註 69 所引書頁 405。

〔註 71〕參見裴普賢先生《詩經研讀指導》（台北：東大圖書公司）中《曹風下泉篇新解》一文或《詩經欣賞與研究（三）》頁 71～78。

則詞意厚道含蓄，故《朱傳》說：「靈公淫乎夏徵舒之母，朝夕而往夏氏之邑。故其民相語曰：『君胡爲株林乎？』曰：『從夏南耳。』然則，非適株林也，特以從夏南故耳。蓋淫乎夏姬，不可言也。故以從其子言之。詩人之忠厚如此」。姚際恆《詩經通論》說：「二章一意，意若在疑信之間，辭已在隱躍之際，詩人之忠厚也，亦詩人之善言也」。陳奐《詩毛氏傳疏》亦云：「詩曰『從夏南』，序曰『淫夏姬』，序則據事，詩有隱辭也」。

（二）曹共公遠君子近小人

〔詩經〕

彼候人兮，何戈與祋。彼其之子，三百赤芾。

維鵜在梁，不濡其翼。彼其之子，不稱其服。

維鵜在梁，不濡其咮。彼其之子，不遂其媾。

薈兮蔚兮，南山朝隮。婉兮孌兮，季女斯飢。（曹風、候人）

〔史記〕

共公十六年，初，晉公子重耳亡過曹，曹君無禮，欲觀其駢脅，釐負羈諫，不聽，私善於重耳。二十一年，晉文公重耳伐曹，虜共公以歸，令軍毋入釐負羈之宗族閭。或說晉文公曰：『昔齊桓公會諸侯，復異姓：今君囚曹君，滅同姓，何以令於諸侯？』晉乃復歸共公」。（管蔡世家）

晉候圍曹，三月丙午，晉師入曹，數之，以其不用僖負羈言，而用姜女乘軒者三百人也。令軍毋入僖負羈宗家以報德。（晉世家）

〔考辨〕

《毛詩序》云：「候人，刺近小人也。共公遠君子而好小人焉」，《朱傳》因之，又曰：「彼其之子，而三百赤芾，何哉？晉文公入曹，數其不用僖負羈，而乘軒者三百人，其謂是與？」按《左傳僖公二十八年》載晉文公伐曹，三月入之，數曹共公不用僖負羈，而乘軒者三百人。所謂乘軒者三百人，即詩「三百赤芾」是也。又《左傳僖公二十三年》，追述晉公子重耳流亡於曹時，曹共公無禮，聞重耳駢脅，欲觀其裸。浴，薄而觀之。僖負羈饋重耳盤飧，寘璧其間。重耳受飧反璧。故晉文公惡曹共公之無禮，而以僖負羈爲賢，及入曹，乃數之以罪。曹君之遠君子近小人，昭昭明著。謂此《候人》詩爲刺曹共公，則與《左傳》合。《史記管蔡世家》與《晉世家》，亦有相同的史事記載。故解此詩者，多從《詩序》，世少別說。

第五章　《史記》所載引述《詩經》之史事

第一節　引述《詩經》篇名或所謂詩人作刺之史事

一、周公貽成王鴟鴞詩

〔詩經〕

鴟鴞鴟鴞，既取我子，無毀我室，恩斯勤斯，鬻子之閔斯。

迨天之未陰雨，徹彼桑土。綢繆牖戶。今女下民，或敢侮予。

予手拮据，予所捋荼。予所蓄租，予口卒瘏。曰予未有室家。

予羽譙譙，予尾翛翛。予室翹翹，風雨所漂搖。予維音嘵嘵。（豳風、鴟鴞）

〔史記〕

周公乃奉成王命，興師東伐，作大誥。……寧淮夷東土，二年而畢定。諸侯咸服宗周，天降祉福，東土以集。周公歸報成王，乃爲詩貽王，命之曰鴟鴞。王亦未敢訓周公。（魯周公世家）

〔考辨〕

《史記魯周公世家》采《尚書金縢》篇所載〔註 1〕，敘述周公作《鴟鴞》詩遺成王之事，並據《金縢》「于後」之辭而記貽詩在東征完成以後。然而《毛詩序》卻說：「鴟鴞，周公救亂也。成王未知周公之志，公乃爲詩以遺王，名之曰鴟鴞」，《鄭箋》亦云：「未知周公之志者，未知其欲攝政之意」，則遺詩應在流言之時，不在亂平之後。瀧川龜太郎《史記會注考證》便嘗指出：「爲詩貽王以下，采書金縢，是成

〔註 1〕《尚書金縢》原文爲：「武王既喪，管叔及其群弟乃流言於國曰：『公將不利於孺子』。周公乃告二公曰：『我之弗辟，我無以告我先王。』周公居東二年，則罪人斯得。于後，公乃爲詩以貽王，名之曰鴟鴞。王亦未敢誚公」。

王疑周公時，不宜置于此。梁玉繩曰：『若貽詩在誅管蔡後，詩何以云未雨綢繆乎』」，裴普賢先生亦以《毛詩》之說爲是，認爲《史記》敘此事有欠明確〔註 2〕。不過亦有學者在討論《鴟鴞》一詩時，根本否定其爲周公遺成王之詩，而認爲《鴟鴞》是周公東征時，自述艱苦爲國之詩〔註 3〕。

二、懿王勢衰

〔詩經〕

采薇采薇，薇亦作止，曰歸曰歸，歲亦莫止。靡室靡家，玁狁之故。不遑啓處，玁狁之故……

駕彼四牡，四牡騤騤，君子所依，小人所腓。四牡翼翼，象弭魚服。豈不日戒，玁狁孔棘。

昔我往矣，楊柳依依。今我來思，雨雪霏霏。行道遲遲，載渴載飢。我心傷悲，莫知我哀。（小雅、采薇）

〔史記〕

共王崩，子懿王囏立。

懿王之時，王室遂衰，詩人作刺。（周本紀）

〔考辨〕

瀧川龜太郎《史記會注考證》，據《漢書匈奴傳》云「懿王時，戎狄交侵，中國被其苦，詩人始作，疾而歌之，曰：『靡室靡家，獫允之故』」，獫允即玁狁，以證《史記》所謂「詩人作刺」，即指《小雅采薇》篇。

案《采薇》篇《魯齊詩》均指爲懿王時苦於玁狁之患所作怨刺之詩。司馬遷習《魯詩》，故從魯說。《毛詩》則以爲文王時詩，《詩序》曰：「文王之時，西有昆夷

〔註 2〕裴普賢先生《詩經比較研究——史記周本紀》篇（收《詩經欣賞與研究（四）》，台北、三民書局、民 73 年）頁 410。不過亦有持相反意見者，如姚際恆《詩經通論》說：「按（金縢篇）『于後』之辭，是既誅管蔡而入。恐成猶疑其殺二叔，故作詩貽之。『王亦未敢誚公』，迨風雷之變，乃親迎公歸。或必從鄭氏解書之義，以『辟』爲『避』，以『居東』爲『居國之東』，因主此詩爲未誅管蔡之前作，曰『以鴟鴞爲武庚。庚既已誅，豈猶慮其毀王室耶？』不知此乃指前日而言；且誅管蔡後，殷人尚未靖也，安得不慮其毀王至乎！又曰：『使此詩作于畔後，則所云「未雨綢繆」謂何？』不知此謂武庚雖誅，殷民不靖，正當早爲計耳。上雖以『毀室』屬鴟鴞言，此又言『下民』，則旨益露矣」。

〔註 3〕如朱守亮先生《詩經評釋》（台北學生書局、民 73 年）頁 428 嘗言：「金縢僞書，自不足信。徐察全詩，盡是危苦之辭，當是周公東征時，自述其艱苦爲國之詩也，無以遺成王之意。詩係周公所述，詩中大鳥以自比，鴟鴞比殷武庚，子比管叔、蔡叔，鬻子比成王，室家比周國」。

之患，北有玁狁之難，以天子之命，命將率，遣戍役以守衛中國，故歌采薇以遣之」。然而屈萬里《詩經釋義》云：「玁狁一名，西周中葉以後始有之，殷末及周初稱鬼方。詩中屢言玁狁，知此乃西周中葉以後之詩；舊謂作於文王時者，非也。以出車及六月諸詩證之，此詩蓋作於宣王之世」，裴普賢據之，將《采薇》篇定爲宣王中興重要的史詩之一〔註4〕。

第二節　引述《詩經》本文之史事

一、祭公諫穆王

〔詩經〕

時邁其邦，昊天其子之。實右序有周，薄言震之，莫不震疊，懷柔百神，及河喬嶽，允王維后。明昭有周，式序在位。載戢干戈，載櫜弓矢。我求懿德，肆于時夏，允王保之。（周頌、時邁）

〔史記〕

穆王將征犬戎，祭公謀父諫曰：「不可。先王燿德不觀兵。夫兵戢而時動，動則威。觀則玩。玩則無震。是故周文公之頌曰：『載戢干戈，載櫜弓矢。我求懿德，肆于時夏，允王保之。』先王之於民也，茂正其德，而厚其性；阜其財求，而利其器用。明利害之鄉，以文脩之，使之務利而辟害，懷德而畏威。故能保世以滋大。……犬戎氏以其職來王。天子曰：『予必不享征之』，且觀之兵。無乃廢先王之訓，而王幾頓乎？」……

王遂征之，得四白狼四白鹿以歸。自是荒服者不至，諸侯有不睦者。（周本紀）

〔考辨〕

《毛詩序》云：「時邁，巡守告祭柴望也」，《鄭箋》云：「巡守告祭者，天子巡行邦國，至于方嶽之下而封禪也」。《左傳宣公十二年》云：「昔武王克商，作頌曰：載戢干戈」，《國語周語》云：「昔周文公之頌曰：載戢干戈」。今「戰戢干戈」，明在詩中，且又有「懷柔百神，及河喬嶽」語，故而歷來說解此詩者，多與《左傳》、《國語》、《詩序》之說相近。此當係武王巡守告祭柴望時，周公所作之詩。而明何楷又列《時邁》爲《大武樂》六章之第五樂章〔註5〕。

〔註4〕參見裴普賢先生《詩經比較研究——史記周本紀》篇頁428～429。

〔註5〕朱熹、何楷、魏源等謂《大武》共六章。又以《樂記》有《大武》六成之說，樂曲一終爲一成，則《大武》爲六成之樂也。何楷定一成爲《武》，二成爲《酌》，三成爲《賚》，四成爲《般》，五成爲《時邁》，六成爲《桓》。今本《周頌》之次第，係

《史記周本紀》敘祭公謀父引《周頌時邁》篇後段以諫周穆王之征犬戎事，係採《國語周語》第一篇而略有增損。此爲《周本紀》敘事中第一次引詩之事，可知引詩固盛於春秋，穆王時已開此風。

二、芮良夫諫厲王

〔詩經〕

思文后稷，克配彼天，立我烝民，莫匪爾極。貽我來牟，帝命率育。無此疆爾界，陳常于時夏。（周頌、思文）

亹亹文王，令聞不已。陳錫哉周，侯文王孫子。文王孫子，本支百世。凡周之士，不顯亦世。（大雅、文王）

〔史記〕

夷王崩，子厲王胡立。

厲即位三十年，好利近榮夷公。大夫芮良夫諫厲王曰：「王室其將卑乎？夫榮公好專利，而不知大難。夫利百物之所生也，天地之所載也，而有專之，其害多矣。天地百物皆將取焉，何可專也。所怒甚多，而不備大難。以是教王，王其能久乎？夫王人者，將導利而布之上下者也。使神人百物無不得極，猶日怵惕，懼怨之來也。故頌曰：『思文后稷，克配彼天。立我烝民，莫匪爾極。』大雅曰：『陳錫載周。』是不布利而懼難乎？故能載周以至于今。今王學專利，其可乎？匹夫專利，猶謂之盜。王而行之，其歸鮮矣。榮公若用，周必敗也」。

厲王不聽，卒以榮公爲卿士用事。（周本紀）

〔考辨〕

《史記》諫厲王勿用榮夷公事，全文照錄《國語周語》，僅更易一二字。芮良夫引《大雅》「陳錫載周」句，在《文王》篇第二章，與《周頌思文》篇並舉，所以明后稷、文王，布利於民，故能興盛，今王若學專利，重用榮夷公，則周必敗也。

《詩序》云：「桑柔，芮伯刺厲王也」，《朱傳》從之。《詩序》乃據《左傳文公元年》「秦伯曰：是孤之罪也。周芮良夫之詩曰：『大風有隧，貪人敗類。聽言則對，誦言始醉。匪用其良，覆俾我悖』，是貪故也，孤之謂也」爲說。細審《桑柔》詩有「天降喪亂，滅我立王」之語，而王靜芝先生《詩經通釋》曰：『類幽王之後，或厲王被逐，共和之際所作。非刺厲王之作也』。故《詩序》之說不可從。

《史記周本紀》載厲王之事，除大夫芮良夫諫厲王勿用榮夷公外，尚有召公戒

遭秦火而亂耳。參考朱守亮先生《詩經評釋》（台北：學生書局、民 73 年）頁 899。

厲王勿監謗一事，而《詩序》云：「民勞，召穆公刺厲王也」。考《大雅民勞》詩所言，乃戒愼去惡，以爲王休等語，絕非刺詩，且落實召穆公刺厲王，牽強過甚，斷不可從〔註 6〕。故亦不取之與《史記》相比較。

〔註 6〕見朱守亮生先《詩經評釋》頁 787。朱熹《詩集傳》亦云：「序說以此爲召穆公刺厲王之詩。以今考之，乃同列相戒之辭耳，未必專爲刺王而發。然其憂時感事之意，亦可見矣」。

第六章　《詩經》所載可補正《史記》缺失史事

第一節　可補《史記》缺略之史事

一、「篤生武王」之太姒

《詩經大雅思齊》云：

> 思齊大任，文王之母。思媚周姜，京室之婦。大姒嗣徽音，則百斯男。

此詩之首章，述周母德純備，乃文王所以爲聖之張本〔註 1〕。周姜即太王之妃、王季之母太姜；大任爲王季之妃、文王之母，而大姒則爲文王之妃、武王之母。《詩大雅大明》嘗述王季之能得嘉耦大任曰：

> 摯仲氏任，自彼殷商，來嫁于周。曰嬪于京，乃及王季，維德之行。大任有身，生此文王。

又以三章的文字，著力描寫文王親迎大姒，以成婚配，而太姒生武王，長而伐商之事云：

> 天監在下，有命既集。文王初載，天作之合。在洽之陽，在渭之涘。文王嘉止，大邦有子。
>
> 大邦有子，俔天之妹。文定厥祥，親迎于渭。造舟爲梁，不顯其光。
>
> 有命自天，命此文王。于周于京，纘女維莘，長子維行。篤生武王，保右命爾，燮伐大商。

《史記周本紀》敘大姜、大任時，僅記載：

〔註 1〕參見朱守亮先生《詩經評釋》（台北：學生書局、民 73 年）《大雅思齊》篇首章章旨。

太姜生少子季歷，季歷娶太任，皆賢婦人，生昌，有聖瑞。

對於《大明》篇所述文王「天作之合」，「親迎于渭」，而「篤生武王」的太姒，則未提及之。此當爲太史公一時之疏漏所致〔註2〕，而《詩經》所述，即可補其缺失。

二、周武王都鎬

周武王建都鎬京，乃西周奠都大事。太史公既於《周本紀》中敘文王徙都豐，而對武王都鎬，竟一字不提，實爲一大疏漏〔註3〕。《詩經大雅文王有聲》六、七、八章云：

鎬京辟廱，自西自東，自南自北，無思不服，皇王烝哉！

考卜維王，宅是鎬京。維龜正之，武王成之。武王烝哉！

豐水有芑，武王豈不仕？詒厥孫謀，以燕翼子。武王烝哉！

述武王遷鎬得其民、成其居與所以遷都之故〔註4〕，實可以補《史記》缺略之處。

三、周宣王中興之偉業

《史記周本紀》敘宣王事極簡略，對中興事業只寫了「宣王即位，二相輔之修政，法文武成康之遺風，諸侯復宗周」數字，未提及具體事蹟。本文第四章第一節考辨宣王中興史事時，據前人論述，指出《詩經大雅雲漢、韓奕、江漢、常武、崧高、烝民》，《小雅六月、采薇、出車、采芑、黍苗、車攻》等十二篇，爲有關宣王中興事蹟的史詩〔註5〕。茲以之爲據，分修明內政，征伐外夷、鞏固國防三方面敘宣王中興之偉業，以補《史記》所缺略。

（一）修明內政

1、為民攘災

宣王乃厲王之子。厲王暴戾無道，好利近佞，民不堪其虐，遂群起而畔王。厲王出奔於彘，召公、周公二相行政，號曰共和。共和十四年，厲王死於彘，二相乃共立太子靜，是爲宣王〔註6〕。

宣王即位之初，即逢亢旱。此事不見載於《史記》，但嘗記載於其他古籍。《春

〔註2〕本文第三章第二節論述周先世事蹟「文王修德建業」時，已考辨過此問題。可參見之。

〔註3〕本文第三章第三節論述周室史事「武王伐紂」時，已考辨過此問題。可參見之。

〔註4〕參見朱守亮先生《詩經評釋》《大雅文王有聲》篇六、七、八章章旨。

〔註5〕見第四章第一節論述周室史事「宣王中興」時，參考裴普賢先生《周宣王中興史詩的考察》（《幼獅學誌》十七卷三期）一文所考訂，而引錄之十二篇雅詩。

〔註6〕參見《史記周本紀》。

秋繁露郊祀》篇云：「周宣王時，天有大旱」，《論衡須頌》篇亦載：「宣王時，大旱五年之久」。至於乾旱景象，《詩經大雅雲漢》有逼眞之記錄〔註 7〕。詩則以「倬彼雲漢，昭回于天」起首，總提天降旱災、饑饉薦至之狀。二、三、四章述旱之甚，百姓蒙其難，已靡有孑遺，國祚亦將斷送。五章謂旱神肆虐，已使山川乾裂。六章則述祭祀之敬，昊天上帝，實宜明鑑。七章述群臣救災之勞，八章則慰勉群臣致力祈雨，以拯斯民。全詩所述，均宣王禳旱祈雨之詞，由此可知宣王憂國傷時，仁愛恤民之胸襟。

2、會合諸侯

《史記》謂宣王「法文武成康之遺風，諸侯復宗周」，就《詩經》所見，則由宣王因田獵而復會諸侯於東都之事，可以看出。《小雅車攻》〔註 8〕，《詩序》謂其爲：「宣王復古也。宣王能內脩政事，外攘夷狄，復文武之境土，脩車馬，備器械，復會諸侯於東都，因田獵而選車徒焉」，蓋本《墨子明鬼》篇：「周宣王合諸侯而田於圃田，車數百乘」之言爲說，其義近是。而細審詩篇之主旨，則較重在會同諸侯，帶有濃厚政治作用〔註 9〕。呂祖謙《呂氏家塾讀詩記》云：「車攻吉日，所以爲復古者何也？蓋蒐狩之禮，可以見王賦之復焉，可以見師律之嚴焉，可以見上下之情焉，可以見綜理之周焉，欲明文武之功業，此亦足以觀矣」（小雅吉日篇），則《車攻》實爲《史記》「諸侯復宗周」之最佳具體說明。

（二）征伐外夷

宣王時，周室主要邊患爲北方之玁狁，南方之荊蠻與東方之徐夷、淮夷。宣王遣尹吉甫、南仲北伐玁狁，命方叔南征荊蠻，任召穆公爲主帥，東征淮夷，並御駕親征，討平徐夷之亂〔註 10〕。茲分述如下：

1、驅逐玁狁

玁狁，殷朝稱爲鬼方，周初稱爲混夷、薰鬻、犬戎、西戎等，中葉稱爲玁狁，漢時稱爲匈奴，向爲中國北方之大患〔註 11〕。周厲王末年，國內不安，玁狁又乘機進犯。至宣王初年，已包圍京師東都要地，侵及涇水下游〔註 12〕。宣王遂命尹吉甫、

〔註 7〕詩之原文參見第四章第一節之周室史事「宣王中興」所引錄。

〔註 8〕同註 7。

〔註 9〕參見朱守亮先生《詩經評釋》《小雅車攻》篇案語。

〔註 10〕此部分所分之條目，參考高葆光先生《詩經新評價》（台中、東海大學、民 54 年）第四章（丙）民族英雄周宣王的偉大政績：（乙）阻止外夷侵略一節所述。

〔註 11〕見王國維先生《鬼方昆夷玁狁考》（《觀堂集林》，卷十三）。

〔註 12〕《小雅六月》云：「侵鎬及方，至于涇陽」，鎬，當距方不遠，非周都鎬京也。參見屈萬里先生《詩經詮釋》（台北：聯經出版事業公司、民 72 年）頁 299。

南仲等討伐之。《詩經》中有三篇記載宣王時北征玁狁之詩，即《小雅六月、出車、采薇》〔註 13〕。《六月》爲美尹吉甫伐玁狁有功之詩〔註 14〕，將出征玁狁之原因、情形與作戰地點均清楚記載。《出車》則爲征玁狁將佐還歸後自敘之詩〔註 15〕，詩中所謂「王命南仲、往城于方」，「赫赫南仲，玁狁于襄」，點出主將爲南仲。南仲出兵征討玁狁而獲致成功，兵卒於春光明媚中凱旋奏歸，並於途中回憶出征之狀與室家思念之情，此等情狀，在詩篇裡均有詳細敘述。而《采薇》乃是戍守之人還歸自詠之詩〔註 16〕，詩云：「靡室靡家，玁狁之故」，「不遑啓處，玁狁之故」，「豈不日戒，玁狁孔棘」，可知當時玁狁邊患之危急。此詩並未說出主將爲誰，然「一月三捷」之戰績，可知主將必爲足智多謀之人〔註 17〕。

2、制服荊蠻

荊蠻即春秋時之楚國。《史記周本紀》與《楚世家》，在周宣王以前，除昭王南征不返的簡單記載，以及楚之熊渠，在夷王時僭號爲王，在厲王時自去封號等事之外，看不出中原對楚人有何糾紛。其實並不然，在金文中的令毀、禽毀、中齋，明載成王曾屢次討伐荊楚，昭王時之宗周鐘亦有伐南國的記載〔註 18〕。至宣王之世，楚又作亂，宣王乃命方叔出兵南征。此役見載於《小雅采芑》篇〔註 19〕，而史乘並未記述之。後人由詩中所敘方叔車馬之美與軍容之盛，可以想見方叔威服荊蠻的情況。

3、東征徐淮

東南一帶是徐夷、淮夷之根據地，乃周室東方之大患。徐夷在穆王時代，勢力最強。《史記》謂穆王西狩未返，徐偃王乘機作亂，造父爲穆王御，長驅歸周以救亂

〔註 13〕同註 7。

〔註 14〕季本《詩說解頤》謂《六月》爲：「尹吉甫伐玁狁成功而還，以飲御諸友，故在朝之君子作以美之」。

〔註 15〕《詩序》云：「出事，勞還率也」，清人姚際恆、方玉潤已駁斥其非（見《詩經通論》、《詩經原始》）。後世多從王質「將佐敍離家還家之狀」（見《詩總聞》）之說。詩有南仲，而漢書人表列南仲爲宣王時人，知當爲宣王之世所作。

〔註 16〕詩序以《采薇》爲遣戍役之辭，作於文王之世。姚際恆《詩經通論》已辨其非。屈萬里先生《詩經詮釋》則將此詩定於宣王之世所作。王靜芝先生《詩經通釋》又謂此詩爲「戍守之人還歸自詠」。

〔註 17〕高葆光先生《詩經新評價》頁 193 從此詩「彼路斯何，君子之車」句，斷定乃派大將統兵，非宣王親征，藍麗春《詩經所反映之周代社會》頁 147 又據《小雅采芑》有「顯允方叔，征伐玁狁，蠻荊來威」句，疑《采薇》詩所述征伐玁狁的主帥，似即征伐荊蠻之方叔。

〔註 18〕參見高葆光《詩經新評價》頁 194 所引金文。

〔註 19〕同註 7。季本《詩說解頤》謂《采芑》爲：「方叔奉命南征，而能以威望服蠻荊，故詩人作此以美之」。

〔註20〕。而《後漢書東夷列傳》則云：「徐夷僭號，乃率九夷以代宗周，西至河上，穆王畏其方熾，乃分東方諸侯，命徐偃王主之」。二者所載有異，然由此可知徐夷之勢力在當時極爲龐大。宣王時，徐夷又叛，宣王乃親率六師，東征徐夷。《大雅常武》即敘宣王親征徐夷，凱旋還歸之詩〔註21〕。詩則寫王師之嚴明、威武、壯盛，是以「震驚徐方」，「徐方震驚」。又屢提王命、王謂、王曰，王字凡九出，明著天子親征，以見「王奮厥武，如震如怒」的氣概。

至於討伐淮夷，係由召穆公虎統領，《大雅江漢》即是詩人美召穆公虎平定淮夷之詩〔註22〕。詩僅一、二章述及征伐之事，餘則詳於王命慶賞，多歌功頌德之辭。

（三）鞏固國防

宣王外攘夷狄，屢獲勝績。又加強邊境之防衛力量，冊封韓侯，使其爲北陲之伯，以捍衛北方疆界，徙封氏申伯於謝邑，作爲南方之屏藩，且命仲山甫城齊，以鞏固東方之邊防〔註23〕。

1、北方屏障

周室北方，歷代受有玁狁的威脅，宣王即位後對於北方的國土，想極力安定，遂冊封韓侯，以蹶父之女妻之，並賜其追貊戎狄之國，使爲一方之伯，以捍衛北方疆土。《大雅韓奕》即韓侯入覲歸娶，詩人作之以寄望其能爲國北衛之詩〔註24〕。詩首章述韓侯始封，次章述王賜韓侯寶物，三章述韓侯就國，顯父餞之，四、五章述韓侯娶王室宗女爲妻，卒章則以韓侯封域大增，爲北陲之伯，總領諸蠻勤修貢職作結。

2、南方屏障

宣王時南征荊蠻，雖獲大勝，但仍未將楚國勢力完全消除，爲防楚人再犯，宣王遂徙封王舅申伯於謝邑，作爲南方之屏障。《大雅崧高》即尹吉甫送申伯就封于謝之詩〔註25〕。由詩所云：「王命召伯，定申伯之宅」，「王命召伯，徹申伯土田」，「申伯之功，召伯營之」，知宣王先派召伯經營謝邑，始遣申伯就任。召伯經營謝邑，除《崧高》所述：興築城郭宗廟宮室，制定土田賦稅之法等外，《小雅黍苗》篇所謂「肅

〔註20〕詳見《史記秦本紀》與《趙世家》。

〔註21〕同註7。朱守亮先生《詩經評釋》謂《常武》爲：「美宣王自將師伐徐，凱旋還歸之詩」。

〔註22〕同註7。《朱傳》詩《江漢》爲：「宣王命召穆公平淮南之夷，詩人美之」。

〔註23〕此部分所分之條目，參考藍麗春《詩經所反映之周代社會》（高師國文所75年碩士論文）第三章第三節第一部分（1）宣王中興：（2）武功之鞏固邊防一節所述。

〔註24〕同註7。方玉潤《詩經原始》謂《韓奕》爲：「送韓侯入覲歸娶，爲國北衛也」。

〔註25〕同註7。《朱傳》云：「宣王元舅申伯出封于謝，而尹吉甫作詩以送之」。

肅謝功，召伯營之」，「原隰既平，泉流既清」〔註 26〕，提到召伯營謝的事功尚有：相原隰之所宜，而通水泉之利。

《漢書地理志》云：「南陽郡宛縣，故申伯國」，南陽宛縣，至隋改爲南陽縣，在今河南省南陽縣境〔註 27〕。謝邑亦在今河南省南陽縣境，唯其地較申爲南〔註 28〕，距楚境甚近，爲荊蠻北進中原必經之要道，地理形勢十分重要。宣王爲鞏固南方國防，遂徙封申伯于謝，以爲周室之屛障。

3、東方屛障

徐淮平定之後，宣王恐其再度蠢動，乃命仲山甫城齊，以鞏固東方防線。《大雅烝民》即宣王命仲山甫築城于齊，尹吉甫作詩以送之之詩〔註 29〕。齊爲東方大國，其南與東夷相接，乃徐淮入侵中原之門戶，故必須鞏固齊國防線，以爲周室東方之屛障。

由上可知，宣王敬脩內政，外攘夷狄，文治武功均盛極一時，故史有「中興」之稱〔註 30〕。《史記》敘宣王，不及其安內攘外，南北經略事，故以《詩經》有關之十二篇詩補述之。然而宣王至晚期，亦頗有失政之事〔註 31〕，致使民心厭倦，諸侯不相親睦于王，國勢遂自盛極而趨向衰弱。

四、周幽王時之災變與西周覆亡之因

《小雅十月之交》，乃詩人刺皇父之徒亂政以致災變之作，本文第四章第一節已取之與《史記周本紀》所述幽王覆亡之史事相比較，考辨過〔註 32〕。此詩前半言天變

〔註 26〕同註 7。季本《詩說解頤》詩《黍苗》爲：「宣王時以謝爲荊徐要衝之地，封申於此，以鎭撫南國。因平淮之後，召穆公在江漢，先使營謝而南行之士將歸，故作此詩以美其成功也」。

〔註 27〕參見朱右曾《詩地理徵》卷二申（《皇清經解續編》）及、張其昀《中華五千年史》《西周》篇。

〔註 28〕陳奐《詩毛氏傳疏》云：「漢南陽郡宛縣，爲申故都。自宣王徙諸謝邑，申乃在宛縣之南」。謝邑，《朱傳》《王風揚之水》與《小雅黍苗》均謂「在今鄧州信陽軍」，而於《大雅崧高》則云「謝在今鄧州南陽縣」，自後遂有信陽、南陽二歧。馬瑞辰《毛詩傳疏通釋》謂其地當在信陽，後儒多從其說。今人糜文開再考，發現馬氏所論謝邑非申國謝城。申國謝城當在今河南省南陽縣。參見糜氏所著《中國謝邑所在地的研判》（載於《詩經欣賞與研究（三）》）。

〔註 29〕同註 7。《朱傳》云：「宣王命樊侯仲山甫築於齊，而尹吉甫作詩以送之」。

〔註 30〕參見《漢書匈奴傳》。

〔註 31〕據《國語周語》所載有：（1）不藉千畝（2）敗績於姜氏之戎（3）料民于太原（4）伐魯立孝公等。

〔註 32〕參見第四章第一節論述周室史事「幽王覆亡」一項所引《詩經》、《史記》相關詩文以及比較後考辨之文。

災異，後半則專責皇父，其所記載，可補《史記》未詳述當時災變情況與朝臣勾結褒姒亂政亡國之缺略。茲以此詩為據，並取《大雅瞻卬、召旻》等相關詩篇敘述之。

（一）日食與震災

《小雅十月之交》云：

> 十月之交，朔日辛卯。日有食之，亦孔之醜。彼月而微，此日而微。今此下民，亦孔之哀。

幽王年間，月食剛過，繼仄又見日食，天象之變異如此，時人皆深感哀痛。以曆法推之，幽王六年確有辛卯朔日食之事〔註33〕，而《史記》卻無記載，故此詩所敘之日月食，提供了當時天象最眞實之記錄，亦反映人民以天象之變為上天警示國之將亡的徵兆之觀念。

詩又云：

> 爗爗震電，不寧不令。百川沸騰，山冢崒崩，高岸為谷，深谷為陵。哀今之人，胡憯莫懲。

此與《史記》所述幽王二年「西周之川皆震」「三川竭，岐山崩」的情形相合，而有更逼眞之記錄。電光閃閃，百川沸騰，大地搖撼，高山崩而成谿谷，深谷則變為高陵，可知當時地震之慘烈。然而幽王見此災變，卻不自為懲戒警惕，故詩人哀之。

（二）西周覆亡之因

《史記周本紀》載有幽王寵愛褒姒，為逗其一展笑顏而遭致驪山之禍，西周因此滅亡之史事〔註34〕。然而若將《詩經》中之史料鉤稽而出，將發現幽王所以亡國，並不如此簡單。《小雅十月之交》篇描寫當時朝廷重臣，如皇父（卿士）、番（司徒）、家伯（冢宰）、仲允（膳夫）、棸子（內史）、蹶（趣馬）、楀（師氏）等，皆與褒姒勾結，為非作惡〔註35〕。詩中謂皇父擾民害政之情形云：

> 抑此皇父，豈曰不時。胡為我作，不即我謀？徹我牆屋，田卒汙萊。曰：「予不戕，禮則然矣。」
>
> 皇父孔聖，作都于向。擇三有事，亶侯多藏；不憖遺一老，俾守我王；擇有車馬，以居徂向。

〔註33〕梁廣鄘推得幽王六年乙丑歲，建酉三月（即夏曆八月，周之十月）辛卯朔辰時日食。（據王靜芝先生《詩經通釋》所引）。

〔註34〕參見註32所引《史記周本紀》原文。

〔註35〕參見註32所引《詩經十月之交》原詩。《鄭箋》云：「七子皆用后嬖寵方熾時處位，言妻黨盛，女謁行之甚矣」，可知皇父等七人皆因褒姒而得勢。彼等出仕不正，卻身居要津，自必為營私利而為非作歹。詩中亦述之甚詳。

不但驅民服役，毀民屋田，導致民怨沸騰，且私營向邑，帥舊臣離京，自成一國，可見其集團黨羽眾多，勢力強大，已非幽王所能號令。《大雅召旻》即刺幽王任用小人，以致危亡之詩〔註 36〕，詩之二三章描繪小人爲禍之惡形與醜態云：

天降罪罟，蟊賊内訌。昏椓靡共，潰潰回遹，實靖夷我邦。

皋皋訿訿，曾不知其玷。兢兢業業，孔塡不寧，我位孔貶。

幽王是非不明，使小人得勢，而致民蕩析離散，此詩第七章又云：

昔先王受命，有如召公，日辟國百里。今日蹙國百里。於乎哀哉，維今之人，不尚有舊。

乃述朝中無賢臣，總結此詩傷王室衰敗，國土日蹙之意。而《大雅瞻卬》篇則爲刺褒姒亂邦之詩〔註 37〕，詩云：

人有土田，女反有之；人有民人，女覆奪之。此宜無罪，女反收之；彼宜有罪，女覆說之。哲夫成城，哲婦傾城。

述褒姒侵佔人們田產，奪取有封地者的人民，並且干涉司法，顛倒是非，實可謂寵婦爲禍之惡，故詩又云：

婦有長舌，維厲之階。亂匪降自天，生自婦人。

乃謂幽王嬖愛褒姒，聽信婦言，重用小人之後果，不僅日蹙國百里，甚且釀成亡國慘劇。《小雅正月》直言：

赫赫宗周，褒姒滅之。

印證了《史記》所述幽王寵褒姒而引致內亂外患的史事。而《詩經》中其他史料，更將褒姒蠱惑王心、譖言誣人、侵奪殘害、干預政治的罪惡寫出，並敘述幽王朝中眾多權奸爲禍之狀。如此看來，西周覆亡，所謂「豔妻煽方處」確爲主因，而《詩經》所反映褒姒勾結權奸亂政的事實，更可補《史記》所無。故西周亡國，並不僅是由於幽王逗褒姒發笑而造成的，驪山之禍乃其來有自矣〔註 38〕。

五、許穆夫人閔衛國顛覆

《詩經鄘風載馳》云：

〔註 36〕參見註 32 所引《詩經召旻》原詩。《詩序》云：「召旻，凡伯刺幽王大壞也」，以爲刺幽王是也，但以爲凡伯所作則無據。細考詩篇，二章述小人爲禍，末章述今無賢人，當是《朱傳》所謂「此刺幽王任用小人，以致饑饉侵削之詩也」之說爲此詩篇旨爲是。

〔註 37〕參見註 32 所引《詩經瞻卬》原詩。季本《詩說解頤》謂此詩乃「正言以刺褒姒之亂邦，而欲幽王之知警戒」。

〔註 38〕參考屈萬里先生《西周史事概述》（《史語所集刊》四十二本四分）頁 786。

載馳載驅，歸唁衛候。驅馬悠悠，言至于漕。大夫跋涉，我心則憂。

既不我嘉，不能旋反。視爾不臧，我思不閟。

陟彼阿丘，言采其蝱。女子善懷，亦各有行。許人尤之，眾穉且狂。

我行其野，芃芃其麥。控于大邦，誰因誰極。大夫君子，無我有尤。百爾所思，不如我之。

《毛詩序》謂其爲「許穆夫人作也。閔其宗國顚覆，自傷不能救也。衛懿公爲狄人所滅，國人分散，露於漕邑。許穆夫人閔衛之亡，傷許之小，力不能救，思歸唁其兄，又義不得，故賦是詩也」。後人解此詩，雖偶有小異，但大致不離《詩序》。《朱傳》云：「宣姜之女爲許穆公夫人，閔衛之亡，馳驅而歸，將以唁衛於漕邑。未至，而許之大夫有奔走跋涉而來者。夫人知其必將以不可歸之義來告，故心以爲憂也。既而終不果歸，乃作世詩以自言其意耳」，說之尤詳。許穆夫人賦《載馳》事，見於《左傳閔公二年》，其云：

十二月，狄人伐衛。……衛師敗績，遂滅衛。……及敗，宋桓公逆諸河，宵濟，衛之遺民男女七百有三十人，益之以共滕之民，爲五千人。立戴公廬于漕。許穆夫人賦載馳。

按戴公在位不到一年，即告薨逝，其弟文公繼位，《載馳》詩所云「歸唁衛侯」之衛侯即指文公。然而《史記衛康叔世家》則未載許穆夫人賦詩之事，此詩可補其缺。詩則所言夫人富義俠之氣，故多憂憤之思。時而語意吞吐含蓄，時而情詞迫切異常。或激怒、或哀懇，或責罵，無不低徊無盡，溫婉入神。故方玉潤有「纏綿繚繞」、「文勢極佳」，「沈鬱頓挫，感慨唏嘘，實出眾音上」之贊嘆〔註39〕。

另外《邶風泉水》一詩，方玉潤《詩經原始》斷言其爲衛媵女和《載馳》之作〔註40〕，然後人亦有不同之意見者〔註41〕，未能確定方氏所言爲是。此姑存其說，以爲參考。

六、鄭文公棄其師

《鄭風清人》篇爲鄭人刺文公棄其師之詩。詩云：

清人在彭，駟介旁旁。二矛重英，河上乎翱翔。

〔註39〕參考朱守亮先生《詩經評釋》頁173～174所言及其引述方氏之語。

〔註40〕方玉潤《詩經原始》認爲此詩「直傷衛事，且爲衛謀，與載馳互相唱和」，又分析二詩立言之體，以「嫡媵口吻，各如其分，絕不相陵」而知其爲妾和，非夫人所作，故斷言此許穆夫人媵妾和《載馳》之作。詳見《詩經原始》（北京：中華書局，1986年、李先耕點校）頁143。

〔註41〕如王靜芝先生《詩經通釋》即認爲邶風泉水爲「衛女嫁於他國，思歸寧之詩」。

清人在消，駟介麃麃。二矛重喬，河上乎消遙。

清人在軸，駟介陶陶。左旋右抽，中軍作好。

《毛詩序》云：「高克好利而不顧其君，文公惡而欲遠之。不能，使高克將兵而禦狄于竟。陳其師旅，翱翔河上，久而不召，眾散而歸。高克奔陳。公子素惡高克進之不以禮，文公退之不以道，危國亡師之本也。故作是詩也」。其本事見於《春秋閔公二年》：

冬，十二月，狄入衛，鄭棄其師。

《左傳》說明云：

鄭人惡高克，使帥師次河上，久之而弗召。師潰而歸，高克奔陳。鄭人爲之賦清人。

事有明文，故解此詩者，少有異說〔註 42〕。而《史記鄭世家》並未記載此事，《鄭風》此詩實可補其所載之不足。詩中所述遊戲調笑情形，宜乎牛運震所言「不必說到師潰，隱然可見」之評〔註 43〕。

七、秦太子罃送舅重耳歸晉

《秦風渭陽》篇云：

我送舅氏，曰至渭陽。何以贈之？路車乘黃。

我送舅氏，悠悠我思。何以贈之？瓊瑰玉佩。

《毛詩序》云：「康公念母也。康公之母，晉獻公之女。文公遭驪姬之難，未返而秦姬卒。穆公納文公，康公時爲太子，贈送文公於渭之陽，念母之不見也，我見舅氏，如母存焉。及其即位，思而作是詩」。詩明言送舅，而序偏曰念母，不知何以如此；又謂康公即位後作此詩，迂曲難通〔註 44〕。《朱傳》則云：「秦康公之舅，晉公子重耳也。出亡在外，穆公召而納之。時康公爲太子，送至渭陽而作此詩」。《朱傳》言爲太子時送舅氏至渭陽而作詩，較念母即位後作明確多矣。

按《左傳》和《史記》，都曾詳細敘述晉公子重耳遭驪姬之讒，在外流亡十九年的經過〔註 45〕。重耳最後抵達秦國，《史記秦本紀》載：

繆公益禮厚遇之。二十四年春，使人告晉大臣，欲入重耳。晉許之，於是

〔註 42〕惟傅斯年先生謂此詩「本事竟不可考」，但未詳其所以，故仍從舊說。

〔註 43〕據朱守亮先生《詩經通論》頁 238 所引。

〔註 44〕姚際恆《詩經通論》云：「秦康公爲太子，送母舅晉重耳歸國之詩。小序謂『念母』，以『悠悠我思』句也，未知果然否？大序謂『即位後思而作』，尤迂」。

〔註 45〕詳見《左傳莊公二十八年，僖公四、五、二十三、二十四年》與《史記秦本紀、晉世家》。

使人送重耳。二月，重耳立爲晉君，是爲文公。文公使人殺子圉，子圉是爲懷公。

而當時爲太子的秦康公，係重耳的外甥。《左傳》與《史記》中皆未記載其送舅氏至渭陽之事。此詩可作爲補充。詩則上章是送之有所在，而以所乘贈之；下章是送之有所思，而以所佩贈之。方玉潤云：「詩格老當，情致纏綿，爲後世送別之祖，令人想見攜手河梁時也」〔註 46〕，讀詩「悠悠我思」句，確實情意悱惻動人，意有餘韻。

第二節　可矯《史記》缺失之史事

一、文王受命稱王

《史記周本紀》云：

詩人道西伯蓋受命之年稱王，而斷虞芮之訟。後十年而崩，謚爲文王。

太史公以疑問之辭，謂「詩人道西伯蓋受命之年稱王」，係抱持懷疑態度，以爲西伯受命之年稱王之說，未必可信，故又云：「後十年而崩，謚爲文王」，以文王之王號，乃卒後所追加者。後世學者，亦有據《論語泰伯》篇孔子美文王「三分天下有其二，以服事殷」之言，認爲文王乃臣屬於商紂，未嘗有南面稱王之事〔註 47〕，又有謂太史公蓋據《詩經大雅文王有聲》而誤爲「文王受命稱王」此說〔註 48〕。其實《文王有聲》所云之「文王受命，有此武功」，應爲可信之史料，其與其他文獻所載，如《尚書康誥》「天乃大命文王，殪戎殷，誕受厥命」、《君奭》「天不庸釋于文王受命」、《無逸》「文王受命惟中身」、大盂鼎「丕顯文王，受天有大令（命）」、《周書祭公》篇「皇天改大殷之命，維文王受之，維武王大剋之，咸茂厥功」等相符〔註 49〕，皆可以證明文王已及身稱王，不必至其卒後始追封。而且《詩經魯頌閟宮》云：

后稷之孫，實維大王，居岐之陽，實始翦商。至于文武，纘大王之緒，致天之屆，于牧之野，無貳無虞，上帝臨汝，敦商之旅，克咸厥功。

〔註 46〕參見方玉潤《詩經原始》《秦風渭陽》篇。

〔註 47〕例如梁肅曰：「仲尼美文王之德曰：三分天下有其二，以服事殷，又曰：內文明而外柔順，以蒙大難，文王以之。未有南面稱王而謂之服事，易姓創制而謂之柔順」。歐陽修曰：「孔子云：三分天下有其二，以服事殷。使西伯不稱臣而稱王，安能服事於商乎」。以上皆錄自瀧川龜太郎《史記會注考證》所引。

〔註 48〕例如方苞云：「史公蓋據大雅有聲之詩文王受命，而誤爲此說也」。見《史記會注考證》所引。

〔註 49〕以上資料，見屈萬里先生《西周史事概述》（《中研院史語所集刊》四十二本四分）頁 779。

可知周人由太王開始，即有翦商之志〔註50〕，文王則承繼其滅商事業，至武王終成其功。另外，《詩經大雅緜》敘述文王初服虞、芮，《皇矣》《文王有聲》兩篇又述其伐密伐崇事，亦可見武王伐紂的基礎，實爲文王所奠定〔註51〕，則文王已經及身稱王之說當爲事實，不必等到武王克殷之後，再追加諡號。

後人以爲文王未及身稱王，是因爲相信文王尚臣服於商紂的說法，認爲文王至德，其勢足以伐商而仍不失臣子之禮。的確，武王伐紂以前的殷商關係，雖云錯綜複雜〔註52〕，但周人爲殷商附屬小國的說法，由古來的文獻記載與考古資料觀之，學者們大致給予肯定的支持〔註53〕，而且近年來在岐山周原出土之周代甲文上，發現殷王祖先爲周王祭祀求佑的對象，周王在祭儀上乃臣屬於商王〔註54〕，此事更正面印證前人研究成果之可信。故武王伐紂乃「以臣弒君」的觀念深植人心〔註55〕。不過即使周人確爲臣服於殷商之附屬國，亦不能據此而斷然否定文王已及身稱王之史實。

至於《史記周本紀》謂昌「是爲西伯」，此說不知出於何書，而《尚書》有《西伯戡黎》一篇，則商紂命文王爲西伯之說，似乎可信。不過從文辭視之，《尚書》此篇當是戰國時人述古之作〔註56〕，並非完全可靠，而「西伯」二字，據後人研究，

〔註50〕或謂此詩「實始翦商」之說過於誇大溢美，然若釋之爲「太王已有滅商之大志」或「伐商之基礎在太王時奠定」，則亦頗合史實，非爲誇飾。本文第三章第二節論辨太王遷岐事，嘗述及之。

〔註51〕參見本文第三章第二節論述「文王修德建業」一項之考辨部分。

〔註52〕關於殷周關係的探討，可參考張光直先生《殷周關係的再檢討》(《中研院史語所集刊》五十一本二分)、徐中舒先生《殷周之際史蹟之檢討》(《中研究史語所集刊》七本二分)、孫海波先生《由甲骨卜辭推論殷周之關係》(《禹貢半月刊》一卷六期）等文。本文第三章第二節論述太王、王季、文王之事蹟時，亦曾敘及其時周與殷商間之關係。

〔註53〕王仲孚先生云：「直至殷商末年，周人一直是侷促在渭水流域上游的附屬小國，這從文獻記載和考古資料，都可以得到證明，例如後漢書西羌傳引紀年云：『太丁四年，周人伐余無之戎，克之，周王季命爲殷牧師』，史記殷本紀以西伯昌爲紂的『三公』之一；殷墟甲文有『令周疾（侯）』之語（新獲卜辭寫本二七七版），董作賓先生認爲『考周侯之名，惟公亶父至於文王，三世可以稱之』，孫海波氏認爲『殷周之接爲時甚久，『令周侯』之文當爲武乙以前之遺物』，徐中舒氏論殷周關係，也以爲『太王之世周爲小國，與殷商國力敻乎不侔』，這是過去學者研究的主要意見」。引自王氏《殷覆亡原因試釋》(《師大歷史學報》十期）頁1。

〔註54〕參考張光直先生《殷周關係的再檢討》頁212～216。據張文，周原甲文初發現於1977年7～8月，發現的資料，其初步報告見《陝西岐山鳳雛村發現周初甲骨文》(《文物》1979年第十期，頁38～43)。

〔註55〕例如《孟子梁惠王》下即載有齊宣王認爲武王伐紂是以臣弒君之事。

〔註56〕參見屈萬里先生《尚書釋義》(台北：中國文化大學出版部，民73年）頁85。

或是西羌諸侯推戴文王爲父之意，亦未必是官銜〔註 57〕。另外，《史記》又有商紂囚西伯於羑里之說〔註 58〕，崔述《豐鎬考信錄》卷二曾辨其不可信，但究竟有無其事，尚難斷定〔註 59〕。

二、齊、魯、燕國初封之地

《左傳昭公二十八年》，成鱄之言曰：「武王克商，光有天下，其兄弟之國者十有五人，姬姓之國者四十人」，然其於各國之名未嘗列舉。《史記周本紀》則對武王伐紂後之政治佈署及封國情形詳加描述：首爲展開安撫工作，封紂子武庚祿父殷，以續殷祀；釋箕子之囚，表商容閭，封比干之墓，以爭取士大夫之同情；並散鹿台之財及發鉅橋之粟，以振貧弱——此皆懷柔政策，以安撫殷遺民、收攬人心。而爲防殷人叛亂，封其弟叔鮮於管，叔度於蔡，叔處於霍，並佐祿父治殷以監視之，號曰三監。爲酬庸功臣元勳，封師尚父於齊，封周公旦於魯，封召公奭於燕。此外爲追思古聖先王，乃褒封神農之後於焦，黃帝之後於祝，帝堯之後於薊，帝舜之後於陳，大禹之後於杞——此則西周初次封建之大略。

不過關於其中齊、魯、燕之封地，《史記》所載可能有些謬誤。《周本紀》云：

> 於是封功臣謀士，而師尚父爲首封。封尚父於營丘，曰齊。封弟周公旦於曲阜、曰魯。封召公奭於燕。

《齊太公世家》亦云：

> 武王已平商而王天下，封師尚父於齊營丘。

《魯周公世家》云：

> 徧封功臣同姓戚者，封周公旦於少昊之虛曲阜。……周公卒，子伯禽固已前受封，是爲魯公。

《燕召公世家》云：

> 周武王滅紂，封召公於北燕。

則以武王初封之時，太公之齊在營丘〔註 60〕，周公之魯在曲阜〔註 61〕，奭公之燕在薊

〔註 57〕據武漢大學吳其昌教授説，古所謂伯，即爸之音轉，周民族根據地原在西方，稱文王爲西伯，當是西羌諸族推戴文王爲父之意。西伯二字，未必是官銜。此説轉錄自蘇雪林先生《詩經可矯正史缺失的資料》（《文藝復興月刊》三十三期）頁 23 所引。

〔註 58〕見《史記周本紀》。

〔註 59〕參見屈萬里先生《西周史事概述》頁 779。

〔註 60〕營丘在今山東省。張守節《史記正義》云：「水經注：今臨菑城中有丘，云青州臨淄縣，古營丘之地，呂望所封齊之都也。營丘，在縣北百步外城中。輿地志云：秦立爲縣，臨淄水，故曰臨淄也」。

〔註 61〕曲阜在今山東省。

丘〔註62〕。然而周初封建，乃一種武裝擴張，就其勢力所及之處封疆建藩，以資防守。武王伐紂，僅及商都，紂子祿父仍封於殷，東土之未定可知也。武王卒後之二年，周公攝政，兩次東征，歷時三年，然後滅奄。奄即後之魯地〔註63〕，武王之時尚未克復，伯禽何能於曲阜建都？營丘遠在海表，東土未定，太公何能前往就國？薊丘時爲北狄所據，距周最遠，召公何能遙制？此皆不可能者，蓋三國初封，應皆在成周東南，傅斯年先生認爲太公之封當在呂，地在河南宛縣西。周公之封當在今河南魯山。召公之封當在河南郾師縣〔註64〕。魯遷曲阜，齊遷營丘，燕遷薊丘，皆在東征之後也〔註65〕。

周公初封之地在河南魯山，此於《詩經魯頌閟宮》中可以知之：

王曰：「叔父！嘉爾元子，俾侯於魯，大啓爾宇，爲周室輔。」

按周公封魯在武王之時，此詩所指乃周公東征定奄後，改封伯禽於奄地，故有「大啓爾宇，爲周室輔」之語。其後乃云：

乃命魯公，俾侯之東。錫之山川，土地附庸。

此則初封周公於魯山，繼令伯禽侯於東，文義顯然。如無遷移之事，何勞重複其辭？且歷春秋之世，魯所念念不忘者，許田也。故其下又云：

居常與許，復周公之宇。

周公初封魯山，於許地有祭田。按許與魯山毗連，遠在宋鄭之南，以形勢論，與奄地阻隔。如魯初封之地果爲奄，則何能以許爲祭田乎？則魯國初封之地當在河南魯山〔註66〕。

〔註62〕張守節《史記正義》云：「今幽州薊縣，古燕國也」。《水經注》云：「薊城内西北隅有薊丘，因取名焉」。

〔註63〕《史記正義》引《括地志》云：「泗水徐城縣北三十里，古徐國，即淮夷也，兗州曲阜縣奄里，即奄國之地也」。傅斯年先生《大東小東說》曾云：「奄即後來魯境，王靜安君論之是矣」（收於《傅孟眞先生集（四）》）。

〔註64〕詳見傅斯年先生《大東小東說——兼論魯燕齊初封在成周東南後乃東遷》（《傅孟眞先生集（四）》，台北、傅孟眞先生遺著編輯委員會、民41年）。

〔註65〕王鴻圖先生云：「管叔蔡叔挾武庚、淮夷叛，東土動搖，周公乃以豳地之子弟爲基幹，興師東征：第一步收復商都，誅武庚、殺管叔。第二步越商都東進，底定東郡；東郡在今河北大名濮陽及山東濮縣一帶，即詩所謂小東也。第三步轉兵東南，攻克奄淮；奄在今山東泰安迤南一帶，魯頌閟宮云：『奄有龜蒙，遂荒大東』，即小雅所謂之大東也。……周公東征之後，周之政治領域大爲擴張，乃進行二次封建，並將殷民分別集中管理，以便控制」（見《詩經與西周建國》，《孔孟學報》二十五期）至於周公二次封建之事，見於《左傳定公四年》：「昔武王克商，成王定之，選建明德，以藩屏周。故周公相王室，以尹天下，於周爲睦。分魯公以……，分康叔以……」，《左傳僖公二十四》：「昔周公弔二叔之不咸，故封建親戚，以屏藩周。管、蔡、郕……」等記載。

〔註66〕參考註64所引傅先生之文。

太公初封之地爲呂，在成周之南。因國得號，故曰呂尙。齊本周之外戚，《國語周語》：「齊許申呂由太姜」。申許呂三國皆在今河南境，齊之初封亦應與三國相近。且武王之時東土尙未平定，太公何能越國就封，故齊遷營丘亦爲後來之事〔註 67〕。此外，《齊太公世家》載太公望輔西伯昌多以陰謀奇計，然《詩經大雅大明》云：

牧野洋洋，檀車煌煌，駟騵彭彭。維師尚父，時維鷹揚。涼彼武王，肆伐大商，會朝清明。

據此可知尙父爲軍之勇將，牧野之功臣。陰謀術數，乃後人託辭。

召公封地初在郾城，燕字今作燕冀之燕，金文則皆作郾，歷春秋戰國初無二字，至漢始作燕。故古之燕國應作郾國，其地在今河南郾城縣。民國以後之郾城縣，實包括郾城召陵兩縣境，曰郾曰召均與召公有關〔註 68〕。故知燕國最初地亦在成周之商。《詩經周南、召南》之詩，亦可爲佐證。

〔註 67〕同註 66。
〔註 68〕同註 66。

第七章　《詩經》所反映的周代社會概況

前文所敘《詩經》與《史記》所載史事之比較，偏重於具體史實的考辨。然而，《詩經》除了政治事蹟的反映外，這三百多篇脫離不了當時現實生活的歌詠，亦包含了其他各種社會情狀，在經濟、軍事、文化、宗教、倫理各方面，表現出整個時代背景的特徵，可謂爲周代最有價值的史料〔註 1〕。太史公作《周本紀》，雖曾參照《詩經》，但引用不多；而且所述史實，偏重周室帝王家譜，系統雖明而內容並不甚豐富。故《詩經》所反映的周代社會狀況，實可補充正史之不足，充分呈現出周代的完整面貌。茲取《詩經》中反映政治組織、教育設施、軍事征戰、農業情況、禮樂制度、民情風俗等各方面的有關詩篇，敘述如下。

第一節　政治組織

一、封　建〔註 2〕

封建一詞，首見於《詩經》，《商頌殷武》云：「命于下國，封建厥國」。所謂封建者，封邦建國之意，謂天子將爵位、土地分封諸侯，使之建國於封定之區域。相傳黃帝劃野分州，得百里之國萬區，爲中國封建之始，而唐虞夏商各代又有爵等之制〔註 3〕。然據今人考定，僅知商代有冊封諸侯之事，唯爲數不多，亦無統一制度〔註

〔註 1〕《詩經》最早之作品爲《周頌》，約作於西周初年，最晚爲《曹風下泉》，已至春秋末葉。故《詩經》時代是指西周初年至春秋末葉止，約六百年之時間。此所謂周代，概指這段期間而言。

〔註 2〕民國以來，學者對於周朝是否爲封建社會，起了很大爭論：有贊成者，亦有以爲是奴隸社會者。然不管如何，周代確是實行封建制度的，由《左傳僖公二十四年》:「周之有懿德也，猶曰莫如兄弟，故封建之」，及《定公四年》:「昔武王克商，成王定之，選建明德，以藩屏周」，《尚書顧命》「建侯樹屏」即可知。

〔註 3〕鄭樵《通志職官略封爵》云：「黃帝方制萬里爲萬里，各百里，唐虞建國，凡五等曰：

4〕。至周人代殷，完成統一，天下之土地、臣民皆歸周天子所有，《小雅北山》云：「溥天之下，莫非王土，率土之濱，莫非王臣」。周天子為維持長期統治，於是大規模封邦建國，使此一政治措施，得以制度化、組織化〔註5〕。

（一）分封對象

周代開國，曾歷武王伐紂與周公東征二次翦商過程，故封建之實施亦可分為前後兩階段。《詩經》中所見的周代封建情況，則有下列幾項：

1、封建之對象為同姓諸侯者

（1）成王封周公長子伯禽于魯

《魯頌閟宮》云：

> 王曰：「叔父，建爾元子，俾侯于魯。大啓爾宇，為周室輔。」乃命魯公，俾侯于東。錫之山川，土田附庸。

魯之初封在河南許昌縣，東土底定後，乃更東遷而至山東曲阜〔註6〕。封建魯國，不但可以鎮撫東藩，亦可監視南方之徐淮諸戎。《左傳定公四年》所載，對魯國之封，其分器之多、土地之廣、人民之眾，有詳盡的記錄。

（2）宣王封韓侯於韓

《大雅韓奕》曰：

> 奕奕梁山，維禹甸之，有倬其道。韓侯受命，王親命之：「纘戎祖考。無廢朕命，夙夜匪解，虔共爾位。朕命不易，榦不庭方，以佐戎辟。」……溥彼韓城，燕師所完。以先祖受命，因時百蠻。王錫韓侯，其追其貊，奄受北國，因以其伯，實墉實壑。實墉實壑。獻其貔皮，赤豹黃熊。

敘述韓侯之受命開疆闢土，又能懷柔北狄，勤修貢職。韓侯受封于韓，據詩中所提到的梁山，江永《詩補義》云：「今通州西有梁山，當固安縣東北」，是知韓地在河北固安縣境。又據《左傳僖公二十四年》所載〔註7〕，知韓乃姬姓之國，屬武王之後。而宣王除封建韓侯外，更以王室宗女下嫁，《韓奕》云：

> 韓侯取妻，汾王之甥，蹶父之子。

公侯伯子男。夏與唐虞同，商，公侯伯三等。周居攝改制，大其封」。

〔註4〕參見董作賓《五等爵在殷商》（《董作賓學術論著》下冊）。胡厚宣《殷代封建制度考》（《甲骨學商史論叢》）。

〔註5〕參見陳榮照《詩經中有關周代政治史料之探索》（《新社學報》第二卷）頁15。藍麗春《詩經所反映之周代社會》（高師國文所75年碩士集論文）頁114。

〔註6〕參見傅斯年先生《大東小東說——兼論魯燕齊初封在成周東南後乃東遷》（《傅孟眞先生集（三）》）。

〔註7〕《左傳僖公二十四年》載富辰之言云：「邘、晉、應、韓，武之穆也」。

汾王即厲王，《鄭箋》云：「厲王流于彘，彘在汾水之上，故時人因以號之」。汾王之甥女即宣王之表姊妹，則周、韓除有同宗共祖之情外，更多一份姻戚關係。

（3）宣王封召伯於南國，即詩之召南〔註8〕

《大雅江漢》云：

江漢之滸，王命召虎，式辟四方，徹我疆土。匪疚匪棘，王國來極。于疆于理，至于南海〔註9〕。

王命召虎：「來旬來宣。文武受命，召公維翰。無曰『予小子』，召公是似。肇敏戎公，用錫爾祉。」

「釐爾圭瓚，秬鬯一卣，告于文人。錫山土田，于周受命，自召祖命。」

虎拜稽首：「天子萬年。」

此詩內容敘述召伯虎武功成告廟受賞之事。詩云「錫山土田」，則召伯虎亦受有封地。召伯虎乃召公奭之裔孫〔註10〕。召公奭者，文王之子，武王之弟也。

（4）另外，曹、衛、唐、鄭、魏亦皆受封之姬姓之國

《詩經》中有《曹風》，曹為周武王封其弟叔鐸之地〔註11〕。有邶、鄘、衛風，邶鄘衛本周武王封其弟管叔、蔡叔、霍叔，用以監視武庚祿父，後管叔與武庚畔，伏誅，成王時乃以邶鄘衛三國之地分封其弟康叔，國曰衛〔註12〕。有《唐風》，唐乃成王時錫封其弟叔虞之地〔註13〕。有《鄭風》，鄭乃宣王時錫封其母弟友〔註14〕。

〔註8〕舊說周南，召南即岐周故地，文王時作邑于豐，乃分而為周公旦、召公奭之采邑。然《周南汝墳》云「王室如燬」，蓋指西周末年之喪亂而言，《召南何彼襛矣》云「平王之孫」。明為東周時詩。且梁啓梁《古書眞僞及其年代》與陸侃如《詩史》已證明《甘棠》所云之「召伯」乃召穆公虎，而非初年的召公奭。傅斯年在《詩經講議稿》，《周頌說》一文中，謂召南乃召穆公虎所統轄之南國，所論甚詳。故《江漢》云「錫山土田」，當指召南而言。

〔註9〕詩人之言，固難免浮誇之辭，因而至於南海之說，或有討論的餘地。屈萬里先生《西周史事概述》（《中研院史語所集刊》）四十二本四分）一文，即懷疑西周時代所謂南海，可能指現之東海。

〔註10〕召伯虎，《詩江漢正義》引《世本》說他是召公奭的十六世孫。這記載是有問題的，已經屈萬里先生道之（見《西周史事概述》頁793）。魏源《詩古微》說：召伯虎當是召公奭的十世孫。「世本衍六字」。這也是臆測之辭，並無確證。但，他是召公奭的裔孫，則是可信的。

〔註11〕鄭玄《詩譜》云：「周武王既定天下，封弟叔鐸於曹，今曰濟陰定陶是也」。

〔註12〕《詩譜邶鄘衛譜》云：「邶、鄘、衛者，商紂畿內方千里之地。……周武王伐紂，以其京師封紂子武庚為殷後，自紂城而北謂之邶，南謂之鄘，東謂之衛。……三監導武庚畔，成王既黜殷命，殺武庚，復伐三監，更以此三國建諸侯，以殷遺民封康叔於衛，使為之長」。

〔註13〕《詩譜唐譜》云：「唐者帝堯舊都之地，今日太原晉陽，是堯始居此，後乃遷河東平

又有《魏風》，魏亦姬姓之國〔註 15〕。故曹、衛、唐、鄭、魏，皆是周室所封之同姓諸侯。

2、封建之對象為異姓諸侯者

（1）宣王封申伯于謝

《大雅崧高》云：

亹亹申伯，王纘之事。于邑于謝，南國是式。王命召伯，定申伯之宅、登是南邦，世執其功。

王命申伯：「式是南邦，因是謝人，以作爾庸。」

王命召伯：徹申伯土田。王命傅御，遷其私人。

申伯之功，召伯是營。有俶其城，寢廟既成，既成藐藐。王錫申伯，四牡蹻蹻，鉤膺濯濯。

王遣申伯，路車乘馬：「我圖爾居，莫如南土。錫爾介圭，以作爾寶。往近王舅，南土是保。」

這幾章詩敘述宣王封其元舅申伯于謝邑之事。申爲姜姓之國，乃周之王戚。

（2）另外，陳、宋、齊、秦亦皆受封之異姓諸侯。此異姓受封者，主要可分為三類

甲、前代帝王之後

《詩經》中有《陳風》，陳乃帝舜之後，武王時所封〔註 16〕。有《商頌》，《商頌》即《宋頌》〔註 17〕，成王時封微子代武庚承嗣湯祀〔註 18〕。而據《史記周本紀》所載，「武王追思先聖王」，當時尚封神農之後於焦，黃帝之後於祝，帝堯之後於薊，大禹之後於杞。

陽。成王封母弟叔虞於之故虛，曰唐侯。南有晉水，至子燮，改爲晉侯」。

〔註 14〕《詩譜鄭譜》云：「初，宣王封母弟友於宗周畿內咸林之地，是爲鄭桓公，今京兆鄭縣是其都也」。

〔註 15〕《左傳襄公二十九年》載叔侯之語云：「虞、虢、焦、滑、霍、楊、韓、魏、皆姬姓也」。此《左傳》之文與註 11 至 14，註 16、19 與 20《詩譜》之文，以及註 18《朱傳》之文，皆錄自藍麗春《詩經所反映的周代社會》所引。

〔註 16〕《詩譜陳譜》云：「陳者大皞虙戲氏之墟，帝舜之胄有虞閼父者，爲周武王陶正，武王賴其利器用與其神明之後，封其子媯滿於陳，都於宛丘之側，是曰陳公，以備三恪。

〔註 17〕《商頌》並非商代之詩，而是宋詩，前賢考證論說甚明。參見魏源《詩古微》（《四庫全書》經部），王國維《說商頌》（《觀堂集林》卷二，世界書局），皮錫瑞《經學通論》二，詩經。商務印書館）。

〔註 18〕《朱傳》云：「契爲舜司徒而封於商，傳十四世而湯有天下。其後三宗迭興，及紂無道，爲武王所滅，封其庶兄微子啓於宋，備其禮樂以代商後，其地在禹貢徐州泗濱，西及豫州盟猪之野」（商頌）。

乙、異姓功臣之後

《詩經》中有《齊風》，齊乃太師呂望所封之國。太師呂望，姜姓，爲周開國元勳〔註 19〕。

丙、本已存在之氏族

《詩經》中有《秦風》。秦國本居犬丘一帶，傳至襄公，因勤王有功，受封爲諸侯〔註 20〕。

由上所舉，周王室分封建國之對象，爲同姓諸侯與包括前代帝王之後、功臣與王戚以及本已存在之異姓諸侯。其中最主要與爲數最多者爲同姓親戚。證諸其他史料，如《左傳僖公二十四年》云：「昔周公弔二叔之不咸，故封建親戚，以屏藩周。」，明言「封建親戚」。而《荀子儒效》篇云：「(周) 兼制天下，立七十一國，姬姓獨居五十三人」，可見同姓諸侯之數目遠超過異姓〔註 21〕。

（二）封建階級

封建組織最大特徵便是階級之劃分。《左傳昭公七年》曰：「天有十日，人有十等，下所以事上，上所以共神也」，即言當時階級區分爲十等。從《詩經》所載視之，則有天子、諸侯、大夫、士、庶人五等〔註 22〕。其中的天子、諸侯、大夫、士，屬貴族階級，庶人則屬平民階級，均見於《詩經》

1、天　子

〔註 19〕《詩譜齊譜》云：「周武王伐紂，封太師呂望於齊，是謂齊太公，地方百里，都營丘。成王用周公之法制，廣大邦國之境，而齊受上公之地，更方五百里，其封域東至于海，西至于河，南至于穆陵，北至于元棣」。不過齊之初封當在河南南陽縣，成王時始遷至山東營丘。參見注 6。

〔註 20〕《詩譜秦譜》云：「秦者隴西谷名，於禹貢近雍州鳥鼠之山。堯時有伯翳者，實皋陶之子，佐禹治水，水土既平，舜命作虞官，拿上下草木鳥獸，賜姓嬴。歷夏商興衰，亦世有人焉。……平王之初，(襄公) 興兵討西戎，以救周平王，東遷王城，乃以岐豐之地賜之，始列爲諸侯」。

〔註 21〕《左傳昭公二十八年》亦曰：「昔武王克商，光有天下，其兄弟之國者十有五人，姬姓之國者四十人，皆舉親也」。此謂當時同姓受封者五十五國，與《荀子儒效》所謂五十三相差無多。則同姓受封者約有五十餘國，而異姓受封者僅十餘國。

〔註 22〕張蔭麟《周代的封建社會》(收入許倬雲主編之《中國上古史論文選輯》第二冊，國風出版社出版）一文中言，周代有周王、諸侯（分有公、侯、伯、子、男五爵）大夫、卿等，中有官吏及武士，下有庶人，最下一層即爲奴隸。葉達雄《詩經史料分析》(台大歷史所 61 年碩士論文）則將《詩經》中所載之社會階級分爲（一）爵稱：王、公、侯、伯。(二) 職等：君、大夫、士、民、臣僕。(三) 君子（泛指上自周王下至一般官吏)。(四) 人（含有在位之意)。藍麗春《詩經所反映之周代社會》則將《詩經》所載的封建階級歸納爲天子、諸侯、卿大夫、士、庶人五等。本文參酌各家的分類方法，而爲以下之敘述。

《詩經》中提及天子者，有：

天子穆穆（周頌雝）

允也天子（商頌長發）

媚于天子。（大雅假樂）

媚于天子。（大雅卷阿）

保茲天子……天子是若。（大雅烝民）

天子萬年……天子萬壽……明明天子。（大雅江漢）

有嚴天子……天子之功。（大雅常武）

自天子所……天子命我。（小雅出車）

以佐天子。（小雅六月）

天子是毗。（小雅節南山）

得罪於天子。（小雅雨無正）

天子所予……天子命之……殿天子之邦……·天子葵之。（小雅采菽）

上述之例，除《商頌長發》之「天子」指商王外，其餘均指周王。《詩經》中所稱最高政治領袖爲天子外，又有「王」之稱謂，其言王之處甚多，計有六十四首：《大雅》二十三首，《小雅》十四首，《國風》七首，《周頌》十六首，《商頌》三首〔註23〕。除《商頌》中之王爲商王外，餘皆指周王。又有稱「一人」者，如：

夙夜匪懈，以事一人。（大雅烝民）

媚茲一人，應侯順德。（大雅下武）

又有稱「君」者〔註24〕，如：

維此惠君，民人所瞻。（大雅桑柔）

2、諸　侯

向謂諸侯一級中有公、侯、伯、子、男，五等爵之分〔註25〕，依據爵位之等級而劃分其封國大小。從《詩經》所見，確有公、侯、伯、子、男等名，唯《詩經》中所言之「子」、「男」並不作爲爵稱〔註26〕，故實見公、侯、伯三制。

〔註23〕參見葉達雄《詩經史料分析》頁35之統計。

〔註24〕《詩經》中所提到之君，除《鄘風鶉之奔奔》「我以爲君」爲小君指宣姜及《小雅楚茨》「君婦莫莫」「諸宰君婦」之君婦爲主婦外，其餘不是指王就是指諸侯。葉達雄《詩經史料分析》第三章第一節表二有詳細分類。

〔註25〕例如《周禮大司徒、職方氏》與《孟子萬章》、《禮記王制》，皆以爲諸侯區分五等，依據爵位之等級而劃分其封國大小。

〔註26〕《詩經》中言子者甚多，如君子（周南關雎、樛木等），之子（周南桃夭、邶風旄丘等）、女子（邶風泉水、鄘風載馳等）、童子（衛風芄蘭）、公子（周南麟之趾等）、天子（小雅六月、車攻等）、男子（小雅斯干）、婦子（豳風七月、小雅甫田等）、孫

（1）公

《詩經》中言「公」之處甚多，分見於《風》、《雅》、《頌》各篇，共出現八十八次〔註 27〕。然除《周南兔罝》「公侯干城」、「公侯好逑」、「公侯腹心」，《召南采蘩》「公侯之事」，「公侯之宮」，《小雅白駒》「爾公爾侯」爲爵稱外，其餘皆爲普通稱呼〔註 28〕。

（2）侯

《詩經》中言「侯」者，除上舉《周南兔罝》、《召南采蘩》、《小雅白駒》的公侯連稱外，尚有《召南何彼穠矣》的齊侯、《鄘風載馳》與《衛風碩人》的衛侯、《大雅韓奕》的韓侯、《魯頌泮水》與《閟宮》」的魯侯等，均爲周王所分封的諸侯國。

（3）伯

《詩經》中提到「伯」的地方不少，但其中作爲爵稱者，僅《大雅常武》所云之「命程伯休父」〔註 29〕。其餘各篇之「伯」均是如傅孟眞先生所說的爲泛名〔註 30〕。

以上公、侯、伯只是表示《詩經》中有此種爵稱而已，並不說明公、侯、伯的地位有高低之分。此由《詩經》中「公侯」並稱可知。因爲公、侯、伯稱謂來源不同，公是尊稱、伯是長稱、侯是職稱，後來才演變爲爵稱〔註 31〕。

3、大　夫

大夫爲列國的小封君，有在國君的朝廷任職，輔助國君掌理一般國政者，稱爲

子（大雅文王）、孝子（大雅既醉）、小子（周頌閔予小子）……等，彼等多作泛稱解，而無作爲「子爵」之專名者。而《詩經》言及「男」者僅三，即「男子之祥」「乃生男子」（小雅斯干）與「則百斯男」（大雅思齊），其義均作「男子」解，並不作爲爵稱。

〔註 27〕參見藍麗春《詩經所反映之周代社會》頁 123 所作之統計。

〔註 28〕然詩中有言周公、召公、譚公、穆公、魯公、莊公者，除魯公、召公確信爲非公爵，餘下如周公、譚公、穆公、莊公等，其「公」亦有可能代表公爵或尊稱。參見藍麗春《詩經所反映之周代社會》頁 123。

〔註 29〕《毛傳》曰：「程伯休父始命爲大司馬」。《國語楚語》下云：「（觀射父）對曰：『其在周，程伯休父其父也，當宣王時失其官守而爲司馬氏』」，韋昭注云：「程、國。伯、爵。休父，名也」，故知「此伯」作「伯爵」解。

〔註 30〕傅斯年先生《論所謂五等爵》云：「伯者，長也。……伯即一宗諸子之首，在彼時制度之下，一家之長，即爲一國之長，故一國之長曰伯，不論其在王甸在諸侯也。在王甸之稱伯者，如召伯虎，王之元老也；如毛伯，王之叔父也；芮伯，王之卿士也。在諸侯之稱伯者，如曹伯、杞伯，此王之同姓也；如秦伯、杞伯，此王之異姓也。……由此可知伯爲泛名。……爲建宗有國者之通稱」（《傅孟眞先生集（三）》）。

〔註 31〕參考邱信義《五等爵說研究》（台大中文所 59 年碩士論文）頁 81。

卿。大夫有上大夫與下大夫之別〔註32〕。《詩經》中提及大夫的，有：

大夫跋涉……大夫君子。（鄘風載馳）

大夫君子。（大雅雲漢）

大夫夙退。（衛風碩人）

正大夫離居……三事大夫。（小雅雨無正）

大夫不均。（小雅北山）

宜大夫庶士。（魯頌閟宮）

另外，《小雅十月之交》云：

皇父卿士，番維司徒，家伯冢宰，仲允膳夫，棸子內史，蹶維趣馬，楀維師代，豔妻煽方處。

據《鄭箋》的解釋，其中「內史」與「師氏」均指大夫，而「司徒」與「冢宰」，則指卿〔註33〕。

4、士

士是受特別教育者，本是執干戈，佩弓矢的武士，日後才逐漸演變爲文士〔註34〕。《詩經》中言「士」而指此階級者有：

偕偕士子。（小雅北山）

宜太夫庶士。（魯頌閟宮）

祈父：予，王之爪士。（小雅祈父）

庶士有朅。（衛風碩人）〔註35〕

以上所述之天子（王）、公、侯、伯、大夫、士均屬貴族階級。而《詩經》中又有「君子」一詞，據屈萬里、徐中舒兩位先生之說，《詩經》中之君子，多指有宮爵者之貴族而言〔註36〕。

〔註32〕見張蔭麟《周代的封建社會》。而藍麗春《詩經所反映之周代社會》頁126則認爲王室與列國皆置卿大夫一職，以輔弼掌理王畿或封國之政務，卿、大夫又各分上中下三級。

〔註33〕《鄭箋》云：「司徒之職掌天下土地之圖，人民之數；冢宰掌建邦之六典，皆卿也。……內史，中大夫也，掌爵祿廢置殺生予奪之法。……師氏亦中大夫也。掌司朝得失之事」。

〔註34〕見張蔭麟《周代的封建社會》，六，頁818。而瞿同祖《中國封建社會》（里仁書局）頁224則認爲士介乎卿大夫與庶人之間，大抵爲卿大夫之宰及邑宰一類之小官。

〔註35〕《詩經》中之士，亦有作「事」之解，亦有釋爲女子者，亦有釋官員之泛稱者，有釋爲未婚夫者，有釋爲婦人稱其夫者，有釋爲農夫中之俊秀者。參見葉達雄《詩經史料分析》第三章第一節表三。

〔註36〕屈萬里《詩經釋義》（華岡出版部）謂《詩經》中之君子，多指有官爵者言，與後世指品德高尚之人言者異。徐中舒《豳風說》（《史語所集刊》六卷四期）謂詩之君子，

5、庶　人

庶人即指一般平民而言。古來向分平民爲士農工商四種〔註37〕，但《詩經》時代，平民多以務農爲生，平時耕種田稼，農暇時始兼任工役〔註38〕。當時雖有初步商業行爲，但仍以物物交換居多，故商業亦微乎其微〔註39〕。故就大體言之，平民階級即指農民而言〔註40〕。

《詩經》中多稱一般平民爲「民」，亦有稱「下民」、「庶民」、「烝民」、「萬民」、「黎民」者〔註41〕。

另外，《小雅正月》云：「民之無辜，並其臣僕」，提到「臣僕」一詞。據屈萬里先生《詩經釋義》言：「古者，有罪之人，則沒爲臣僕」，臣僕爲有罪之人。久而久之，即爲奴隸。然並不能因此而說當時的社會就是奴隸社會，因爲從《詩經》來看，平民這一階級並非全爲奴隸〔註42〕。

二、宗　法

宗法之起源，或謂起於殷商時代或更早〔註43〕，然其制度化，則在西周之世。周人崇拜祖先，以宗廟爲祭祀先祖之場所，亦因尊祖享祀之故，而有宗法制度之產生〔註44〕。所謂宗法者，據孔德成先生《宗法略論》所云，乃指家族之繼承法而言

其人皆指當時貴族。

〔註37〕如《管子小匡》云：「士農工商四民者，國之石民也，不可使雜處」。《左傳》亦屢言「庶人工商」（桓公三年、襄公四年、哀公二年）。

〔註38〕見《豳風七月》。

〔註39〕《詩經》中言商業者，僅有《大雅瞻卬》「如賈三倍，君子是識」，《小雅菁菁者莪》「既見君子，錫我百朋」，《衛風氓》「氓之蚩蚩，抱布貿絲」，《小雅小宛》「握粟出卜，自何能穀」等篇。其中《瞻卬》與《菁菁者莪》所言，似爲以貨幣買賣之商業行爲，《氓》與《小宛》所言，則爲以物易物之交易。參見藍麗春《詩經所反映之周代社會》頁134。

〔註40〕蘇雪林《詩經所顯示社會各階層生活狀況》（《文藝復興月刊》二十五期）又謂農人太平時是農奴，亂世則是兵士。陳榮照《詩經中有關周代政治史料之探討》頁48～49則認爲周代參加戰役的中心份子不是由異族被征服轉化而來的農奴，而是戰鬥集團內的本族平民，即《國語》上所謂「士食田」的「士」。

〔註41〕參見葉達雄《詩經史料分析》頁37與藍麗春《詩經所反映之周代社會》頁128之統計。

〔註42〕參見葉達雄《從詩經材料看兩周社會的性質》（《中華文化復興月刊》七卷九期）頁47。

〔註43〕參見丁山《宗法考源》（《史語所集刊》四本四分），胡厚宣《殷代婚姻家族宗法生育制度考》（《甲骨學商史論叢》，香港文友堂書店出版，1970年），梁啓超《中國文化史》，李宗侗《中國古代社會史》。

〔註44〕《詩經大雅思齊》「惠于宗公」，《鳧鷖》「公尸來燕來宗」「既燕于宗」，《小雅湛露》「在宗載考」的宗，皆作宗廟解。參考註5所引陳文頁26，所引藍文頁128～129。

〔註45〕。不過周代宗法的詳細情形，無法詳考，後人只能憑《禮記喪服小記》及《大傳》所記載而加以推論。《喪服小記》云：

別子爲祖，繼別爲宗，繼禰者爲小宗。有五世而遷之宗，其繼高祖者也。是故祖遷於上，宗易於下。尊祖故敬宗，敬宗所以尊祖禰也。庶子不祭祖者，明其宗也。

《大傳》云：

別子爲祖，繼別爲宗，繼禰者爲小宗，有百世不遷之宗，有五世則遷之宗。百世不遷者別子之後也。宗其繼別子之所自出者，百世不遷者也，宗其繼高祖者，五世則遷者也。尊祖故敬宗，敬宗，尊祖之義也。有小宗而無大宗者，有大宗而無小宗者，有無宗亦莫之宗者，公子是也。

由上述之言，可知宗法架構之主要內容爲大宗與小宗。大宗、小宗的觀念，亦見於《詩經》中。

《大雅公劉》云：

食之飲之，君之宗之。

《毛傳》云：「爲之君，爲之大宗也」。又《板》云：

價人維藩，大師維垣。大邦維屏，大宗維翰。懷德維寧，宗子維城。無俾城壞，無獨斯畏。

《毛傳》云：「王者，天下之大宗也」，鄭箋云：「大宗，王之同姓世嫡子也」，又說：「宗子，謂王之嫡子」。詩中指出大宗、宗子和善人、大眾同是鞏固周室統治的主要份子，如果沒有他們的支持，就如城牆之崩壞，陷於孤立而可畏之。此外，《文王》亦云：

文王孫子，本支百世。凡周之士，不顯亦也。

《毛傳》云：「本，本宗也。支，支子也」。根據梁啓超先生《中國文化史》中所釋，可知大宗是指襲爵之嫡長子而言；其他分封他處之別子，自行開宗，謂之小宗〔註46〕。而周世實行大宗、小宗之目的，據萬斯大《宗法論》，旨在穩定周室之血統，鞏固邦國之領域。〔註47〕。

此外，《詩經》賦詠兄弟同族親親相助的詩篇不少，可算是周代宗法精神的反映。例如：

〔註45〕參見註5所引藍文頁129載孔德成先生所論之言。

〔註46〕參見梁啓超《中國文化史》第三章。

〔註47〕萬斯大《宗法論》云：「宗法何昉乎？古之時，諸侯之嫡長爲世子，嗣爲諸侯，其支庶之後，族類繁多，懼其散而無統也。因制爲大宗、小宗之法」(錄自《皇清經解》)。

凡今之人，莫如兄弟。死喪之威，兄弟孔懷。原隰裒矣兄弟求矣。脊令在原，兄弟急難，每有良朋，況也永歎。兄弟鬩于牆，外禦其務。每有良朋，烝也無戎。……兄弟既具，如樂且孺。(小雅常棣)

豈無他人，不如我同父。……豈無他人，不如我同姓。(唐風杕杜)

宜兄宜弟，令德壽豈。(小雅蓼蕭)

言旋言歸，復我邦族。……言旋言歸，復我諸兄。……言旋言歸，復我諸父。(小雅黃鳥)

豈伊異人，兄弟匪他……豈伊異人，兄弟具來。(小雅頍弁)

兄弟昏姻，無胥遠矣。……此令兄弟，綽綽有裕。(小雅角弓)

維此王季，因心則友。則友其兄，則篤其慶。(大雅皇矣)

這些詩篇中皆是讚頌父子之間的親愛孝友，邦家姻族的相互救助。〔註48〕

第二節　教育設施

一、天子之學

西周天子講學習禮之所謂之辟廱〔註49〕。靈臺辟廱，文王之學也，鎬京辟廱，武王之學也。《大雅靈臺》曰：

虡業維樅，賁鼓維鏞。於論鼓鐘，於樂辟廱。

於論鼓鐘，於樂辟廱。鼉鼓逢逢，矇瞍奏公。

敘述文王於辟廱聞鐘鼓之樂而樂之之狀。而《大雅文王有聲》云：

鎬京辟廱，自西自東，自南自北，無思不服，皇王烝哉。

則述武王遷鎬得其民之事。二詩僅存辟廱之名，而王朝的學制無從得到證明。然根據黃以周《禮書通故》所云：

辟廱之制，中曰大學，其外四學環之。大學四達於四學。詩曰：「鎬京辟廱，自西自東，自南自北，無思不服」，誌其制也。其外四學，兼用四代之制，東學曰東膠，取夏學之制，謂之東序；西學謂西廱，取殷學之制，

〔註48〕參見註5所引陳文頁26～27。另外，易君左《詩經的時代反映》(《文藝》二十五期)頁21則云：「詩經上常見的兄弟字樣，並非哥哥弟弟，乃是說屬一個宗族的族人。這些族人正和骨肉手足一樣的親切，常常參加大宗之家的公宴，並祭祀共同的祖先。祭祖的光景，小雅的楚茨描寫的最精細。」

〔註49〕《韓詩》說：「辟廱者，天子之學圓如璧，壅之以水示圓，言辟取辟有德，不言辟水言辟壅者，取其廱和也」。

謂之瞽宗；其北學，則取有虞上庠之制；其南學，則周制，謂之成均，無他名焉。

則知辟廱之制。至於其教學內容，據孫詒讓《周禮正義》云：

周制大學所教者有三：一爲國子，即王太子以下，至元士之子，由小學而升者也；二爲鄉遂大夫所舉賢者能者，司徒論其秀者入大學是也；三爲侯國所貢士。斯三者皆大司樂教之。

主要學科，當爲禮樂詩歌，蓋此三者乃三位一體，皆大司樂所掌也〔註 50〕。再就《詩大雅靈臺》所述者觀之，樂師在辟廱奏鐘鼓之樂，則辟廱亦應是行禮樂式之處。

二、諸侯之學

《魯頌泮水》云：

穆穆魯侯，敬明其德。敬愼威儀，維民之則。允文允武，昭假烈祖。靡有不孝，自求伊祜。

明明魯侯，克明其德。既作泮宮，淮夷攸服。矯矯虎臣，在洋獻馘；淑問如皋陶，在泮獻囚。

濟濟多士，克廣德心。桓桓于征，狄彼東南。烝烝皇皇，不吳不揚。不告于訩，在泮獻功。

據《朱傳》所云：「泮水，泮宮之水也。諸侯之學，鄉射之宮，謂之泮宮。其東西南方有水，形如半璧，以其半於辟廱，故曰泮水」，則此詩可作探討周代諸侯之學的參考。蓋古時教育爲文武合一之制，出兵打仗都要受成於學，及還兵之時，又要釋奠於學，並在那裡審訊俘虜。故詩中有獻馘獻囚之語。《禮記王制》云：「出征，執有罪反，釋奠于學，以訊馘告」，即與《魯頌泮宮》中所述之事相符。

周代的教育設施，在《詩經》中可考者僅如上述，然亦可見當時對於學校的重視。〔註 51〕

第三節　軍事征戰

《詩經》中記載戰爭之事頗多，成湯放桀、文王伐密伐崇、武王伐紂、厲王幽

〔註 50〕參考王鴻圖《詩經與西周建國》（《孔孟學報》二十五期）頁 49～50。前引黃以周、孫詒讓之語，亦引述此文所錄。

〔註 51〕參見謝旡量《詩經研究》（台北：商務印書館、73 年）頁 61。

王以來因內憂外患產生的戰亂、以及諸侯之間的內戰等，《詩經》皆有載及〔註 52〕。茲擇取《詩經》中述及戰爭與武備的一些詩句，歸納當時的軍事概況如下：

一、戰爭的方式與過程〔註 53〕

（一）軍隊的組織與使用的兵器

《詩經》中所見周代的軍隊組織大體可分爲步兵與戰車隊兩種。其中提到步兵的有：

徒御不驚，大庖不盈。（小雅車攻）

我徒我御，我師我旅。（小雅黍苗）

既入於謝，徒御嘽嘽。（大雅崧高）

戎車孔博，徒御無斁。（魯頌泮水）

公徒三萬，貝冑朱綅。（魯頌閟宮）

據《朱傳》的解釋，「徒」就是步卒。又如：

修我甲兵，與子偕行。（秦風無衣）

行道遲遲，載渴載飢。（小雅采薇）

亦是步兵從征的情況。此外，陳述行役勞苦的詩，層見迭出，多不勝舉，如《小雅漸漸之石，小明》等皆是。至於戰車隊，《詩經》中記述軍事的詩，幾乎每篇皆有車馬之描寫：

小戎俴收，五楘梁輈，游環脅驅，陰靷鋈續，文茵暢轂，駕我騏馵。（秦風小戎）

戎車既駕，四牡業業。（小雅采薇）

出車彭彭，旂旐央央。（小雅出車）

檀車幝幝，四牡痯痯。（小雅杕杜）

戎車既飭，四牡騤騤……元戎十乘，以先啓行。

戎車既安，如輊如軒。四牡既佶，既佶且閑。（小雅六月）

方叔涖止，其車三千，師干之試。……戎車嘽嘽，

嘽嘽焞焞，如霆如雷。（小雅采芑）

〔註 52〕成惕軒先生將《詩經》中所載的軍事內容，分爲誅兇、平亂、戍守、討伐蠻夷、侵凌與國五類。詳見《詩經中的兵與農》（《國立政治大學學報》第一期）頁 208～210。陳榮照《詩經的史學價值》（《新加坡中文學會學報》七卷）頁 126 則云：「西周主要是周部族抵抗外族入侵或是劫掠異族財富的戰爭，東周則大都是諸侯兼併的戰爭」。

〔註 53〕參考成惕軒《詩經中的兵與農》與陳榮照《詩經中有關周代政治史料之探討》（《新社學報》二卷）。

牧野洋洋，檀車煌煌，駟騵彭彭。（大雅大明）

與爾臨衝，以伐崇墉。（大雅皇矣）

既出我車，既設我旟，匪安匪舒，淮夷來鋪。（大雅江漢）

我車孔博，徒御無斁。（魯頌泮水）

公車千乘，朱英綠縢。（魯頌閟宮）

觀上所稱，周代雖無戰車隊的名稱，卻有應用兵車作戰的事實〔註54〕。至於步兵與兵車之組織如何，在《詩經》中卻找不出有系統之敘述〔註55〕。

古代兵種之區分既如前述，而其所使用之兵器，亦可於《詩經》中見之：

王于興師，脩我戈矛，……脩我矛戟，……脩我甲兵。（秦風無衣）

伯也執殳，爲王前驅。（衛風伯兮）

既破我斧，又缺我斨。……又缺我錡，……又缺我銶。（豳風破斧）

弓矢斯張，干戈戚揚。……維玉及瑤，鞞琫容刀。（大雅公劉）

龍盾之合，鋈以觼軜。（秦風小戎）

是用大介。（周頌酌）

角弓其觩，束矢其搜。（魯頌泮水）

二矛重弓，……貝冑朱綅。（魯頌閟宮）

由此可知周代長兵有戈、戟、矛、殳、斧、戚，短兵有刀，射遠器有弓、矢，防禦器則有甲、冑、介、盾等等。

一九三五年，日人梅原末治將日本專家化驗殷、周矛戈之結果，披露於其所著之《中國青銅器時代考》一書中，顯示周代實用之兵器，其內質成份，主要是銅與錫、並含有鉛，鐵、鎳、砒素、銻、硫黃等質，可證當時武器大致是用青銅器製造的〔註56〕。

（二）戰事前的準備與戰時戰後的情形

〔註54〕高葆光先生《詩經新評價》（台中、東海大學、54年）頁217探討周朝的兵制使用戰車的問題時云：「至於玁狁蠻荊淮徐，都是徒兵。……彼時與周對敵的人，多是徒兵，利用戰車很少。到了春秋時代楚吳效法中國，才有兵車出現戰場」。

〔註55〕近人石璋如在《周代兵制探源》（《大陸雜誌》九卷九期）一文中，很據《尚書》、《詩經》、《左傳》、《孟子》、《國語》、《周禮》等古籍中的材料去分析周代的軍制，得到周代確有車兵有步卒的結論，而車與兵的基本組織相同，即左、右、中的排列與一、三、五的應用。其云：「步卒的組織是以五爲單位，以五來進級；軍隊的組織也是以五爲單位，以五來進級。但每車上的人數爲三，每隊車爲五，因此有了左右中的配合與一、三、五的變化」。他指出了周代軍隊組織的基本情況，與《詩經》中一些零星的記載大致相符。

〔註56〕據陳槃照《詩經中有關周代政治史料之探討》頁46引。

戰爭是萬不得已而後用的，故古人出師非常愼重，平時亦注意充實與保養。如《周頌酌》云：

於鑠王師，遵養時晦。時純熙矣，是用大介。

即謂武王之師，能循其時勢，在闇昧之時長養壯大，待時機成熟，乃張大其甲兵而定天下。知審時而動，爲兵家必重視之條件。又如《大雅皇矣》云：

是類是禡，是致是附，四方以無侮。

《朱傳》云：「類，將出師祭上帝也」。誓師出征，自然希望早日凱旋，故臨行時祈禱天地百神，冀能不折一兵而受他人降服。以上即戰前準備工作。

至於出征當時的情形，《詩經》亦有詩篇記載。如：

方叔涖止，其車三千，師干之試。方叔率止，鉦人伐鼓，陳師鞠旅。顯允方叔，伐鼓淵淵，振振闐闐。（小雅采芑）

四牡修廣、其大有顒。薄伐玁狁，以奏膚公。有嚴有翼，共武之服，共武之服，以定王國。（小雅六月）

即記出兵時陳師佈陣與立功之狀。然兵凶戰危，《詩經》中有更多的詩篇是訴征伐之苦與行役之怨的。將於第七章第六節述及民心之反映時論之。

戰後之事，若勝利班師，大都舉行一次熱烈的獻馘典禮：

執訊獲醜，薄言旋歸。（小雅出車）

方叔率止，執訊獲醜。（小雅六月）

執訊連連，攸馘安安。（大雅皇矣）

既作泮宮，淮夷攸服，矯矯虎臣，在泮獻馘。（魯頌泮水）

同時，還設宴慶祝，《小雅六月》云：

薄伐玁狁，至於太原，文武吉甫，萬邦爲憲。吉甫燕喜，即多受祉，來歸自鎬，我行永久，飲御諸友，炰鼈膾鯉，侯誰在矣？張仲孝友。

敵人被屈服後，於是遠道來庭，貢其方物，《魯頌泮水》云：

憬彼淮夷，來獻其琛，元龜象齒，大賂南金。

而國家禍亂既平，便即解除兵備，修文偃武，《周頌時邁》云：

明昭有周，式序在位。載戢干戈，載櫜弓矢，我求懿德，肆于時夏。

以上所述，即《詩經》中可見的戰後復員與措置。

二、戰士的來源與給養

（一）戰士的身分

參加戰事的士兵《詩經》有如下的記載：

糾糾武夫，公侯干城。（周南兔罝）

伯兮朅兮，邦之桀兮。伯也執殳，爲王前驅。

自伯之東，首如飛蓬。豈無膏沐？誰適爲容。（衛風伯兮）

君子于役，不知其期。（王風君子于役）

漸漸之石，維其高矣。山川悠遠，維其勞矣。武人東征，不皇朝矣。（小雅漸漸之石）

祈父！予，王之爪牙。胡轉予于恤？靡所止居。

祈父！予，王之爪士。胡轉予于恤？靡所厎止。（小雅祈父）

詩中所指參加戰事的武夫、伯、君子、武人、王之爪牙、王之爪士等，他們平時有小的土地，有安樂的家庭，有「膏沐飾容」的妻子，有父母兄弟的團聚，到了戰時，這一切幸福都被割斷，故常有悲痛的呼聲反映到詩中。這些人雖非貴族，但因常立戰功，所以有的被提升而躋至貴族之林，此種傾向到春秋時代更爲普通〔註 57〕。

（二）戰士的給養〔註 58〕

有關戰士的給養制度，《詩經》上並無明文可考。但從下列的零章斷句看來，也可約略推測其中概況。

制彼裳衣，勿士行枚。（豳風東山）

四牡騤騤，載是常服，……維此六月，既成我服。（小雅六月）

《詩經》記載軍士被服者，僅此二首。至於談及糧秣者，有：

篤公劉，匪居匪康，迺埸迺疆，迺積迺倉。迺裏餱糧，于橐于囊，思輯用光。（大雅公劉）〔註 59〕。

可見古代兵士的給養，當是實行每人攜帶口糧的制度。但是，在遇到凶荒或戰禍不息的時候，則又不免要感到給養上的恐慌。

采薇采薇，薇亦柔止。……憂心烈烈，載飢載渴。（小雅采薇）

薄言采芑、于彼新田，于此菑畝。（小雅采芑）

軍士在山川跋涉，雨雪侵淩之下，尙復載飢載渴，至采薇芑以充食，其生活的困頓可想而知。

〔註 57〕參考陳榮照《詩經中有關周代政治史料之探討》頁 48～49。

〔註 58〕同註 53。

〔註 59〕此詩雖是敘述公劉遷都之事，然其行轅的裝備，恰與軍事動員同——弓矢斯張，干戈戚揚；而以囊橐盛載餱糧，尤與現代所行之「飯盒炊爨」相類。

第四節　農業情況

根據《詩經》的記載，周人早已進入農業社會。《大雅生民》篇歌詠后稷對農業生產的貢獻，而《公劉》篇更反映公劉時代的耕稼情形。至太王遷岐，亦重視農業，《緜》篇所敘「周原膴膴，堇荼如飴」，足見岐山之下的肥美土地是相當適于耕種的。迨文王之世，農業更發達，財富日豐，爲武王完成翦商偉業提供了有利的條件。可見農業對周民族興起之重要性。

《詩經》中有關農事之記載，主要見於《豳風七月》、《小雅楚茨、甫田、大田》、《周頌豐年、良耜、噫嘻》等篇，其他亦有一些零星詩句，散見各詩篇中。茲擇取關於當時重視農業以及農業生產的種種記載，分爲農業政策、農業經營與農民負擔三項述之。

一、農業政策

（一）重視農業

《周頌噫嘻》云：

噫嘻成王，既昭假爾。率時農夫，播厥百穀。

此詩所云，指成王率民親耕，勸民勤作之事。可知當時對提倡農業生產之不遺餘力。其後因國事日冗，天子遂由實際上之與民同耕演變爲形式上之「藉田之禮」〔註60〕，然而天子倡導農業，乃是周室之傳統。故周宣王殆忽祖宗傳統，不藉千畝，虢文公便期期以爲不可云：「今天子欲修先王之緒，而棄其大功，匱神乏祀而困民之財，將何以求福用民？」〔註61〕。

（二）廣設農官

爲督導農業，教民稼穡，周室並廣設主農之官，《周頌臣工》即天子戒農官之詩，詩云：

嗟嗟臣工，敬爾在公。王釐爾成，來咨來茹。嗟嗟保介，維莫之春。亦又何求，如何新畬。於皇來牟，將受厥明。明昭上帝，迄用康年。命我眾人，庤乃錢鎛，奄觀銍艾。

臣工謂群臣百官，而此特指農官而言。《詩經》裏稱農官爲田畯，《豳風七月》云：

〔註60〕所謂藉田之禮，即在春日始耕之時，舉行天子親耕之禮，以示勸農事也。《禮記月令》云：「孟春之月……天子乃以元日祈穀于上帝。乃擇元辰，天子親載耒耜，措之于參保介之御間，帥三公九卿諸侯大夫，躬耕帝藉。天子三推，三公五推，卿諸侯九推。

〔註61〕見《國語周語》。

三之日于耜，四之日舉趾。同我婦子，饁彼南畝，田畯至喜。

《小雅甫田、大田》均云：

曾孫來止，以其婦子，饁彼南畝，田畯至喜。

田畯為主農之官，曾孫則指擁有土田之各級貴族〔註62〕。詩中所述曾孫親適南畝勞農勸民之情形，亦可說明貴族階層對農業之重視與推展。

（三）土地制度〔註63〕

有關周代地制度，世採井田之說〔註64〕，然諸家說法又有牴牾歧異〔註65〕。蓋井田之說，首見於《孟子滕文公》篇，其後傳記均以《孟子》所述為附會之根據，相繼為論，故時代愈後，推演愈精細，而失其實。民國初年以來，古代是否有井田制的問題，便引起大爭論〔註66〕，觀其爭論，亦因《孟子》之言所致，主張古代有井田制度者說《孟子》之言必有所據，而反對者則云《孟子》所說是憑空杜撰。實則《孟子滕文公》篇前後所述的內容，並不連貫。後世種種歧異之說，乃未能細審其間旨意。齊思和先生《孟子井田說辨》即論其癥結云：

今以孟子之說還之於孟子，周官司法王制之說還之於王制，後儒之說還之於後儒。……孟子滕文公篇論田制者凡兩章，其論貢助徹一章，乃評三代田制之得失也。其論井田一章，乃為滕國規劃田制也。二章宗旨，各自不

〔註62〕《毛傳》謂「曾孫」為成王。《朱傳》謂「曾孫」乃主祭者之稱，後儒多采此說。徐復觀則以為「曾孫是分有采地的貴族」。今採徐氏之說，參見《周秦漢政治社會結構之研究》（學生書局）頁50～58。

〔註63〕封建社會的特徵之一，是封建領土用土地分封的辦法，來進行統治。本章第一節已論及周代的封建制度，而此處所述之土地制度，則偏重田制而論。

〔註64〕謂周行井田，田有公、私之分。其制乃將方里土地，劃為井形，有田九百畝，八家各授私田百畝，中間為公田百畝，但借八家之力代耕，不復稅其私田。

〔註65〕有關井田制度之主要說法有《周禮地官大司徒、小司徒、遂人》與《韓詩外傳》卷四、何休《公羊解詁宣公十五年》、《漢書食貨志》所載之說。參見藍麗春《詩經所反映之周代社會》（高師國文所75年碩士論文）頁31～33所引。

〔註66〕胡適、季融五二氏主張古代並無井田制，而胡漢民、朱執信、廖仲愷、呂思勉等則認為古代有井田制。諸氏之說見《井田制有無之研究》（中國文獻出版社，民54年）。另外，徐中舒《論西周是封建社會——兼論殷代社會性質》（《歷史研究》1957年五期）、王玉哲《有關西周社會性質的幾個問題》（《歷史研究》1957年五期）、黃建中《殷周教育制度及其社會背景》（《大陸雜誌》特刊一輯），成惕軒《詩經中的兵與農》（《政大學報》一期）、高葆光《從詩經觀察周代社會的主要情形》（《東海學報》四卷一期）認為古代有井田制。而高耘暉《周代土地制度與井田》（《食貨》一卷七期）則認為周代無井田制度。還有如劉興唐《中國社會發展形式的探討》（《食貨》二卷九期）、陳榮照《詩經中有關周代政治史料之探討》《新社學報》二卷）、齊思和《孟子井田說辨》《燕京學報》三十五期）則認為公田與井田不同。

同。〔註 67〕

故齊氏以四點理由證明井田制爲孟子之理想，非三代之通制也〔註 68〕。的確，假如根據孟子所言：「方里而井，井九百畝，其中爲公田；八家皆私百畝，同養公田。公事畢，然後敢治私事」，就輕信西周確有八家共佔一塊井字形的田——中爲公田，四周爲私田如此形式化之土地制度，當然不是審愼的態度。然而若謂井田純屬孟子憑空虛造，也不盡然。因爲人類之歷史事實，常不免經後世誇張、刪節或滌除而喪失原本面目，但對已往歷史之傳述卻不能不有其若隱若顯的傳聞或遺迹作爲依據，所以不能因此種制度有後人附加不可信的部分，而將之完全否定，據《滕文公》篇所述，孟子謂夏后氏五十而貢，殷人七十而助，周人百畝而徹，又據詩「雨我公田，遂及我私」以證「雖周亦助也」〔註 69〕，則周世田制實有助、徹二種，亦即根據地理環境不同而有兩種徵稅的方法。農民每年必須在領主的土地上無報償服一定之勞役，公事畢，然後敢治私事。其所述土地分配與生產組織方式，是合乎初期封建社會土地制度之特徵的〔註 70〕。以下直接探討《詩經》中的記載，以窺周代土地制度的大約情況。

《小雅大田》云：

有渰淒淒，興雨祁祁。雨我公田，遂及我私。

《周頌噫嘻》亦云：

率時農夫，播厥百穀。駿發爾私，終三十里。

可知當時甽畝有公田、私田之分。而《詩經》中凡「公」者，大都指「貴族」而言〔註 71〕，則公田自爲貴族之田，亦即貴族爲自己所劃出之部分土地。「遂及我私」、「駿發爾私」之私係指私田而言，及貴族授與農民耕種之土地〔註 72〕。農民受私田，

〔註 67〕見齊思和《孟子井田說辨》。

〔註 68〕同註 67。

〔註 69〕見《孟子滕文公》篇。孟子云：「助者藉也」，藉即借，乃借民力代耕之意。又云：「惟助有公田」，可推知農民代耕之地即爲公田。

〔註 70〕陳榮照《詩經中有關周代政治史料之探討》頁 24 即云：「孟子所解釋的井田制度的內容，除了有其理想化的部份之外，其餘則無論在土地的分配、生產組織等方面，是很合乎初期封建社會土地制度的特徵的，沒有人能夠空想出來……所以西周的土地制度雖不是井田制度，而孟軻所說的井田制度卻又正確地說明了西周土地制度的內容。」。

〔註 71〕如《周南兔罝》：「公侯干城」，「公侯好仇」、「公侯腹心」，《麟之趾》：「振振公子」、「振振公姓」、「振振公族」，《召南采蘩》：「公侯之事」、「公侯之宮」、「夙夜在公」，《羔羊》：「退食自公」、「自公退食」，《鄭風叔于田》：「獻于公所」、《齊風東方未明》：「自公召之」、「自公令之」等所言「公」之意，皆「貴族」。

〔註 72〕呂振羽在《莊園制度的成立和其組織》中說《詩經「雨我公田」的「公田」是領主

又需代耕領主之公田。《小雅大田》云：「雨我公田，遂及我私」，即反映農民有先耕作公田之義務，公事畢，然後治私田。至於公、私田的比例，《大雅甫田》云：

倬彼甫田，歲取十千。我取其陳，食我農人。

《毛傳》僅云：「十千，言多也」，意在田產之豐，稅收之多。《鄭箋》、《朱傳》則釋十千爲一成之數。而《大雅韓奕》云：

王錫韓侯，其追其貊。奄受北國，因以其伯。實墉實壑，實畝實籍。獻其貔皮，赤豹黃熊。

或以爲詩中所謂「籍」，即是這種貴族將田疇劃分爲公田、私田，授民私田，使其負擔代耕公田之義務的土地分配制度，也就是《孟子》所謂之助法〔註73〕。

另外，《詩經》中有一些記載，亦反映周世嘗行徹法。如《大雅公劉》云：

度其隰原，徹田爲糧。度其夕陽，豳居允荒。

又《崧高》云：

王命召伯、徹申伯土田。王命傅御，遷其私人。

王命召伯，徹申伯土疆。以峙其粻，式遄其行。

又《江漢》云：

江漢之滸，王命召虎，式辟四方，徹我疆土。

所謂徹者，即取稅之稱，據《孟子滕文公》篇「周人百畝而徹，其實皆什一也」，則徹爲什一之制，然而當時徹法的詳細內容在《詩經》上則已不可考。後人就《孟子》所言，蠡測其制，以爲乃徹取什一之獲以爲田賦者〔註74〕。

二、農業經營

（一）農業生產工具

《詩經》云：

三之日于耜。（豳風七月）

以我覃耜。（小雅大田）

的土地，而這些封建領主在獲得土地的支配權之後，便進行其對居民的勞動編制和支配，把原來的公社給予自由民的份地作爲他們給予農民的份地。王玉哲在《關于西周的土地制度》中也闡明：當時的「公田」，實際上就是「官」的私有田，因爲是借民力來耕種的，所以又叫「藉田」，而「私田」就是領主授給農民的田地。以上二說錄自陳榮照《詩經中有關周代政治史料之探討》一文所引。

〔註73〕參考陳榮照《論詩經的史學價值》（《新加坡大學中文學會學報》七卷）頁32與藍麗春《詩經所反映之周代社會》頁34。

〔註74〕《孟子滕文公》篇趙岐注云：「耕百畝者，徹者十畝以爲賦」。

畟畟良耜，……其鎛斯趙，以薅荼蓼。（周頌良耜）

有略其耜。（周頌載芟）

庤乃錢鎛，奄觀銍艾。（周頌臣工）

耜、銍、錢、鎛是當時所使用的農具。耜常與耒並稱，謂之耒耜〔註75〕。耜主用於刺地起土，有鋒刃廣五尺，能依其鋒刃寬度掘起等量田土〔註76〕，及周人用以耕田培土之主要農業生產工具。使用時，必須手足並作，《豳風七月》云：

三之日于耜，四之日舉趾。

所謂舉趾，乃耕者將足蹈於耜上，推耜刃入土，耜刃入土後手足同時向前用力推動，把土發掘出來。而在未有牛耕以前，通常以二人合作，謂之「耦耕」，故詩云：

亦服爾耕，十千維耦。（周頌噫嘻）

千耦其耕，徂隰徂珍。〈周頌載芟〉

因為兩人合力，故可深耕。錢是掘土的農具，《毛傳》訓為「銚」，《說文》亦云：「錢，銚也。古者田器」，段注云：「云古田器者，古謂之錢，今則但謂之銚，謂之臿，不謂之錢，而錢以為貨泉之名」。元王楨《農書》則謂錢為今日之鏟〔註 77〕，而楊寬《論西周時代的農業生產》一文中，又認為錢是帶有金屬鋒刃的耜〔註78〕。另外，鎛為鋤屬，又稱為鎒。《毛傳》曰：「鎛、鎒」，《釋名釋用器》云：「鎛亦鋤田器也。鎛，迫也，迫地去草也」，《呂覽任地》篇狀其形曰：「鎒，柄尺，此其度也。其鎒六寸，所以間稼也」，則鎛有柄有刃，為一類似鋤頭之除草農具。銍則是鐮刀，《說文》云：「銍，穫禾短鐮也」。《周頌良耜》有「穫之挃挃」之句，《毛傳》釋挃挃為穫禾聲，可見收穫之器名曰銍者，乃因刈穗之聲銍銍作響之故。

至於耜、錢、鎛、銍等農具的材質，錢、鎛、銍等字均從金部，顯係金屬製品，而耜則從耒部而不從金，不過，據清代學者倪倬所著《農雅》第四篇《釋器》

〔註75〕《鄭玄》箋《豳風七月》「于耜」云：「始修耒耜也」。或謂耒耜乃一器之兩部位，耒為耜上曲木，耜為耒下入土之金，如《易繫辭京房注》云：「耜、耒下也，耒、耜上句木也」；《禮記月令》鄭玄注云：「耒、耜之上曲也」，「耜者，耒之金也」；《說文》「耜」作「枱」云：「耜、耕曲木也」，「枱，耒耑也」；戴侗《六書故》卷二十一云：「耒、耜上曲木也」，「耜、耒下剌土臿也」；皆謂耒耜二物而一事。近人徐中舒從甲文、金文之「耒」、「吕」考察耒耜之文字與形製，認為「耒下歧頭，耜下一邊。耒為倣樹枝式的農具，耜為仿倣木棒式的農具」（見《耒耜考》，《史語所集刊》二本一分），則謂耒耜為兩種不同之農具。

〔註76〕《考工匠人》云：「匠人為溝，耜廣五寸，二耜為耦，一耦之伐，廣尺深尺，謂之甽」，即云耜的鋒刃五寸，一伐能掘去方五寸的土塊，二個耜相並同時去伐，就能掘去廣尺深尺的土，掘成廣尺深尺的溝。

〔註77〕見元王禎《農書》卷十三。

〔註78〕說詳《古史新探》（北京：中華書局、1965年）頁5～6。

中所云：

案易繫辭傳，惟言「斲木爲耜」，不言用金，……然周頌臣工「庤乃錢鎛」，

傳：「錢，銚也」，已用金……銚，耜屬，則耜用金，其昉於周歟？

則早期木製的耜至周代亦改進爲附有金屬鋒刃，這是極有可能的事。而《詩經》言及耜處，如「畟畟良耜」，「以我覃耜」，「有略其耜」，每附以銳利形詞〔註 79〕，可見當時之耜已用金屬製造。然上述各農具的金屬鋒刃究爲銅製或鐵製？由於無論在考古發掘中，或古文獻中，至今都還沒有西周鐵農具存在的眞憑實據，我們尙不能確切斷定當時是否已有鐵農具〔註 80〕，而據《周禮》所載〔註 81〕，當時攻金之具皆爲銅錫之合金——青銅所製，故《詩經》所見之耜、錢、鎛、銍等帶有金屬鋒刃之農具宜爲青銅所製。

（二）農業生產技術

1、規劃農田

周族在其先祖公劉、公亶父時，即已知善用地理形勢，隨物土之宜而規劃農田。《大雅公劉》云：

篤公劉，既溥既長，既景迺岡，相其陰陽，觀其流泉。

《緜》篇亦云：

迺疆迺理，迺宣迺畝。自西徂東。

公劉營豳，特重農田之陰陽面與有否水泉潤澤之利，以作爲居住闢田之處。向陽的土地日照較多，溫度亦高，有利穀物滋生蕃育，所以當地的農田應是盡量利用向陽之土地。直至公亶父治岐，亦遵公劉經驗，並循地理形勢，自西徂東，規劃疆理農田爲南畝與東畝〔註 82〕。《小雅信南山》亦有「我疆我理，南東其畝」之語，南畝爲行列南向之畝，東畝則爲東向〔註 83〕，二者皆向陽。又《小雅甫田》云：「今適南畝」、「饁彼南畝」，《小雅大田》與《周頌良耜、載芟》亦有「俶載南畝」之語，

〔註 79〕《毛傳》云：「畟畟，猶測測也」，「覃，剡也」，「略，利也」。

〔註 80〕然就《詩經》所見，似周初已有鐵之發現。近人戚其章《關于西周社會性質的問題》（載《中國古代史分期問題討論集》，三聯書店，1957 年）頁 232～233，即認爲《大雅公劉》篇的「取厲取鍛」一語，就是周初製鐵工作的記錄。

〔註 81〕參見藍麗春《詩經所反映之周代社會》頁 50 所引《周禮秋官職金、冬官考工記》之文。

〔註 82〕見陳奐《詩毛氏傳疏》。

〔註 83〕胡承珙《毛詩後箋》云：「馮氏名物日疏曰：『古之治田者，大抵因地勢水勢而爲之。其南者謂之南畝』。案田之中甽，所以行水，其壟所以播穀，亦謂之畝，一甽一壟，相間成列。地之大勢，西北高，東南下。甽之行水，多自西北而注於東南，故詩云南東其畝」。可知所謂南畝，當是行列南向之田畝，東畝則行列東向之田畝。

足資說明「相其陰陽、觀其流泉」與「我疆我理，南東其畝」之經理方法，一直爲周人規劃農田之準則。

2、疏鬆土質

《齊風南山》云：

蓺麻如之何？衡從其畝。

《朱傳》云：「欲樹麻者，必先縱橫耕治其田畝」。而田畝之必須縱橫錯雜，無非是疏鬆土質的作用。前文所述農業生產工具之「耜」，便是當時用以翻土的農具。

3、去草除蟲

周代農人在作物播種之前，先須做好整地工作和除草。《大雅生民》云：

茀厥豐草，種之黃茂。

《鄭箋》云：「后稷教民除治茂草，使種黍稷，黍稷生則茂好」。而在苗生長後，對除草更爲重視。《詩經》上去草的記載，數見不鮮。如：「千耦其耘」（周頌載芟），「不稂不莠」（小雅大田）「或耘或耔，黍稷薿薿」（小雅甫田），「以薅荼蓼」（周頌良耜）等皆是。

《詩經》又云：

天降喪亂，滅我立王，降此蟊賊，稼穡卒痒。（大雅桑柔）

蟊賊蟊疾，靡有夷屆。（大雅瞻卬）

可見蟲災爲害作物甚鉅，故需在禾苗漸長漸盛時驅蟲，以維護田中稻禾生長。而《小雅大田》云：

去其螟螣，及其蟊賊，無害我田穉。田祖有神，秉畀炎火。

《毛傳》云：「食心曰螟，食葉曰螣，食根曰蟊，食節曰賊」，可知當時已能分別各種不同之害蟲。至於其驅蟲之技術則爲「秉畀炎火」，亦即燃火誘殺〔註 84〕。

4、灌溉施肥

《小雅白華》云：

滮池北流，浸彼稻田。

滮池者，《水經注》渭水注云其爲河流，馬瑞辰《毛詩傳箋通釋》則謂爲池名，在豐鎬之間。然不論爲池爲河，其用以灌溉稻田無疑，故《鄭箋》云：「池小之澤，浸潤稻田，使之生殖」〔註 85〕

〔註 84〕《新舊唐書姚崇傳》載唐代開元時宰相姚崇認爲「秉畀炎火」即用火誘蝗蟲，並曾用此法撲滅煌災。《朱傳》亦載姚崇設火捕蝗事，並詣「蓋古之遺法如此」。

〔註 85〕何炳棣《黃土與中國農業的起源》（香港中文大學、1969 年）一書則引《毛傳》「滮、流貌」的說法，認爲滮也非水或他之專名，並謂：「浸彼稻田」只說明天然池水流入

又《周頌良耜》云：

其鎛斯趙，以薅荼蓼，荼蓼朽止，黍稷茂止。

可推見周人由除草中得知腐化的雜草含有能夠使黍稷茂盛的肥料。詩中所載，乃最原始的施肥知識〔註 86〕。

5、輪耕之制

周世農田，依其使用方式，有「菑」、「新」、「畬」三種。詩云：

亦又何求，如何新畬？於皇來牟，將受厥明。(周頌臣工)

薄言采芑，于彼新田，于此菑畝。(小雅采芑)

《毛傳》云：「田一歲曰菑，二歲曰新田，三歲曰畬」。徐中舒認爲：「一部分第一年爲休耕地名爲『菑』，一部分已休耕過一年，今年新耕名曰『新田』，另外一部去年已耕種過一年，今年連耕名曰『畬』」〔註 87〕，然此說頗與詩意不合。《小雅采芑》明言采芑於新田、菑畝之上，則菑非謂休耕之田可知。就《周頌臣工》「如何新畬，於皇來牟」觀之，這當指所種爲芑菜等副食品之田，新畬則係指所種爲麥類等主要穀類之田，新可種芑，亦可種麥，端視土質而論。故菑爲轉作副食一年之田，新田爲種植副食一年之後，改種主食之田，畬則爲連種主食二年之田，三年一輪，因此周代農田之運用當爲輪耕，而非休耕。

（三）重要農作物

《詩經》中所見之穀類名稱有黍、稷、麥、禾、麻、菽、稻、秬、粱、芑、荏菽、秠、來牟、穈、稌十五種〔註 88〕，其中粱即禾、稌即稻、來牟即麥，荏菽爲菽

低窪種稻之處，並未明謂是人工灌溉。案：《毛傳》以滮爲流，則「流池北流」不通，此其一。而滮池之水流入稻田，農夫必能應用流水之大小，此即原始灌溉之理。故云此爲灌溉。

〔註 86〕宋代陳旉在所著之《農書》卷上的薅耘之宜篇說：「詩云：『以薅荼蓼，荼蓼朽止，黍稷茂止』記禮者曰：『仲夏之月，利以殺草，可以糞田疇，可以美土疆』」，認爲西周時代已懂得用「綠肥」。

〔註 87〕見王玉哲《有關西周社會性質的幾個問題》(《歷史研究》1957 年，五期）引徐中舒氏《試論周代田制及其社會性質》。

〔註 88〕各穀物所見之詩篇爲：

黍：王風黍離，魏風碩鼠，唐風鴇羽，曹風下泉，豳風七月，小雅出車，黃鳥，楚茨、信南山，甫田，大田，黍苗，周頌豐年，良耜、魯頌閟宮。

稷：王風黍離，唐風鴇羽，豳風七月，小雅出車，楚茨，信南山，甫田，大田，周頌良，魯頌閟宮。

麥：鄘風桑中，載馳，王風丘中有麻，魏風碩鼠，豳風七月，魯頌閟宮，周頌思文，臣工，大雅生民。

禾：魏風碩鼠，豳風七月，大雅生民。

麻：王風丘中有麻，齊風南山，陳風東門之枌，東門之池，豳風七月，大雅生民。

類，秠爲秬類，穈芑同類，實際共九種。〔註 89〕。此雖未必能盡周代所有之穀類，但足以代表較重要者〔註 90〕。而由《詩經》所載農作物如此之多，亦可見當時農業之盛。

三、農民的歲負

在封建體制下，領主與農民因授受土地而發生權利義務關係，農民對上有賦稅、獻納與服勞役之義務〔註 91〕。

（一）賦　稅

周世土地制度兼採助、徹二法，故賦稅之內容因所行田制不同而有異。採行助法之地，農民以代耕領土公田替代課稅；採行徹法者，則納收穫之什一作爲田租〔註 92〕。

（二）獻　納

《豳風七月》云：

> 八月載績，載玄載黃。我朱孔陽，爲公子裳。……一之日于貉，取彼狐狸，爲公子裘。二之日其同，載纘武功，言私其豵，獻豜於公。

貴族春日所著之絲帛，係由農家婦女染織製作；冬日禦寒之皮裘，亦由農民打獵呈獻。農民打獵時所獲之大豕，亦須一併獻納領主。因此農民獻納之物包括「衣」與「食」。

菽：豳風七月，小雅小宛，小明，采菽，魯頌閟宮。
稻：唐風鴇羽，豳風七月，小雅甫田，魯頌閟宮。
秬：大雅生民，魯頌閟宮。
梁：小雅甫田，唐風鴇羽，小雅黃鳥。
來牟：周頌思文，臣工。
稌：周頌豐年。
荏菽、穈、秠：大雅生民。

〔註 89〕參考齊思和《毛詩穀名考》(《燕京學報》第三十六期)。

〔註 90〕《周禮》有九穀、六穀、五穀之說，《太宰職》云：「以九職任萬民，一日三農，生九穀」，鄭興謂九穀爲黍稷秫稻麻大小豆大小麥。鄭玄則以爲以上九種中有梁苽而無秫大麥。《膳夫職》云：「凡王之饋，食用六穀」，鄭玄云：「六穀：稌黍稷梁麥苽」。《疾醫職》云：「以五味、五穀、五藥，養其病」，鄭注五穀爲麻黍稷麥豆。以上穀物，詩經僅苽、秫未提及。

〔註 91〕參考陳榮照《詩經中有關周代農事史料之探索》(《新社學報》四卷）頁 34～35，成惕軒《詩中的兵與農》《國立政治大學學報》一期）頁 201～202，藍麗春《詩經所反映之周代社會》頁 92～94。

〔註 92〕參考本節第一部分農業政策第三項土地制度所述。

（三）服勞役

農民需爲領主服勞役，如興築城廓，修葺宮室等。詩云：

嗟我農夫，我稼既同，上入執宮功。晝爾於矛，宵爾索陶，亟其乘屋。（豳風七月）

經始靈台，經之營之，不日成之。經始勿急，庶民子來。（大雅靈台）

溥彼韓城，燕師所完。（大雅韓奕）

皆是人民盡瘁公役的事實。

第五節　禮樂制度

由《詩經》中可看出當時人民相當重視禮節。所謂「人而無禮，胡不遄死」（鄘風相鼠），「禮儀卒度」「禮儀既備」（小雅楚茨），足資證明。以下即述《詩經》所反映當時的禮制。

一、祭　祀

（一）祭　天〔註93〕

祭天又謂之「郊祀」，是周世極爲盛大之祭典，僅周天子能郊祀上帝。而周人之宗教觀念中，祖先神與上帝分開，但祖先又克配上帝。故周天子郊祀上帝時，均以有德先祖配享，《周頌思文》即郊祀后稷以配天之詩。

此外，天子將出門，有事于四方，或爲巡狩，或爲出征，臨行前亦需類告天帝。《大雅皇矣》云：

臨衝閑閑，崇墉言言。執訊連連，攸馘安安。是類是禡，是致是附，四方以無侮。

此乃述文王伐崇之事功。《禮記王制》云：「天子將出，類於上帝，禡於所征之地」，可知出征祭告上帝曰類，至所征之地而祭曰禡。另如天災風雨，有害農事，天子亦郊祭天帝，以求祈福免災。《大雅雲漢》即宣王之世因遭遇亢旱而祭祀天地祖先之詩。至於祭天的情形，《大雅生民》云：

誕我祀如何？或舂或揄。或簸或蹂。釋之叟叟，烝之浮浮。載謀載惟，取蕭祭脂，取羝以軷。載燔載烈，以興嗣歲。

卬盛于豆，于豆于登。其香始升，上帝居歆。胡臭亶時？后稷肇祀，庶無罪悔，以迄于今。

〔註93〕參考藍麗春《詩經所反映之周代社會》（高師國文所75年碩士論文）第四章第一節。

謂盛菹醢之屬於豆中，備羝羊之牲，以爲祭品，並以香蒿合牲油烤燒，使其香氣上升，以便上帝安享其祭。

（二）祭 祖

《詩經》中提到祭祖之詩篇甚多，如《周頌》的大部分，《小雅天保、楚茨、信南山、賓之初筵》，《大雅行葦、雲漢》，《魯頌閟宮》等均屬之。其中以《小雅楚茨》言之最詳：

> 楚楚者茨，言抽其棘，自昔何爲？我蓺黍稷。我黍與與，我稷翼翼。我倉既盈，我庾維億。以爲酒食，以享以祀。以妥以侑，以介景福。
>
> 濟濟蹌蹌，絜爾牛羊，以往烝嘗。或剝或亨，或肆或將。祝祭于祊，祀事孔明。先祖是皇，神保是饗。孝孫有慶，報以介福，萬壽無疆。
>
> 執爨踖踖，爲俎孔碩。或燔或炙，君婦莫莫。爲豆孔庶，爲賓爲客。獻醻交錯，禮儀卒度，笑語卒獲。神保是格，報以介福，萬壽攸酢。
>
> 我孔熯矣，式禮莫愆。工祝致告：「徂賚孝孫。苾芬孝祀，神嗜飲食。卜爾百福，如幾如式。既齊既稷，既匡既勑。永錫爾極，時萬時億。」
>
> 禮儀既備，鐘鼓既戒。孝孫徂位，工祝致告。神具醉止，皇尸載起。鼓鐘送尸，神保聿歸。諸宰君婦，廢徹不遲，諸父兄弟，備言燕私。
>
> 樂具入奏，以綏後祿。爾殽既將，莫怨具慶。既醉既飽，小大稽首。神嗜飲食，使君壽考。孔惠孔時，維其盡之。子子孫孫，勿替引之。

詩云：「先祖是皇」，可見《楚茨》所言之祭祀對象乃是先祖。由詩中所敘，知當時所用之祭品有黍、稷、酒食與牛羊。主祭者爲孝孫，即《小雅甫田、信南山》等詩所謂之「曾孫」。另外尚有奏樂者，諸父兄弟與其他參加祭祀之賓客。祭祖除報豐年外，並向先祖祈福求壽，故詩中有「報以介福，萬壽攸酢」之語。

此詩亦提及「尸」。如「以妥以侑，以介景福」，妥，指迎尸後，拜而安之；侑，指勸尸飲。又如「皇尸載起，鼓鐘送尸，神保聿歸」，則言送尸之禮。所謂尸者，乃祭祀時以生人扮所祭之祖先，以死者之孫輩爲之。《儀禮士虞禮》言之甚詳。《詩大雅鳧鷖》亦有「公尸來燕來寧」，「公尸燕飲，福祿來成」等句，可知《詩經》時代正是用尸之時。不過後世廢止用尸，而易以畫像。

（三）祭百神〔註 94〕

周人除崇拜上帝和祖先外，尙祭祀其他各神祇，故《周頌周邁》云：「懷柔百神」，《大雅雲漢》亦云：「靡神不宗」。從《詩經》中所見之神祇有社、方、田祖、馬祖、

〔註 94〕參考葉達雄《詩經史料分析》（台大歷史所 61 年碩士碩文）第五章第二節。

山川、路神等。

1、社

《大雅緜云》:

迺立冢土，戎醜攸行。

《毛傳》云:「冢土、大社也。起大事，動大眾，必先有事乎社而後出，謂之宜」。社，即是后土。

2、方

《小雅甫田》云:

以我齊明，與我犧羊，以社以方。

《毛傳》玄:「方，迎四方神於郊也」。《鄭箋》云:「秋祭社與四方」，所謂四方，即是東西南北方。

3、田　祖

詩云:

琴瑟擊鼓，以御田祖。(小雅甫田)

田祖有神，秉畀炎火。(小雅大田)

田祖，就是先嗇，即發明耕種的人〔註 95〕，也就是稷神。

4、馬　祖

《小雅吉日》云:

吉日維戊，既伯既禱。

伯，據《毛傳》說就是馬祖。「既伯既禱」即謂祭祀馬祖。

5、山　川

《周頌般》云:

嶞山喬嶽，允猶翕河。

《詩序》云:「般，巡守而祀四嶽河海也」。又《周頌時邁》云:「懷柔百神，及河喬嶽」。亦謂祭及山川之神也。

6、路　神

《大雅生民》云:

取羝以軷，載燔載烈，以興嗣歲。

《毛傳》云:「軷，道祭也」，可知軷即指祭道神言〔註 96〕。

〔註 95〕參見《毛詩後箋》《小雅甫田》篇。

〔註 96〕軷祭有二：一爲出行時之祖祭，一爲冬祭行神。行神即路神。《詩大雅生民》之「取羝以軷」即爲路神。參見馬瑞辰《毛詩傳箋通釋》(中華書局) 卷二十五。

二、婚　禮〔註 97〕

《儀體士昏禮》，《禮記昏義》皆記載成立婚約應具納采、問名、納吉、納徵、請期、親迎等六儀。杜佑《通典》謂周世已備六禮之儀〔註 98〕，驗諸《詩經》，亦可以得到印證。

（一）納采、問名

《邶風匏有苦葉》云：

雝雝鳴鴈，旭日始旦。

《毛傳》曰：「納采用鴈。旭日始出，謂大昕之時」。孔穎達疏曰：「雝雝鳴鴈，旭日始旦，陳納采之禮。……昏禮納采用鴈，賓既至，命降出。賓者出，請賓執鴈，請問名。則納采問名同日行事矣。故此納采問名連言之也」，《士昏禮》：「納采、問名，同日行事」，是其禮相因。《大雅大明》）云：

文王嘉止，大邦有子。

《鄭箋》：「文王聞太姒之賢，則美之曰：『大邦有子，女可以爲妃』，乃求昏」，《孔疏》曰：「此求昏謂納采時也」。

（二）納　吉

《衛風氓》云：

爾卜爾筮，體無咎言。以爾車來，以我賄遷。

《朱傳》：「於是問其卜筮，所得卦兆之體，若無凶咎之言，則以爾之車來迎，當以我之賄往遷也」。是以婚姻需經占卜，得吉兆後婚事定，故謂之納吉〔註 99〕。

（三）納　徵

納徵又名納幣，男方下聘禮以成婚禮〔註 100〕。《大雅大明》云：

文定厥祥。

《鄭箋》：「問名之後，卜而得吉。則文王以禮定其吉祥，請使納幣也」

（四）請　期

請期者，請吉日也。《邶風匏有苦葉》云：

〔註 97〕參考註 93 所引論文第四章第三節。

〔註 98〕杜佑《通典》卷五十八云：「周制限男女之歲，定婚姻之時，親迎于户，六禮之儀始備」。

〔註 99〕《儀禮士昏禮》：「納吉用鴈，如納采禮」，鄭注：「歸卜於廟，得吉兆。復使使者往告，昏姻之事於是定」。

〔註 100〕《儀禮士昏體》：「納徵玄纁束帛儷皮，如納吉禮」，鄭注：「徵，成也。使使者納幣以成昏禮」。

士如歸妻，迨水未泮。

《鄭箋》:「歸妻，使之來歸於己，謂請期也」

（五）親　迎

請得吉日後，成婚之日，婿往婦家親迎。詩云：

之子于歸，百兩御之。（召南鵲巢）

親迎于渭。（大雅大明）

韓侯迎止，于蹶之里，百兩彭彭，八鸞鏘鏘，不顯其光。（大雅韓奕）

子之丰兮，俟我乎巷兮。（鄭風丰）

以上乃周制婚姻六禮。有此儀節，婚姻始告合法成立。唯禮制如此，實際上並未嚴格要求。《召南摽有梅》云:「求我庶士，迨其謂之」,《毛傳》云:「不待備禮也。三十之男，二十之女，禮未備，則不待禮會而行之者，所以藩育民人也」,《禮記》亦曰:「聘則爲妻，奔則爲妾」，是有不盡依六禮程序而爲之者〔註 101〕。

三、其他禮制

鄉飲酒禮、燕禮、鄉射禮、大射儀，其事見於《儀禮》，其樂歌之詞則見於《詩經》。謝旡量先生《詩經研究》云：

鄉飲酒禮，是諸侯的卿大夫，獻其賢者能者於君之時，必禮請一般賢士爲賓，相聚燕飲。並一面藉以鼓勵鄉黨之人。酒酣，工歌小雅鹿鳴、四牡、皇皇者華。笙入堂下，奏南陔、白華、華黍之樂。又間，歌魚麗。笙奏由庚。歌南有嘉魚，笙奏崇丘。歌南山有臺，笙奏由儀。又合奏周南之關睢、葛蕈、卷耳，召南之鵲巢、采蘩、采蘋。然後禮成。燕禮是人君對於臣下有功的，設宴款待，以致酬勞之意。鄉射禮是鄉飲酒禮以後所行的。大射儀是諸侯有祭祀之時會合群臣行的。行禮時均用詩經中的樂歌。與鄉飲酒禮所用，大同小異。〔註 102〕

認爲前二禮是公眾的宴會，後二禮乃武事的練習。而據其他學者研究指出，燕禮爲高級的鄉飲酒禮，大射儀則爲高級的鄉射禮〔註 103〕。而從《詩經》中，亦可看到一

〔註 101〕陳顧遠謂自《大明詩》可知文王之世，六禮已肇其端。不過「禮不下於庶人」,「奔者爲妾」,「司男女之無夫家者而會之」，故有不盡依六禮者。見《中國婚姻史》頁 15，藝文印書館。陳東原則謂當時列國之間，各有風習，交通不便。且載籍亦非平民可輕易見，故當時婚俗無法統一。或已行於一邦，尚未行於全國；或曾行於貴族階級，而未行於全民。見《中國婦女生活史》頁 24，藝文印書館。

〔註 102〕見謝旡量《詩經研究》頁 63。（商務印書館、民 73 年）

〔註 103〕參見楊寬《古史新探》一書中，《鄉飲酒禮與饗禮新探》,《射禮新探》二文。（北京：

些涉及這些禮制的詩句。如《小雅瓠葉》云：

幡幡瓠葉，采之亨之，君子有酒，酌言嘗之。

有兔斯首，炮之燔之，君子有酒，酌言獻之。

有兔斯首，燔之炙之，君子有酒，酌言酢之。

有兔斯首，燔之炮之，君子有酒，酌言醻之。

此詩除首章談主人自嘗其酒外，後三章，依次談到了獻、酢、醻（酬），正是《儀禮鄉飲酒禮》中的「一獻之禮」〔註104〕。又如《齊風猗嗟》云：

儀既成兮，終日射侯，不出正兮。……射則貫兮！四矢反兮！以禦亂兮！

「射侯」即是射禮所射的「侯」，「正」即是「侯」中部的標的。「貫」即射禮中「不貫不釋」的「貫」，「四矢」即射禮中所說的「乘矢」，按禮每個射者射一次，都必須射完四矢。〔註105〕。而《大雅行葦》說：

敦弓既堅，四鍭既鈞，舍矢既鈞，序賓以賢。

敦弓既句，既挾四鍭，四鍭如樹，序賓以不侮。

「舍矢既鈞」言發射四矢皆射中「侯」，「四鍭如樹」言發射四矢都已貫穿「侯」中，豎立在「侯」中。《小雅賓之初筵》云：

大侯既抗，弓矢斯張，射夫既同，獻爾發功。發彼有的，以祈爾爵。

「發彼有的」言發射到「侯」的鵠的，「以祈爾爵」言射中的目的在於祈求辭讓酒爵，因爲射禮要「飲不勝者」。《禮記射義》解釋說：「詩云：『發彼有的，以祈爾爵』，祈，求也，求中以辭爵也」。可見射禮的基本特點，在《詩經》時代早已形成〔註106〕。

第六節 民情習俗

一、男女的關係

（一）重男輕女的積習

《小雅斯干》云：

乃生男子，載寢之床，載衣之裳，載弄之璋。其泣喤喤，朱芾斯皇，室家君王。

乃生女子，載寢之地，載衣之裼，載弄之瓦。無非無儀，唯酒食是議，無

中華書局、1965年）。

〔註104〕參見《儀禮鄉飲禮》中的獻賓之禮。

〔註105〕參見楊寬《古史新探》頁322。

〔註106〕見註105所引書頁323。

父母貽罹。

寫出父母對於兒女的差別待遇。此詩雖是貴族的歌詠，但平民的情形當與此相差不遠。男子之生，則寢床，衣裳以弄璋；女子之生，則寢地，衣裼以弄瓦。而「朱芾斯皇，室家君王」，「無非無儀，唯酒食是議，無父母貽罹」之言，則顯示對男女期望之不同，至今社會上尚有相似的看法，恐是植基於此。又《衛風氓》云：

于嗟女兮，無與士耽。士之耽兮，猶可說也；女之耽兮，不可說也。

則寫當時男女之不平等。這樣的觀念，至今猶然。

（二）男女工作的不同〔註 107〕

《詩經》中反映出男女所從事工作的不同。較爲清楚者，多爲《國風》中的詩篇。

《國風》中所載當時男子的工作，大抵是服役、狩獵、伐薪及農事。如《周南兔罝》：「肅肅兔罝，椓之丁丁，赳赳武夫，公侯干城」，《召南小星》：「肅肅宵征，夙夜在公」，《衛風伯兮》：「伯也執殳，爲王前驅」，《王風君子于役》：「君子于役，不知其期，曷至哉」，《揚之水》：「彼其之子，不與我戍申」，《魏風陟岵》：「予子行役，夙夜無已」，《唐風鴇羽》：「王事靡盬，不能蓺稷黍」，《秦風無衣》：「王于興師，脩我戈矛」等，即言男子執役事。《召南騶虞》：「彼茁者葭，壹發五豝，于嗟乎騶虞」，《秦風駟驖》：「駟驖孔阜，六轡在手，公之媚子，從公于狩」與《魏風伐檀》之「不狩不獵」等，言狩獵之事。而《周南漢廣》：「翹翹錯薪，言刈其楚」是男子伐薪之事。另《齊風南山》「蓺麻如之何，衡從其畝」，《魏風伐檀》「不稼不穡」《唐風鴇羽》「不能蓺稷黍」及《豳風七月》「九月築場圃，十月納禾稼，黍稷重穋，禾麻菽麥」等均言農事。

至於婦女的工作則較爲輕細，譬如洗衣、縫裳、采野菜，撿細木以及準備祭祀祭品等等。《周南葛覃》：「薄汙我私，薄澣我衣」即言洗衣。《周南葛覃》：「是刈是濩，爲絺爲綌，服之無斁」，《邶風綠衣》：「綠兮絲兮，女所治兮」，《魏風葛屨》：「摻摻女手，可以縫裳」，《豳風七月》：「七月鳴鵙，八月載績，載玄載黃，我朱孔陽，爲公子裳。……取彼狐狸，爲公子裳」等，均言縫裳。而《周南卷耳》：「采采卷耳」，《芣苢》：「采采芣苢」，《召南草蟲》：「陟彼南山，言采其蕨」、「言采其薇」，《采蘋》：「于以采蘋，南澗之濱，于以采藻，于彼行潦」，《鄘風載馳》：「陟彼阿丘，言采其蝱」，《唐風采苓》：「采苓采苓，首陽之顛」，「采苦采苦，首陽之下」，「采葑采葑，

〔註 107〕此段內容，參考葉達雄《詩經史料分析》（台大歷史所 61 年碩士論文）頁 47～48 之整理成果。

首陽之東」，及《豳風七月》：「女執懿筐，遵彼微行，爰求柔桑，春日遲遲，采蘩祁祁，女心傷悲，殆及公子同歸」等，皆言女子出外采集植物，這些植物大多是野生植物。另外，《周南汝墳》：「遵彼汝墳，伐其條枚」，「伐其條肄」則是檢柴伐木之事。《召南采蘩》：「于以用之，公侯之事」，「于以用之、公侯之宮」，「被之童童，夙夜在公」，《采蘋》「于以奠之，宗室牖下，誰其尸之，有齊季女」則是言祭祀之事。主其事者即「有齊季女」，季女或言少女，或言主婦〔註 108〕，然爲女子確無可疑。

（三）平民的婚姻型態

《詩經》所反映周世民間的婚姻型態，可歸類爲戀愛婚姻、不自由婚姻兩種〔註 109〕：

1、戀愛婚姻

據《禮記》所載，先秦時代爲一保守之傳統社會，體制嚴謹，男女之間，無媒不相知名，非受幣，不可相見〔註 110〕。《孟子》有不待父母之命、媒妁之言，而私自鑽穴隙相窺，踰牆相從，將爲人所賤之之記載〔註 111〕。可見男女隔離情形極爲嚴格。然而據《詩經國風》，卻與上述所見莊嚴拘謹之社會大異其趣。《國風》保存頗多戀愛歌謠，包括男女之間邂逅相遇（如鄭風野有蔓草）、約期相會（如陳風東門之楊、鄘風桑中）、贈物示情（如邶風靜女、衛風木瓜）、歡聚暢遊（如鄭風溱洧），以及男女私自愛慕、苦於相思（如周南漢廣、秦風蒹葭、鄭風子矜）等詩篇，足資反映男女自由戀愛情況。史乘亦有言及當時風氣，《周禮媒氏》：「中春之月，令會男女，於是時也，奔者不禁。若無故不用令者罰之，司男女之無夫家者會之」，《漢書地理志》記載鄭、衛等地，男女常有聚會，燕地習俗甚至「以婦侍宿，嫁取之夕，男女無別，反以爲榮」。則《詩經》時代自由戀愛之風氣可知〔註 112〕。

〔註 108〕謂主持設羹者爲齋然莊重之少女，《毛傳》、姚際恆《詩經過論》皆主之。而屈萬里《詩經釋義》則疑齊字乃齊國之齊，蓋齊國之季女，嫁爲南國某大夫之主婦也。

〔註 109〕藍麗春《詩經所反映之周代社會》（高師國文所 75 年碩士論文）頁 237，歸納《詩經》所反映之周世婚姻型態爲戀愛婚姻、不自由婚姻與政治婚姻三種。政治婚姻爲貴族婚姻情形。本節所述爲民間習俗，故參考其文之分類，取前二者，敘述平民的婚姻情形。

〔註 110〕參見《禮記坊記》、《禮記內則》等篇，有關男女授受不親、自小即劃清男女界限的各條記載。

〔註 111〕參見《孟子滕文公》篇。

〔註 112〕裴普賢云：「周代社會的禮俗，男女婚姻，固然要經過媒妁之言的一套手續，但未婚男女，並不禁止交往，男女可以一同郊遊（鄭風溱洧），一同唱歌談天（陳風東門之池），所謂吉士也可公然追求懷春的少女（召南野有死麕），也不妨到戀愛成熟，再請媒人來議婚（衛風氓），男子年逾三十，女子年逾二十，更可免除媒妁的俗套，逕自同居（召南摽有梅）」。見《詩經欣賞與研究（二）》（台北：學生書局，68 年）

周代社會男女自由戀愛風氣雖盛，但論及婚嫁，欲結爲夫婦，尚須徵得父母同意，使媒說親。《齊風南山》：

蓺麻如之何？衡從其畝。取妻如之何？必告父母。

既曰告止，曷又鞠止。

析薪如之何？匪斧不克。取妻如之何？匪媒不得。

既曰得止，曷又極止。

《豳風伐柯》：

伐柯如何？匪斧不克。取妻如何？匪媒不得。

伐柯伐柯，其則不遠。我覯之子，籩豆有踐。

所謂「必告父母」,「匪媒不得」，乃言取妻有其必經途徑，即須告知父母〔註 113〕，而使媒氏居間說親議婚〔註 114〕。有關男女由相戀而結婚之事實，《詩經》亦有反映。《衛風氓》云：

氓之蚩蚩，抱布貿絲，匪來謀絲，來即我謀。送子涉淇，至於頓丘。匪我愆期，子無良媒。將子無怒，秋以爲期。

乘彼垝垣，以望復關。不見復關，泣涕漣漣。既見復關，載笑載言。爾卜爾筮，體無咎言。以爾車來，以我賄遷。

首章寫男女相識及爲媒聘之經過。次章寫訂婚至結婚之經過。《氓》詩此前二章實已描述由戀愛以成婚嫁之完整過程。

由《詩經》所反映，當時應是風氣開放，男女可以自由交往的社會。至於《禮記》所載與《國風》大不相同者，當是當時僅值男女禮教發展初期，禮制觀念雖已提出，尚未全面推廣民間，且在農業經濟基礎下，民間男女均參與勞動，自有交往與戀愛機會，故實際情形與禮法規定仍有差距〔註 115〕。《國風》之撰作，約在西周

桑中，頁 101。

〔註 113〕詩「取妻如之何？必告父母」,《鄭箋》云：「取妻必先議於父母。取妻之禮，議於生者，卜於死者，此之謂告」。言「議」則非由父母專主，因此「必告父母」非「父母之命」可知。參見裴普賢《詩經欣賞與研究（四)》中《詩經的文學價值》一文頁 366。

〔註 114〕裴普賢說舊時男女婚嫁須憑「媒妁之言」，實出於《詩經》所記當時禮俗之傳統，並非周禮所硬性規定。因憑媒說合之俗，首見於《詩經》。鄭玄注《儀禮士昏禮納采》，亦引「取妻如之何？匪媒不得」以證婚必由媒交接，《禮記坊記》稱「男女無媒不交」也引《詩經》「匪媒不得」爲證，可知。參見《詩經欣賞與研究（二)》，伐柯篇，頁 107。

〔註 115〕參見陳東原《中國婦女生活史》(藝文）頁 25～26。劉德漢《東周婦女生活》頁 23。劉增貴《琴瑟和鳴——歷代的婚禮》(《中國文化新論，宗教禮俗篇》，聯經）頁 431～432。楊筠如更謂當時並無後世所謂禮教者發生。見《春秋時代的男女風紀》(《中

晚年至春秋中晚葉間。《禮記》成書於漢代，其作者自孔子之後以迄西漢初期不等〔註116〕，晚於《國風》甚久。故《禮記》所載之嚴格禮防，應形成於《詩經》之後。

2、不自由婚姻

《詩經》中亦有少數受制於體制與父母權勢，導致男女交往不自由與婚姻不自主之例。《鄭風將仲子》：

> 將仲子兮，無踰我里，無折我樹杞。豈敢愛之？畏我父母。仲可懷也，父母之言，亦可畏也！
>
> 將仲子兮，無踰我牆，無折我樹桑。豈敢愛之？畏我諸兄。仲可懷也，諸兄之言，亦可畏也！
>
> 將仲子兮，無踰我園，無折我樹檀。豈敢愛之？畏人之多言。仲可懷也，人之多言，亦可畏也。

此乃男女相悅，女能自制，戒其勿放肆非禮以求愛，以免為父母兄長及鄉里所恥責之詩〔註117〕。「畏我父母」，「畏我諸兄」、「畏人之多言」，充分顯示拘於禮法，欲愛不敢之矛盾。由此詩可見其二〔註118〕：一為女與仲子確有戀愛事實，故有仲子踰里踰牆之舉。一為社會已有男女不得越軌之觀念，「人之多言，亦可畏也」，可見禮教勢力正逐漸擴張。《鄘風柏舟》云：

> 汎彼柏舟，在彼中河。髧彼兩髦，實維我儀。之死矢靡它。母也天只！不諒人只！
>
> 汎彼柏舟，在彼河側。髧彼兩髦，實維我特。之死矢靡慝。母也天只！不諒人只！

此為貞婦有夫早死，其母欲嫁之，而誓死不願之作〔註119〕。女子受母親干預婚姻之事，而只能為此哀怨之詠，以為消極反抗。可見父母權威的膨漲。

二、一般的習尚

（一）好音樂歌舞

在《詩經》時代，音樂歌舞已發展為社會常見之一般習尚，除了祭祀典禮與君

山大學歷史語言研究所集刊》第二集、十九期）。

〔註116〕參見周何《禮記導讀》（《國學導讀叢編》上冊，康橋出版事業公司，72年）頁190～193。

〔註117〕見朱守亮先生《詩經評釋》（學生書局）頁229。

〔註118〕參考藍麗春《詩經所反映之周代社會》頁249。

〔註119〕見姚際恆《詩經通論》《鄘風柏舟》。

臣燕飲的場合，必奏樂以增加其肅穆或融洽的氣氛外〔註 120〕，周人運用音樂歌舞的時機，據《詩經》所引，尙包括告哀言憂、寄寓諷論、消遣自娛等。如《魏風園有桃》所云：「心之憂矣，我歌且謠」，《小雅四月》：「君子作歌，維以告哀」，《小雅白華》：「嘯歌傷懷，念彼碩人」等，即是告哀言憂，渲洩不得志的情緒。而《陳風墓門》云：「夫也不良，歌以訊之」，《小雅節南山》云：「家父作誦，以究王訩」，《小雅何人斯》云：「作此好歌，以極反側」，則不唯以歌遣懷，甚且寄寓諷諫之意於歌詠之中。至於民間喜好音樂歌舞，一般皆是在閒暇時，則用以消遣娛樂。如《王風君子陽陽》云：

君子陽陽，左執簧，右招我由房，其樂只且。

君子陶陶，左執翿，右招我由敖，其樂只且。

即描繪君子執笙作樂之情況〔註 121〕。其呼朋引伴，以共享歌舞之樂，洋溢著生動活潑的氣氛。又《衛風考槃》云：

考槃在阿，碩人之薖。獨寐寤歌，永矢弗過。

隱居之賢者，亦寄情歌聲，自得其樂。而《陳風東門之枌》云：

東門之枌，宛丘之栩。子仲之子，婆娑其下。

穀旦于差，南方之原。不績其麻，市也婆娑。

更描寫陳國醉心歌舞的情況〔註 122〕。可見當時喜好音樂歌舞的習尙。

（二）好射獵

1、田　獵

《鄭風大叔于田》、《秦風駟驖》，皆爲描繪貴族田獵盛況，且明顯流露褒美之意的詩篇〔註 123〕，當時田獵風氣想必相當流行，才會有此描摹生動的歌謠以讚嘆之。田獵除可獲取獵物以爲衣食所需者外，更有健身習武之用〔註 124〕，因此不獨貴族愛

〔註 120〕由《詩經雅、頌》有關祭祀的詩歌中，鐘鼓琴瑟等等樂器屢見，可知當時祭祀典禮必奏樂以增加肅穆齋敬之氣氛，而《小雅》者，本燕饗之樂，多用於君臣燕樂之場合，以盡歡欣和樂之情（見朱子《詩集傳小雅》），故君臣燕飲，必有矇瞍奏樂，巫師獻舞助興。其詩中則亦時有「鼓瑟吹笙」、「鐘鼓既設」以燕樂嘉賓之語。

〔註 121〕朱守亮先生《詩經評釋》謂此詩爲「詠樂舞之人和樂之詩」。

〔註 122〕《朱傳》謂《陳風東門之枌》爲「此男女聚會，歌舞而賦其事，以相樂也」。

〔註 123〕王靜芝先生《詩經通釋》謂《鄭風大叔于田》爲「美共叔段田獵之詩」。朱守亮先生《詩經評釋》謂《秦風駟驖》爲「美秦君田獵之盛之詩」。

〔註 124〕高葆光先生《從詩經觀察周代社會的主要情形》（《詩經新評價》）一文，嘗舉《小雅車攻》詩爲例，認爲田獵亦具整軍經武之功（見頁 281）。《車攻》乃詠宣王會諸侯田獵之詩，反映出貴族田獵帶有軍事演習之用意。然本文此處述民間田獵之習尙，故未詳提此項功績。

好此道，在民間亦是風行之習尚。《豳風七月》云：

四月秀葽，五月鳴蜩，八月其獲，十月隕蘀。一之日于貉，取彼狐狸，為公子裘。二之日其同，載纘武功。言私其豵，獻豜于公。

《七月》乃一詠豳人生活之詩，此為第四章，主寫冬獵之事。除描述田獵能增加物質之外，所謂「載纘武功」，亦指出田獵能習武事而繼先人之功，可見田獵風氣盛行，事出有因。《齊風盧令》鋪述獵者之美壯，《齊風還》詩極盡獵者互相標榜之能事，皆是當時田役之習披靡成風的反映。《齊風盧令》云：

盧令令，其人美且仁。

盧重環，其人美且鬈。

盧重鋂，其人美且偲。

又《還》云：

子之還兮，遭我乎猛之間兮。並驅從兩肩兮，揖我謂我儇兮。

子之茂兮，遭我乎猛之道兮。並驅從兩牡兮，揖我謂我好兮。

子之昌兮，遭我乎猛之陽兮。並驅從兩狼兮，揖我謂我臧兮。

當時已有利用獵犬之事，是田獵行為由來甚久。唯此時已脫離漁獵、畜牧時代賴以謀生之動機，成為當時廣為流行之一般習尚。

2、射 箭

古時相當看重射箭，男子初生，有懸桑弧蓬矢於門左之俗〔註125〕，官方教育更列射為六藝之一，以教國子〔註126〕，日常生活或集會慶典時亦常舉行比射〔註127〕。如此重射，反映於詩章者，即化為褒美善射之歌詠。故有《齊風猗嗟》之美魯莊公「猗嗟孌兮，清揚婉兮。舞則選兮，射則貫兮。四矢反兮，以禦亂兮」，及《鄭風大叔于田》「叔善射忌」，《秦風駟驖》「舍拔則獲」與《小雅車攻》「舍矢如破」等之稱讚。而射箭之弓矢亦變成榮譽之象徵，《小雅彤弓》即述天子燕有功諸侯而賜之以弓矢之詩。至於民間以射箭為尚，亦可於詩中見之。《鄭風女曰雞鳴》云：

女曰：「雞鳴」，士曰：「昧旦」。「子興視夜」，「明星有爛，將翺將翔，弋鳧與鴈」。

敘夫婦對言，夙興往射鳧鴈之狀。古人習射，為鍛鍊身體之要術，故賢夫婦以此相

〔註125〕見《禮記射義》鄭玄注。

〔註126〕《周禮保氏》云：「保代掌諫王惡，而養國子以道，乃教之六藝。一曰五禮，二曰六樂，三曰五射，四曰五馭，五曰六書，六曰九數」。

〔註127〕《禮記鄉飲酒》，有《鄉射》。《射義》，天子諸侯有《大射、燕射、賓射》等，全是載射的禮節。又本章第五節亦提及燕禮與射禮。

警戒〔註 128〕，亦可見其事之受重視。而《小雅賓之初筵》云：

大侯既抗，弓矢斯張。射夫既同，獻爾發功。發彼有的，以祈爾爵。

乃典禮燕飲時，設比射以助興。又《大雅行葦》云：

敦弓既堅，四鍭既鈞，舍矢既均，序賓以賢。

敦弓既句，既挾四鍭；四鍭如樹，序賓以不侮。

《行葦》乃燕兄弟耆老，醻酢射禮並行之詩〔註 129〕，上引即述射之句。可見重射風氣之流行。

（三）好飲酒

殷紂王沈湎於酒，因此導致亡國慘劇〔註 130〕，周公有鑑於此，故作《酒誥》曰：

明大命於妹邦。乃穆考文主，肇國在西土；厥誥毖庶邦庶士，越少正、御事，朝夕曰：「祀茲酒。」……

王曰：「封。我西土棐徂邦君、御事、小子、尚克用文王教，不腆于酒。故我至于今．克受殷之命。」……

厥或誥曰：「群飲。」汝勿佚，盡執拘以歸于周，予殺。……〔註 131〕

告誡再三，懸爲厲禁。此外，在大盂鼎毛公鼎也可以看到戒酒的訓辭，足見酒確是當時一大災害。告誡再三，爲厲禁。然而酒之甘美爲人情所好，實法令所不能杜絕，無論祭祀、宴饗，平常飲用均須酒，故酒是人民生活中所不可或缺者〔註 132〕。《詩經》提到用酒之處，共有三十五首之多〔註 133〕，如《鄭風女曰雞鳴》云：

弋言加之，與子宜之。宜言飲酒，與子偕老。

又《唐風山有樞》云：

子有酒食，何不日鼓瑟？

又《小雅常棣》云：

儐爾籩豆，飲酒之飫，兄弟既具，和樂且孺。

又《小雅伐木》云：

〔註 128〕《朱傳》云：「此詩人述賢夫婦相警戒之詞」。

〔註 129〕見朱守亮先生《詩經評釋》頁 761。

〔註 130〕參見《尚書酒誥》、《史記殷本紀、周本紀》。

〔註 131〕見《尚書釋義》頁 124，126，218。

〔註 132〕高葆光《從詩經觀察周代社會的主要情形》（《詩輕新評價》）頁 279 嘗云：「我們想像周公頒行禁酒令的當時，或可暫行收效；但時間既久，人們故態復萌，又好起酒來。我們看《詩經》裡所載關於祭祀讌會固然離不開酒，就是平居無事，也不乏以酒自遣的人」。

〔註 133〕參葉達雄《詩經史料分析》頁 53 之統計。

伐木于阪，釃酒有衍。籩豆有踐，兄弟無遠。民之失德，乾餱以愆。有酒湑我，無酒酤我。坎坎鼓我，蹲蹲舞我。迨我暇矣，飲此湑矣。

又《小雅賓之初筵》云：

凡此飲酒，或醉或否，既立之監，或佐之史。彼醉不臧，不醉反恥。

或家居小酌，或聚兄弟共飲，或燕饗時主客殷勤勸酒，皆反映周民嗜酒之偏好。且周人又有農暇群聚燕飲之習，《豳風七月》云：

二之日鑿冰沖沖，三之日納于凌陰，四之日其蚤，獻羔祭韭。九月肅霜，十月滌場。朋酒斯饗，曰殺羔羊。躋彼公堂，稱彼兕觥：萬壽無疆。

寫歲暮農閒之際，群眾假公堂相聚，設朋酒以饗宴。「朋酒」者，《朱傳》曰：「兩尊曰朋。鄉飲酒之禮，兩尊壺于房戶間是也」，乃化群飲之習爲鄉飲酒之禮。《儀禮》中有《鄉飲酒禮》，賓主揖讓受送酬酢之禮十分繁瑣，蓋欲以禮儀節制之，使人民不能恣酒縱飲。以此觀之，亦可推知周世嗜酒風氣之盛。

三、民心的反映

（一）痛恨腐化敗壞的政治

周道中衰，始於昭穆〔註 134〕，甚於幽厲之世〔註 135〕。厲王任用小人，大事搜刮民財，更使臣監聽民意，動輒妄加殺戮，暴虐無道臻於頂點。幽王昏瞶無能，縱情酒色，聽信佞言，壓搾百姓，致使生靈塗炭，民不聊生，造成西周政權之崩潰。東遷之後，諸侯互相兼併，戰禍連年，政治混亂。這些情況，在《詩經》中皆藉由詩人所述，而反映出來。如《小雅菀柳、節南山、十月之交、雨無正》，《大雅民勞、板、蕩、瞻卬、召旻》等詩，或傷王者殘暴凶虐、反覆無常，或刺執政者任用姻小而敗政，或怨君王昏昧無能、聽信婦言，或憂群臣離散，國將敗亡，在在顯示當時政治的腐化與人民日漸激昂的痛恨情感。而《邶風北風》云：

北風其涼，雨雪其雱。惠而好我，攜手同行。其虛其邪？既亟只且。

北風其喈，雨雪其霏。惠而好我，攜手同歸。其虛其邪？既亟只且。

莫赤匪狐，莫黑匪烏。惠而好我，攜手同車。其虛其邪？既亟只且。

〔註 134〕周至昭穆，國勢漸衰。昭王南巡不返，已有損周天子聲威（史記，呂氏春秋）。穆王則好遠遊，足跡遠崑崙山之遙（穆天子傳），揮霍財用甚鉅，又喜用兵，嘗征伐犬戎、荊越（國語周語），不聽祭公謀父不可「務武」之諫（周語），故《史記》指其「王道衰微」。

〔註 135〕《禮記禮運》篇云：「孔子云：『於呼哀哉，吾觀周道，幽厲傷之』」，《漢書儒林傳序》亦云：「周道既衰，壞於幽厲。禮樂征伐，自諸侯出，陵夷二百餘年」。史稱周道之衰，必舉幽厲以見。

蓋詩人傷國政不綱，而偕其友好避亂之詩〔註136〕。詩則以北風雨雪喻虐政，以赤狐黑烏喻執政者，而偕同友好，將相率去國。又《魏風碩鼠》云：

碩鼠碩鼠，無食我黍。三歲貫女，莫我肯顧。逝將去女，適彼樂土。樂土樂土，爰得我所？

碩鼠碩鼠，無食我麥。三歲貫女，莫我肯德。逝將去女，適彼樂國。樂國樂國，爰得我直？

碩鼠碩鼠，無食我苗。三歲貫女，莫我肯勞。逝將去女，適彼樂郊。樂郊樂郊，誰之永號？

乃民困於貪殘之政，故託言大鼠害己而去之之詩〔註137〕。詩則以碩鼠喻重斂之執政者，頻呼不堪其貪婪苛征而欲去之。此皆疾痛切怨之詩，人民不僅譏刺之，甚且興起去國之念，可見民情已失，非獨賢者相率而去，即平凡之輩，當亦皆然。

（二）不滿奢侈享樂的貴族

西周政治組織採封建體制，在封建制度下，貴族與平民因授受土地發生權利義務關係，農民對上有賦稅、獻納與服勞役之義務。在政治澄平之時，一切義務均在合理範圍內，不致影響民生，是以平民尚無怨言。然而西周末年至東遷以後時期，政治敗壞，統治階層生活腐化，社會秩序日漸紊亂。不僅貴族之間彼此爭奪，對於所屬之下民亦橫徵暴斂，構成貧富極端不均，勞逸極端不平之現象。人民對於貴族不勞而獲、貪得無厭之斂取，於是產生不平之鳴。《魏風伐檀》云：

坎坎伐檀兮，寘之河之干兮，河水清且漣猗。不稼不穡，胡取禾三百廛兮？不狩不獵，胡瞻爾庭有縣特兮？彼君子兮，不素餐兮。

坎坎伐輻兮，寘之河之側兮，河水清且直猗。不稼不穡，胡取禾三百億兮？不狩不獵，胡瞻爾庭有縣特兮？彼君子兮，不素食兮。

坎坎伐輪兮，寘之河之漘兮，河水清且淪猗。不稼不穡，胡取禾三百囷兮？不狩不獵，胡瞻爾庭有縣鶉兮？彼君子兮，不素飧兮。

此刺執政者重斂貪鄙，尸位素餐之詩〔註138〕。人民爲圖溫飽，或伐木、或耕稼、或田獵，終年勤勞不已，而貴族卻無功受祿，安享現成，故有「彼君子兮，不素餐兮」之質諷。《小雅大東》則係東國人民傷役頻賦重，而怨西人驕奢之詩〔註139〕，其詩

〔註136〕《詩序》云：「北風，刺虐也。衛國並爲威虐，百姓不親。莫不相攜持而去焉」。然「莫不」指國中全民，言之過甚。《朱傳》云：「國家危亂將至，而氣象愁慘，故欲與其相好之人，去而避之」，此得其平實之說。

〔註137〕見《朱傳》說。

〔註138〕見朱守亮先生《詩經評釋》頁320。

〔註139〕見王靜芝先生《詩經通釋》《小雅大東》篇。

四、五章云：

> 東人之子，職勞不來；西人之子，粲粲衣服；舟人之子，熊羆是裘；私人之子，百僚是試。
>
> 或以其酒，不以其漿。鞙鞙佩璲，不以其長。維天有漢，監亦有光。跂彼織女，終日七襄。

述東、西之不平而嘆西人之奢，東人之苦。謂平民之子勤苦勞動而無人聞問，貴族之子則衣著貴裘，飲酒作樂，生活逸樂而吹毛求疵。平民仰眺銀河而慨嘆之。《小雅正月》亦云：

> 彼有旨酒，又有嘉殽，洽比其鄰，昏姻孔云。念我獨兮，憂心慇慇。
>
> 佌佌彼有屋，蔌蔌方有穀。民今之無祿，天夭是椓。哿矣富人，哀此惸獨。

反映出權貴生活舒適安逸，而窮人則孤獨而無食的社會貧富懸殊現象。《小雅北山》則是一首上下階級生活的對照表，道出勞逸不均的不平呼聲。詩云：

> 或燕燕居息，或盡瘁事國；或息偃在床，或不已于行。
>
> 或不知叫號，或慘慘劬勞；或棲遲偃仰，或王事鞅掌。
>
> 或湛樂飲酒，或慘慘畏咎；或出入風議，或靡事不爲。

具體而眞實反映出當時社會之不平等現象。蓋權貴榨取民脂民膏，以爲其奢侈享樂生活所需，致使百姓越加貧苦，兩種生活呈現強烈對比。而人民的不滿，則皆一一控訴於詩歌之中，流露出民心之怨恨。

（三）反對窮兵黷武的戰爭

尙武是人民的美德，但統治者時常利用人民，作無謂之犧牲，當然也容易引起人民激烈的反對。尤其西周末期之後，王道不振，又遭外族的侵擾，於是征役不息，民不聊生。而平王東遷，周文疲弊，諸侯勢力日增，爲競勝圖強，便互相攻伐，使得內戰頻仍。這些戰爭帶給人民極大災難，百姓因之家破人亡，顚沛流離。《大雅桑柔》述戰亂之慘況云：

> 四牡騤騤，旟旐有翩。亂生不夷，靡國不泯。民靡有黎，具禍以燼。於乎有哀！國步斯頻。

長期之兵荒馬亂，百姓有如焚後之灰燼，唯苟延殘喘而已。《王風葛藟》則描述人民流離之苦云：

> 綿綿葛藟，在河之滸。終遠兄弟，謂他人父。謂他人父，亦莫我顧。
>
> 綿綿葛藟，在河之涘。終遠兄弟，謂他人母。謂他人母，亦莫我有。
>
> 綿綿葛藟，在河之漘。終遠兄弟，謂他人昆。謂他人昆，亦莫我聞。

可見亡國後遷徙流離之窘況。戰爭帶來如此悲慘之局面，究其原因，非統治者昏聵腐敗，導致外族入侵，即是功利主義下諸侯間之不義之戰。人民憎惡統治階層之腐敗貪婪，不甘爲之奔波效命，是以厭戰情緒十分高漲。《小雅何草不黃》云：

何草不黃？何日不行？何人不將？經營四方。

何草不玄？何人不矜？哀我征夫，獨爲匪民。

匪兕匪虎，率彼曠野；哀我征夫，朝夕不暇。

有芃者狐，率彼幽草；有棧之車，行彼周道。

即反映出統治者役人之兇惡行徑與征夫對戰爭之深惡痛絕。又如《邶風擊鼓》、《王風揚之水》，爲思念故鄉、家人之詩，在傷懷之中，透露出強烈仇恨情緒，蓋征夫思歸與厭惡戰爭本即一體之兩面。而《小雅小明、漸漸之石、出車、祈父、北山、四杜》、《唐風鴇羽》、《魏風陟岵》等篇，也是有關征怨的詩，征夫或怨行役久不得歸，又奔波勞苦，不克寧居；或傷王事靡盬，不得空暇止息；或哀久從征役，不得奉侍雙親。皆反映出人民在戰爭頻仍下對徭役繁重之憤懣。

與這些征夫思歸的作品相對照的，是思婦懸念良人的詩。《衛風伯兮》即寫一位征夫的妻子久盼丈夫不歸而殷切的懷念，詩云：

伯兮朅兮，邦之桀兮。伯也執殳，爲王前驅。

自伯之東，首如飛蓬。豈無膏沐，誰適爲容？

其雨其雨，杲杲出日。願言思伯，甘心首疾。

焉得諼草，言樹之背。願言思伯，使我心痛。

確爲心底苦痛之眞情流露。而《王風君子于役》則從另一角度抒寫婦人懷念丈夫的情況：

君子于役，不知其期。曷至哉？雞棲于塒，日之夕矣，羊牛下來。君子于役，如之何勿思？

君子于役，不日不月。曷其有佸。雞棲于桀，日之夕矣，羊牛下括。君子于役，苟無飢渴。

綿綿不盡之思念，甚爲感人。又如《秦風小戎》、《小雅杕杜》、《召南殷其靁》等篇，也都是思婦憂念征人之作，這些詩篇雖未直接描寫戰爭如何殘酷，卻鮮明反映戰爭對美滿生活的破壞。故人民反對窮兵黷武的情緒，亦可由此作品中推知。

第八章　結　論

《詩經》除了經學與文學的價值外，蘊藏著豐富、寶貴而可靠的史料，其間雖有誇張失實之處，若能衡情度理，予以過濾，即是一部提供後人探索古代史實與社會情況的歷史記載。司馬遷撰《史記》，亦認為《詩經》具備豐富的史料價值，並且多所取材。然因二者體裁不同，寫作方式與目的亦異，所以在保存古史資料原貌與經過史識整理兩層系統的表現上，便各有短長。本論文即取二書所載史事，相互對照，以考辨其間異同。

《詩經》爲周時詩篇，故《史記周本紀》採詩獨多。《周本紀》所載，涉及《詩經》本文，可以對照者共后稷、公劉、太王、王季、文王、武王、成王七世之事，所載引述《詩經》之史實，則有周公、穆王、懿王、厲王時之事，其所本之《詩經》，有《周頌天作、時邁、思文》三篇；《魯頌閟宮》一篇；《大雅文王、大明、緜、思齊、皇矣、文王有聲、生民、公劉》八篇；《小雅采薇》一篇；《豳風鴟鴞、東山、破斧》三篇。《詩經》亦有提及前代史事之詩句，可以對照《夏本紀》與《殷本紀》所載，如《商頌殷武、長發、玄鳥》、《魯頌閟宮》、《大雅蕩、文王有聲、韓奕》、《小雅信南山》等，述及有關禹與夏代的傳說、殷商的先世、成湯的建國、武丁的功業、商紂的滅亡之詩句皆是。《詩經》又有一些詩篇，經其他資料考證，指出其中所述爲周室或各國史事，亦可以與《史記周本紀》、《秦本紀》或《衛康叔世家》、《鄭世家》、《齊太公世家》、《晉世家》、《陳杞世家》所載相對照，如宣王中興、幽王覆亡、晉荀躒勤王與衛武公、莊公、宣公、文王、鄭武公、齊襄公、魯桓公、莊公、晉武公、陳靈公、曹共公、秦穆公時之史事，即與《大雅瞻卬、召旻、雲漢、韓奕、江漢、常武、崧高、烝民》、《小雅十月之交、正月、六月、采薇、出車、采芑、黍苗、車攻》、《曹風下泉、候人》、《衛風淇奧、碩人》、《邶風新臺、二子乘舟》、《鄘風蝃蝀、定之方中》、《檜風匪風》、《鄭風緇衣、叔于田、大叔于田》、《齊風南山、敝笱、載驅、猗嗟》、《唐風揚之水、無衣》、《秦風黃鳥》、《陳風株林》等詩所述有關。

《詩經》與《史記》體裁不同，故表現方法與目的亦異。《詩經》具有極高之史料價值，然在體裁上畢竟不是歷史作品，其中許多旨在抒發情感、或褒貶時政的詩篇，性質上非屬於完整之記述，故其敘述史事，不免有疏略或誇張的情形。例如《詩經》所載夏商史事，就其寫作時代而言，屬於遠古傳說，且常爲周人追頌其祖先時偶爾提及者，所以相當簡略；至於周代先祖或各代君王之史事，亦常只是時人藉詩歌詠頌其功德或諷刺其政衰時所「提及」之事蹟，偏於情感的宣洩而簡略其事。然《史記》則爲正史，敘述史事務求圓融、詳實而有系統，故旁徵博引，依史識見解，將其故事化、系統化，《詩經》所載，或只是《史記》眾多傳說、史料之一，較之《史記》，既簡且古。又《詩經》在敘述先民創業或宣王中興的事蹟時，常有鋪張誇大不實的溢美之辭，像《大雅生民》云「厥初生民，時維姜嫄」〔註 1〕，《大明》云「大邦有子，俔天之妹」〔註 2〕，《皇矣》云「維此王季，奄有四方」〔註 3〕，《雲漢》云「周餘黎民，靡有孑遺」〔註 4〕，《崧高》云「崧高維嶽，駿極于天，維嶽降神，生甫及申」〔註 5〕，《江漢》云「于疆于理，至于南海」〔註 6〕，《小雅六月》云「薄伐玁允，至于大原」、《出車》云「出車彭彭，旂旐央央。天子命我，城彼朔方。赫赫南仲，玁狁于襄」〔註 7〕，《采芑》云「方叔涖止，其車三千。旂旐央央，方叔率止，約軝錯衡，八鸞瑲瑲。服其命服，朱芾斯皇，有瑲葱珩」〔註 8〕，《車攻》云「之子于征，有聞無聲。允矣君子，展也大成」〔註 9〕等，或有稱其爲誇大溢美之辭者。

〔註 1〕后稷乃周之始祖，非自有后稷而始有人類，詩乃云「厥初生民」，此誇大不實之辭。

〔註 2〕俞樾曰：「俔天之妹，言譬如天上之少女也」，此對武王母溢美之辭。

〔註 3〕太王居岐，在戎狄之間，王季時尚非大國，而曰「奄有四方」，屈萬里先生《詩經釋義》曰：「自是誇大之辭」。

〔註 4〕孟子答咸丘蒙：雲漢之詩曰：「周餘黎民，靡有孑遺」，信斯言也，是周無遺氏也。(《孟子萬章》上)

〔註 5〕《崧高》稱頌吳嶽高聳達天以及宣王之臣爲嶽神所生，乃誇大不實之辭，意在稱頌他人。

〔註 6〕宣王命召虎平定准水之南的淮夷，尚在長江以北地區，卻云劃疆理土，到達南海，固鋪張誇大之辭。

〔註 7〕班固《漢書匈奴傳》云：「宣王興師命將，詩人美大其功曰：『薄伐玁允，至于大原』『出車彭彭，城彼朔方』」。

〔註 8〕顧炎武《日知錄》卷三《變雅》題下曾評宣王中興諸詩爲「夸大」，並引《毛傳》謂《采芑》篇：「言周室之強，車服之美也。言其強美．斯劣矣」，而以《采芑》夸大強美爲病。

〔註 9〕或曰「有聞無聲」乃誇大之辭。此註與註 1 至 8 皆參考裴普賢先生《詩經比較研究——史記周本紀》篇（收於《詩經欣賞與研究（四）》，台北．三民書局．民國 73 年）四、史詩的比較研究。

然而詩歌的表現，若誇張得宜，描寫生動，乃文字之技巧，筆墨之佳妙，何足病哉？孟子曰：「說詩者，不以文害辭，不以辭害志，以意逆志，是爲得之」，不要僅看表面文字，而要深究詩之含意，則此種誇張之辭，並不是大害，況且《詩經》遺辭造句或有誇張之處，然命筆亦有其分寸〔註10〕，與《史記》平實直敘之寫作方法，各有優點。不過像《大雅皇矣》之「奄有四方」，《江漢》之「至于南海」等，則過於鋪張失實，不足爲訓。

《史記》爲正史體例，敘事力求雅馴，《國語》或其他史料中漫衍之辭皆有所淘汰，但亦不免有過濾不淨者。反之，於武王都鎬、宣王中興、幽王覆亡等大事，竟未採《詩經》以補述之，可謂一大疏漏。而《詩經》除若干詩篇可補正史的殘缺外，其中亦有可以矯正正史失誤的一些資料，例如文王非追謚爲王、齊魯燕國初封之地等，皆可由《詩經》中考證，得到正確研判。

除了具體史事之外，《詩經》亦反映政治、教育、軍事、農業、禮制、民俗各方面的情形，可據爲研究周代社會之資。（一）、就政治組織而言，周人在成王時代，已由「親親、尊尊」之倫理觀念，推展爲宗法制度，嚴格劃分大宗與小宗間之界限。又在宗法之基礎上，用政治方式大行封建，使封建制度成爲社會組織之中心，造成天子、諸侯、卿大夫、士、庶人等五等階級。前四者爲貴族階級，屬統治階層；庶人爲平民階級，屬被統治階層。各階級劃分涇渭分明，有嚴格分際。（二）、就教育設施言，周人對學校相當重視，《詩經大雅靈臺》與《文王有聲》所述之辟廱，爲天子之學，《魯頌泮水》所述泮宮，則爲諸侯之學。（三）、就軍事征戰言，周代的軍隊組織大體可分爲步兵與戰車隊兩種，使用的兵器有戈、戟、矛、殳、斧、戚、刀、弓、矢、甲、冑、介、盾等。在作戰之前非常注意充實與保養，出師亦相當慎重，不但審時而動，臨行且祈禱天地百神。而戰後若勝利班師，大都舉行獻馘典禮或設宴慶祝，若戰敗則貢獻方物給對方。戰後即解除兵備，偃武修文，從事復員工作。至於作戰的士兵，當是實行每人攜帶口糧的給養制度，在遇到凶荒或戰禍不息的時候，常不免有給養上的恐慌，困頓的生活、勞苦的行役，皆是戰士所怨恨。（四）、就農業情況言，周之先人擅長於農藝，經過數代經營，逐漸形成國家規模，至文武之興，代商而有天下。周王室甚重農業，天子嘗躬耕南畝，其後遂改親耕爲藉田之禮，以倡導農業，並廣設司農之宮，教民稼穡。當時耕種的土地有公田、私田兩種，私田乃貴族授與農民耕種之土地，農民受私田，又需代耕領主之公田，此爲助法，而又另有徹法，乃取稅之制。當時使用農具，以耜耕田培土，以錢鎛耘鋤雜草，以

〔註10〕參見孫作雲先生《詩經與周代社會研究》（北京・中華書局・1966年）頁25。

銍收割穀物。並具備各項農業生產技術，如規劃農田、疏鬆土質、去草除蟲、灌溉施肥等，又有輪耕之制，以休養地力、恢復土壤肥沃。由於農業發達，農作物種類甚多，而以黍、稷、麥、禾、菽、麻、稻、秬、芑等爲主要農作物。至於農民的歲負則有賦稅、獻納、服勞役等。（五）、就禮樂制度言，周人的祭祀包括祭天、祭祖、祭社、方、田祖、路神、河嶽、馬祖諸神，旨在禳災、祈福、求壽、報豐年。周人的婚禮，已備納采、問名、納吉、納徵、請期、親迎等六禮，唯體制如此，實則並未嚴格要求，故有不盡依六禮程序者。其他又有鄉飲酒禮、燕禮、射禮等禮制。（六）、就民情習俗言，周代即有重男輕女的觀念，父母對子女的期望亦各異。當時男子的工作，大抵是服役、狩獵、伐薪及農事等，婦女的工作則較爲輕細，例如洗衣、縫裳、采野菜、檢細木以及準備祭祀祭品等。而《詩經》所反映周世平民的婚姻型態，有戀愛婚姻與不自由婚姻兩種。戀愛婚姻是男女由相戀而結爲夫妻，顯示當時戀愛風氣興盛，並無「男女授受不親」之嚴格禮防。然而亦有少數受制於禮教與父母權威，導致交往與婚姻不自由之例。此外，周人有好音樂歌舞、好射獵與好飲酒之習尙。有關人情之喜怒哀樂，周人莫不以音樂歌舞宣洩之，而射獵除可增加物資之外，又能鍛練體魄，故廣爲流行，飲酒更爲人情之所好，無論祭祀、宴饗、平常飲用，均須用酒，故酒爲人民所不可或缺者。至於周道中衰之後，人民大致都有痛恨腐化敗壞的政治、不滿奢侈享樂的貴族、反對窮兵黷武的戰爭等種種情緒，常在《詩經》中反映出來。

總之，《詩經》具有極高的史料價值，透過《詩經》與《史記》所載史實之比較，可以考辨其間之疏略、異同、正誤，對古史可得到較清晰的認識。另外，《詩經》所反映當時的種種生活情況與現象，亦可以補充具體史事之外的周代社會面貌，顯現出古史較完整的輪廓。

參考書目

一、專　書

（一）經　部

1. 《毛詩正義》，十三經注疏本，藝文印書館。
2. 《尚書正義》，十三經注疏本，藝文印書館。
3. 《周禮注疏》，十三經注疏本，藝文印書館。
4. 《儀禮注疏》，十三經注疏本，藝文印書館。
5. 《禮記正義》，十三經注疏本，藝文印書館。
6. 《春秋左傳正義》，十三經注疏本，藝文印書館。
7. 《論語注疏》，十三經注疏本，藝文印書館。
8. 《孟子注疏》，十三經注疏本，藝文印書館。
9. 《孟子注疏》，鄭玄，新興書局。
10. 《詩總聞》，王質，藝文印書館。
11. 《詩集傳》，朱熹，台灣中華書局。
12. 《呂氏家塾讀詩記》，呂祖謙，台灣商務印書館。
13. 《詩說解頤》，季本，台灣商務印書館。
14. 《詩經世本古義》，何楷，台灣商務印書館。
15. 《詩三家義集疏》，王先謙，世界書局。
16. 《毛詩後箋》，胡承珙，藝文印書館。
17. 《毛詩傳箋通釋》，馬瑞辰，藝文印書館。
18. 《詩毛氏傳疏》，陳奐，藝文印書館。
19. 《詩古微》，魏源，藝文印書館。
20. 《詩地理徵》，朱右曾，藝文印書館。
21. 《毛詩禮徵》，包世榮，大通書局。

22. 《詩經傳說彙纂》，王鴻緒等，鐘鼎文化出版公司。
23. 《詩經通論》，姚際恆，廣文書局。
24. 《詩經原始》，方玉潤，北京中華書局。
25. 《詩經通釋》，王靜芝，輔大文學院。
26. 《詩經研究》，（日）白川靜，幼獅文化公司。
27. 《詩經評釋》，朱守亮，學生書局。
28. 《詩經今論》，何定生，台灣商務印書館。
29. 《詩經全譯》，金啓華，江蘇古籍出版社。
30. 《詩經釋義》，屈萬里，華岡出版部。
31. 《詩經詮釋》，屈萬里，聯經出版事業公司。
32. 《詩經研究論集》，林慶彰等，學生書局。
33. 《詩經學》，胡樸安，台灣商務印書館。
34. 《詩經與周代社會研究》，孫作雲，北京中華書局。
35. 《詩經研究論文集》，高亨等，北京人民文學出版社。
36. 《詩經新評價》，高葆光，私立東海大學。
37. 《詩經解說》，陳鐵鑌，北京書目文獻出版社。
38. 《三百篇演論》，蔣善國，台灣商務印書館。
39. 《詩經研讀指導》，斐普賢，東大圖書公司。
40. 《詩經新解與古史新論》，駱賓基，山西人民出版社。
41. 《詩經研究》，謝无量，台灣商務印書館。
42. 《詩經欣賞與研究（一）－（四)》，糜文開、裴普賢，三民書局。
43. 《尚書今古文注疏》，孫星衍，台灣商務印書館。
44. 《尚書釋義》，屈萬里，中國文化大學。
45. 《春秋左傳研究》，童書業，上海人民出版社。
46. 《經學通論》，皮錫瑞，台灣商務印書館。
47. 《群經述要》，高明主編，黎明文化事業公司。

（二）史　部

1. 《史記》，司馬遷，藝文印書館。
2. 《史記會注考證》，（日）瀧川龜太郎，洪氏出版社。
3. 《史記評語》，方苞（方望溪全集），世界書局。
4. 《史記考索》，朱東潤，開明書店。
5. 《史記志疑》，梁玉繩，學生書店。
6. 《史記探原》，崔適，廣城出版社。

7. 《漢書》，班固，藝文印書館。
8. 《舊唐書》，劉昫等，藝文印書館。
9. 《新唐書》，歐陽修等，鼎文書局。
10. 《通典》，杜佑，新興書局。
11. 《國語韋氏注》，韋昭，藝文印書館。
12. 《古本竹書紀年輯校》，王國維，藝文印書館。
13. 《今本竹書紀年疏證》，王國維，藝文印書館。
14. 《中國古代史（上)》，朱紹侯主編，福建人民出版社。
15. 《中國古代社會史》，李宗侗，華岡出版社。
16. 《先秦史》，呂思勉，開明書局。
17. 《中國古史的傳説時代》，徐炳昶，地平線出版社。
18. 《中國古代史》，夏曾佑，台灣商務印書館。
19. 《中國五千年史（一）～（三)》，張其昀，中國文化大學。
20. 《中國婦女生活史》，陳東原，藝文印書館。
21. 《中國婚姻史》，陳顧遠，藝文印書館。
22. 《西周史》，許倬雲，聯經出版事業公司。
23. 《中國文化史》，梁啓超，台灣中華書局。
24. 《中國上古史綱》，張蔭麟，華岡出版社。
25. 《中國文學發展史》，劉大杰，華正書局。
26. 《中國上古史八論》，黎東方，中華文化大學。
27. 《國史大綱》，錢穆，台灣商務印書館。
28. 《中國封建社會》，瞿同祖，里仁書局。

（三）子　部

1. 《荀子集解》，王先謙，藝文印書館。
2. 《墨子閒詁》，孫詒讓，台灣商務印書館。
3. 《韓非子集解》，王先愼，台灣商務印書館。
4. 《管子》，管仲，崇文書局（百子全書)。
5. 《呂氏春秋集釋》，許維遹，世界書局。
6. 《文中子》，王通，崇文書局（百子全書)。

（四）文學與雜著

1. 《夏史論叢》，王玉哲等，齊魯書社。
2. 《讀書雜誌》，王念孫，世界書局。

3. 《觀堂集林》，王國維，台灣中華書局。
4. 《農書》，王楨，台灣商務印書館。
5. 《中國古代經濟思想及其制度》，（日）田崎仁義，台灣商務印書館。
6. 《楚辭集注》，朱熹，藝文印書館。
7. 《揅經室集》，阮元，世界書局。
8. 《太平御覽》，李昉等，大化書局。
9. 《黄土與中國農業的起源》，何炳棣，香港中文大學。
10. 《國學導讀叢編》，周何、田博元主編，康橋出版事業公司。
11. 《司馬遷與其史學》，周虎林，學生書局。
12. 《書傭論學集》，屈萬里，開明書局。
13. 《先秦文史資料考辨》，屈萬里，聯經出版事業公司。
14. 《井田制有無之研究》，胡漢民等，中國文獻出版社。
15. 《賓萌集》，俞樾，中國文獻出版社。
16. 《周秦漢政治社會結構之研究》，徐復觀，學生書局。
17. 《孔子改制考》，康有爲，台灣商務印書館。
18. 《西周政治研究》，陶希聖，中華文化復興月刊社。
19. 《崔東壁遺書》，崔述，世界書局。
20. 《神話、禮儀、文學》，陳炳良，聯經出版事業公司。
21. 《農書》，陳旉，台灣商務印書館。
22. 《中國上古史論文選輯》，許倬雲主編，台聯國風出版社。
23. 《國學研讀方法三種》，梁啓超，台灣中華書局。
24. 《西周政治史研究》，葉達雄，明文書局。
25. 《文史通義等三種》，章學誠，世界書局。
26. 《董作賓學術論著》，董作賓，世界書局。
27. 《傅孟眞先生集》，傅斯年，傅孟眞先生遺著編輯委員會。
28. 《宗法論》，萬斯大，藝文（皇清經解）。
29. 《古史新探》，楊寬，北京中華書局。
30. 《古史考述》，趙鐵寒，正中書局。
31. 《中國的傳統文化》，鄭德坤，地平線出版社。
32. 《司馬遷之學術思想》，賴明德，洪氏出版社。
33. 《談藝錄》，錢鍾書，不著出版者。
34. 《中國文化新論宗教禮俗》篇，藍吉富、劉增貴編，聯經出版事業公司。
35. 《日知錄》，顧炎武，台灣商務印書館。

36. 《古史辨（一）－（七）》，顧頡剛等，藍燈文化事業公司。

二、論　文

（一）學位論文

1. 〈周宣王史料與史事彙考〉，王文陸，《台大中研所74年碩士論文》。
2. 〈先秦典籍所述上古史料研究〉，李偉泰，《台大中研所66年博士論文》。
3. 〈史記殷本紀疏證〉，李壽林，《師大國研所65年碩士論文》。
4. 〈五等爵說研究〉，邱信義，《台大中研所59年碩士論文》。
5. 〈從詩經看周代之社會組織〉，許詠雪，《輔大中研所72年碩士論文》。
6. 〈詩經史料分析〉，葉達雄，《台大史研所61年碩士論文》。
7. 〈史記西周本紀疏證〉，黃伯誠，《師大國研所58年碩士論文》。
8. 〈詩經中所反映的周代農業與農業社會〉，鄭均，《文化史研所66年碩士論文》。
9. 〈詩經所反映之周代社會〉，藍麗春，《高師國研所75年碩士論文》。

（二）期刊論文

1. 〈宗法考源〉，丁山，《史語所集刊》四十四本。
2. 〈有關西周社會性質的幾個問題〉，王玉哲，《歷史研究》1957年五期。
3. 〈大禹與夏初傳說試釋〉，王仲孚，《師大歷史學報》八期。
4. 〈殷商覆亡原因試釋〉，王仲孚，《師大歷史學報》十期。
5. 〈詩經與西周建國〉，王鴻圖，《孔孟學報》二十五期。
6. 〈周代兵制探源〉，石璋如，《大陸雜誌》九卷九期。
7. 〈由地下典籍資料探討周初大事〉，朱廷獻，《東方雜誌》十九卷十期。
8. 〈詩經中的兵與農〉，成惕軒，《政大學報》一期。
9. 〈試論先秦時代的成湯傳說〉，杜正勝，《大陸雜誌》四十七卷二期。
10. 〈太史公怎樣搜集和處理史料〉，阮芝生，《書目季刊》七卷四期。
11. 〈關於夏文化及其來源的初步探索〉，吳汝祚，《文物》1978年九期。
12. 〈詩經裡之異常誕生神語與傳說〉，吳萬居，《孔孟月刊》二十三卷七期。
13. 〈從詩經中發現的中國古代史〉，李辰冬，《文藝》二十五期。
14. 〈中國先商文化的考察〉，李威熊，《中華學苑》三十二期。
15. 〈從詩經中看早周社會的面貌－並論西周社會性質的問題〉，李家樹，《香港中大中研所學報》十七卷。
16. 〈從詩經看西周末年以迄春秋中葉期間分封制、宗法制、井田制的動搖〉，李家樹，《香港中大中研所學報》十九卷。
17. 〈中國上古史之重建及其問題〉，李濟，《民主評論》五卷四期。

18. 〈再談中國上古史的重建問題〉，李濟，《史語所集刊》三十三本。
19. 〈詩經的時代反映〉，易君左，《文藝》二十五期。
20. 〈史記殷本紀及其他紀錄中所載殷商時代的史事〉，屈萬里，《文史哲學報》十四期。
21. 〈西周史事概述〉，屈萬里，《史語所集刊》四十二本四分。
22. 〈一九五九年夏豫西調查夏墟的初步報告〉，徐旭生，《考古》1959 年十期。
23. 〈略談夏文化的問題〉，徐中舒，《新建設》1960 年三期。
24. 〈章實齋六經皆史說闡義〉，胡楚生，《中國學術年刊》六期。
25. 〈耒耜考〉，徐中舒，《史語所集刊》二本一分。
26. 〈論西周是封建社會——兼論殷代社會性質〉，徐中舒，《歷史研究》1957 年五期。
27. 〈殷周之際史蹟之檢討〉，徐中舒，中研院《史語所集刊》七本二分。
28. 〈周代土地制度與井田〉，高耘暉，《食貨》一卷七期。
29. 〈由甲骨卜辭推論殷周之關係〉，孫海波，《禹貢半月刊》一卷六期。
30. 〈從詩經觀察周代社會的主要情形〉，高葆光，《東海學報》四卷一期。
31. 〈二里頭文化探討〉，殷瑋璋，《考古》1978 年一期。
32. 〈申章實齋六經皆史說〉，孫德謙，《學衡》二十四期。
33. 〈殷周關係的再檢討〉，張光直，《史語所集刊》五十一本二分。
34. 〈詩經生民篇釋義〉，張炯，《出版月刊》二十期。
35. 〈從詩經看兩周社會的性質〉，葉達雄，《中華文化復興月刊》七卷九期。
36. 〈論詩經的史學價值〉，陳榮照，《新加坡大學中文學會學報》。
37. 〈詩經中有關周代政治史料之探討〉，陳榮照，《新社學報》二期。
38. 〈詩經中有關周代農事史料之探討〉，陳榮照，《新社學報》四期。
39. 〈春秋大事表列國爵姓及存滅表譔異〉，陳槃，《史語所專刊》五十二期。
40. 〈中國文字的起源〉，董作賓，《大陸雜誌》五卷十期。
41. 〈從大雅的幾篇史詩看周民族的興起〉，黃忠慎，《孔孟月刊》二十五卷六期。
42. 〈殷周教育制度及社會背景〉，黃建中，《大陸雜誌》一卷六期。
43. 〈詩經鄭風昭公史詩考〉，趙制陽，《孔孟學報》五十一期。
44. 〈春秋時代的男女風紀〉，楊筠如，《中山大學史語所週刊》第二集十九期。
45. 〈禹與洪水〉，趙鐵寒，《大陸雜誌》六期。
46. 〈說殷商亳及成湯後之五遷〉，趙鐵寒，《大陸雜誌》十卷八期。
47. 〈西周地理考〉，齊思和，《燕京學報》三十期。
48. 〈孟子井田說辨〉，齊思和，《燕京學報》三十五期。
49. 〈毛詩穀名考〉，齊思和，《燕京學報》三十六期。

50. 〈詩經與歷史（上）（中）（下）〉，熊望權，《國立編譯館館刊》十五卷二期十六卷一、二期。
51. 〈詩經中有關周宣王中興的史詩〉，裴普賢，《孔孟月刊》十九卷十期。
52. 〈周宣王中興史詩的考察〉，裴普賢，《幼獅學誌》十七卷三期。
53. 〈尚書的眞僞問題〉，蔣善國，《中山文化教育館季刊》三卷三期。
54. 〈史後傳説中的史前事實〉，黎東方，《史學彙刊》三期。
55. 〈中國社會發展形式的探討〉，劉興唐，《食貨》二卷九期。
56. 〈讀詩經〉，錢穆，《新亞學報》五卷一期。
57. 〈夏王朝存在與否的問題〉，蘇雪林，《暢流》五十卷一期。
58. 〈詩經所顯示社會各階層生活狀況〉，蘇雪林，《文藝復興月刊》二十五期。